朱天文作品集 5

有所思，乃在大海南

雜文集 1980—2003

目次

輯一

前三三與後三三

輯二

如是我聞

輯三

蜚長流短

輯四

單身不貴族

輯五

站在左邊

附錄

輯一

前三三與後三三

燙手的熱山芋

我的第一本書，三分在明白裡，倒有七分是糊里糊塗的。

從開始寫的時候，高一那個暑假，眞眞是閒得無事，就在筆記本上塗起小說來。怎麼寫出來的完全不記得了，記得的只是窗前一小塊水泥地上，白的藍的黃的粉筆重重疊疊畫著的格子，玩過五關斬六將、搶寶石、跳房、克難棒球，那孩子們喧騰的喊叫如盛夏裡的滿天嘩嘩嘩的蟬聲。我的窗口底下正好是一壘，屢次搶壘的順著一股子衝力將牆壁一撞，彷彿整個房子都震動了。我筆下便這麼寫著：沒有一絲風，靜靜地坐著也會熱出一身汗來。天空豔藍得給人一種不實在的感覺，幾塊雪白的雲朵剪的似地貼在上面，樹濃綠得很突兀……寫的原來就是窗前的那一方天空，豈知演繹下去竟是寫一個同學的死，而且顯然大受彼時流行的存在主義的影響。眞可謂是窗底之蛙閉門造車呢。

那年長長的夏天，卻也寫出了兩篇小說。後來是移到後院爸爸的書房去寫，窗外籐架濃濃密密綠綠的交纏著女蘿松和刀豆。刀豆就眞是像把半月刀，一條一條垂在架上。在一大片旺綠，把人淹沒在海底的極深極深處了，寫著寫著好像做了一場夢，夢中去龍宮走了一遭，醒來張眼一看，是篇〈仍然在殷勤地閃耀著〉。裡頭的女主角，怎麼的倒又成了《拒絕聯考的小子》裡的彭雪芬，也叫我怔忡好笑得很了。

爸爸曉得我小說寫完，便討了去看。夜深的時候爸爸媽媽在書房的枱燈下讀著，我跟妹妹已經睡了，但我如何睡得著呀，耳朵支得老長，努力聽著遙遙的稿紙翻動的聲音，以及有時爸爸媽媽嗝嗝的笑起來，低低的言語著。我因爲緊張過度，聽覺反而變爲遲鈍，怎麼的集中了精神也未聽得一言半語，不覺恍惚入夢，朦朧中有天外的人語隱隱，月落如金盆。

如今我卻不相干的想起庾信〈小園賦〉裡的兩句話：「龜言此地之寒，鶴訝今年之雪。」在仲夏夜之夢，果然是有一龜一鶴驚嘆於我的文章嗎？我十分喜歡歷史上記載的這一段：晉太康二年冬大寒，南州人見二白鶴語於橋下曰，今茲寒不減堯崩年也，於是飛去。短短的幾句話，滿滿都是節氣中的消息，天機欲洩，令人不禁毛骨悚然起來。常常我給人家的第一印象總是文靜柔順，若遇見我佩服的人他也說這樣的話時，我就想著哪天可也要使個手段把你嚇一嚇呢。

然而皇冠出版社要出我的小說集《喬太守新記》，我只覺得抱歉似的，也不知是對誰。單一個封面，張柱國先生就和我商量了許多次，我打心眼裡的無意見，想他們怎麼做怎麼好，唯願他們不要那樣將我當作家的尊重著。是以《喬太守新記》得以出版，滿心的都是感激歡喜。若有挑剔與不滿意，則完全是對自己的文章的。有時翻開看看，簡直的心驚肉跳，快快扔下了，好像書是燙手的——燙手的熱山芋。

一九七九年冬

無事

有的時候眞吵，有的時候假吵，眞眞假假連自己都糊塗了，變成只是一種很好的心情。

穿了新衣服，我走在暖暖的冬陽裡和三哥道：「這件衣服你看好不好？」

「好看。好看。」

我不高興了，「好看？你連看看都沒有。」

三哥笑著急忙辯道：「噯，噯，憑良心說話，我沒看？」

我更不高興了，「那樣隨便瞄一眼也叫看？可見你沒誠意。」

三哥無可奈何，把我仔仔細細打量了一番，復又道：「眞的是好看。」狼狽的笑起來。

我卻輕蔑的說：「已經太遲了。」

有時候看到眞是漂亮的女孩，我叫三哥趕快看，三哥總是反應太慢，望著的時候，不是人家的側面就是背影了，他道：「不怎麼樣。」

我會焦急得頓腳，「正面才是美的呢！」硬拉著他趕到前面去，假裝回頭找人似的。但三哥仍說：「不怎麼樣嘛。」

我急急的告訴他那女孩的美法是怎麼樣的，熱切的要爭取他的認同。而三哥只是淡淡的一句：「不怎麼樣。」

我即刻就生氣變臉了。

三哥便對我唱起歌來：「啊喲喂呀小乖乖呀小鬼鬼……」

我轉頭不再理他，從公館走到文學院新教室上國劇概論的路上，我都沒有再說一句話。只是大王椰子樹的風吹過灰茫茫的天空。

一九八〇年二月

華岡的夜

年年聖誕夜我愛的是新寒暴冷的天氣，馬路上乾淨得發亮，報佳音的歌聲盪盪遠遠的飄在清澈的夜裡。

今年是全家跑了華岡山上一趟，忘不了。

這次雲門主辦「藝術與生活」至各大專院校巡迴演出，平劇部分與陸光國劇隊合作，前半場介紹劇隊平日練功的情形，帶文武場，幻燈片放映平劇化妝，下半場上兩齣戲，《三岔口》和《昭君出塞》。那樣一個華岡的大風也要凍住的晚上，華風堂竟然全部滿座，不下千人，我則整晚淚不乾。

先是汪其楣的開場白，就熱情響亮。她這位小小姐，一頭黑髮質似嬰兒的柔細潤澤，打得短短薄薄的，覆著前額。聲音低沉，都是感情的波盪。每次和她見面，皆在鬧哄哄的公共場合，卻正是那句「驀然回首」，一照眼，笑到心底去了，笑得奸奸詐詐的，連話都多餘。

昭君娘娘胡陸蕙一身運動衣登場，那份樸實憨厚，帶些土氣，根本不能想像她的昭君扮。胡陸蕙在臺上略站站，一笑，下臺化妝去了。剩一位朱陸豪示範練功，長腿長腳的立在那兒像隻小鹿。

朱陸豪是當今菊壇新一代數一數二的武生，本人比扮相更好，喜孜孜的。汪其楣在旁註解，朱陸豪一招招表演示範，臉上端正凝然，忽又會謙遜的一笑起來。簡單的幾個踢腿，打旋，蛟龍盤柱，那樣輕巧，無聲無息不生塵，像片影子。輕巧因爲他的紮實，不浮、不飄，一架山膀，一蹲馬步，背後都是一寸寸功夫累積，武俠小說裡常寫一劍劈來將虎口震裂，那功夫確是騙不了人。又動輒愛說給他個掃堂腿，今天也才見識到，眞是開心。

隨後臺兩邊跑出一隊小孩，大冷天一件短袖運動衫，好可疼小性命呢。小孩兒就是那股神氣好，極正經，而天然的，動起來則個個矯若脫兔，一會兒拿頂，一會兒翻滾，什麼什麼的一大串也叫不出名稱。在我們看來是肢體絕對不可能達到的極限，在他們似乎沒有不可能。但是這樣艱苦的訓練過程，於平劇的浩瀚裡，只能算剛剛才踏入了門檻，未來的前途根本未知，又不知誰才是可以出人頭地的，此刻孩子們想也不去想它，只是稚拙的，認眞的示範，沒有一點點誇張，一點點委屈，非常正大的擔當著一件大事。那舞臺燈光下跳躍的生命，抓也抓不住，我看著都落下眼淚。

本來是、從前一位伶人出頭，十年坐科，其間的辛酸不說，出科後的驚濤駭浪那才險惡呢。像鯉魚躍龍門，點額暴腮，一劫躍了又一劫，劫劫都是生死交關。比平劇和日本的「能樂」，能樂以「靜」勝，方知平劇的「動」，原來是這樣變化萬端，活潑強大，實則分別了兩個民族在文物制度上的創造力。單看平劇練功的種類之多，會看的看門道，不會看的看熱鬧，皆要驚嘆於漢民族的這創造力、行動力，從黃帝以來，周朝禮樂的大氣魄，連秦漢，連大唐大明，一直是這樣轟轟烈烈的傳統。

練功且又是一生一世的修行。即拿侯佑宗老師來說，今年七十多歲了，光打鼓就打了五六十年，至今每天晨起，頭樁事情仍是將單皮鼓擺出，打個半小時。以侯老師台灣今天打鼓佬的祭酒，打了大半輩子的鼓了，難道還爲練習不成？侯老師說這每天打它一回，是爲臺上第一擊下去就中，沒有猶豫，其實不爲臺上表演，就是平常任何時候，都要一打即中。

這一打即中，我眞喜歡。就像侯老師談平劇，一談即中，不需旁借，例如借學院派博士專家的理論來自證，侯老師自身便是一切理論的證明了，放諸四海而皆準。侯老師的自信，生於他對打鼓的信心，鼓就是侯老師的戀人呢，這位戀人永遠不負他，他亦以畢生相報。所以侯老師這麼大年紀了，仍然年輕熱情，講話中帶著鋒芒，修行竟是能保青春永駐的。

《昭君出塞》即侯老師司鼓，平劇裡這鼓又是個不得了！文武場由它指揮，演員的進退動靜方寸間，亦它來領導，可比是交響樂的指揮。但交響樂的指揮只有「看拍」，打鼓佬卻「聽拍」「看拍」都有。「聽拍」不光是爲指揮，鼓的本身即是樂器，最好聽的了。

侯老師說打鼓沒有固定的尺寸。比方周正榮與胡少安同唱老生，兩人尺寸就完全不一樣，周正榮溫澹，胡少安濃烈，這打法就不同了。碰上新角唱戲，火候不足，則要打出氣氛托住，不致場面冷清。如果余叔岩唱，他唱唱不聽指揮了，自走自的去，此時打鼓佬若氣怯，就完啦，他來抗你，你也給他抗回去，他這才唱得過癮，你也打過癮呢。難怪馬維勝就非侯老師打鼓唱不來的。平劇的文武場依人，伴奏幾乎無跡可循，要就是莊子〈逍遙遊〉的一個遊字了。

《三岔口》很滑稽好玩，可算齣上乘的默劇。《昭君出塞》則那崑曲的笛子一吹起來，悲亢高遠，聞之此生也可以不要了。每聽崑曲，尤其齊唱時，當下只覺與中華民族性命相見，深杳蒼茫的，直溯漢唐三代之前，那樣一個日月麗於天，江河麗於地的世代呀！

昭君和番，文武百官於十里長亭送別，出場時念引：文官提筆安天下，武官上馬定太平。有所謂「民族記憶」這件東西的話，那末中國人的的確確是有「王天下」的民族記憶，絕非烏托邦的只是空想。此記憶猶新，遍見於經史子集，詩詞歌賦，戲曲彈唱裡，連　國父也把「世界大同」說的這樣信實而理然。我們今當流離變亂的時代，有志之士仍然每提及中華民國的遠景，驀地又起了英雄豪情。

昭君眞是高絕的，長亭相送的一朝文武，此時都是純心的男孩們，有歎息、有思慕，也只似天邊的白雲，相送遲遲。昭君之去，漢家的江山亦爲之淚下。至今還有民國後人，相望早已泫然，不復知此時此地此身爲何也……

散會後即搭陸光劇隊的交通車回家，侯老師坐在前面，高高的呢帽與長大衣。而山下台北市一片燈火璀璨，似俯瞰塵寰，滿天的星星都在腳下。下山是下凡，前塵往事，像無數無數的星星從身邊飛過，拋的都拋了。今夜聖誕夜，華岡，華岡，如此良夜何？

一九八〇年歲末

折楊柳

從前朋友送我們家一隻八哥鳥。原來是一對，養養死了一隻，就把遺世獨居的這隻不知寡婦還是鰥夫推給了我們，總之養狗養鳥一個四腳一個兩腳，其類可旁會而通也。

因爲有兩次看不下去，把鳥籠去沖了一沖，自此什麼不成文規定，這八哥就歸我所管了。眞是非常可厭的事情，每到傍晚要去洗鳥籠時，頓覺天日黯然無光，挨不過了，硬著頑皮去沖洗，實在不明白爲什麼就這樣宿命的養下了一隻小鳥呢？而這隻八哥鳥亦特有潔癖似，看它洗了澡之後快樂的樣子，我也鬆了一口氣，又心底冷冷的鄙夷它，想它這樣愛清潔又有什麼用，還是一隻八哥鳥嘛。可是自己就漸漸的玩物喪志起來，縱得它非但一句人語學不會，且我日日與它面對說鳥語，小學二年級就寫過一首詩，中間兩句道「牧童樹上吹，鳥語詩人唱」。

我開始放它出籠洗澡，先它只在盆中洗完即回籠內，慢慢的敢在院裡走走跳跳，一點不怕狗，喜歡吃辣椒，是隻四川鳥。一天忽然曉得飛上牆頭了，小兵丁似的來回巡走著，非把羽毛晾乾不回來，我怕貓抓它，就牆根下地老天荒的和它廝守。它這一飛開了竅，一次次飛得更高，更遠，總總我喊它，它也餓了倦了，就回來了。我心裡恨它爲什麼不去追尋它的自由，而每次依然焦心的要把它喊回來才罷休。

這樣直到春天的一個午後，照例它洗過澡飛在柳樹梢上盪鞦韆，我隔著紗窗屋裡寫稿子，一會兒喊它一聲，它響亮的應一聲。忽然簷前斜刺飛出一批黑鳥，嘎——的掠過柳梢，停在路邊電線上一排，天哪，全是八哥鳥，點點七八隻，和柳樹上我的八哥略做酬答之後，八哥腳下柳枝一蹬，到對面去了，跟它的同類們稍稍離開的，一並蹲在電線上。天下奇觀，頃刻間全家皆湧到陽臺上來。那夥八哥挨挨蹭蹭理了下隊伍，篩出一隻奇數的，顯然即將成爲我們的另一半了。天邊春靄霏霏的山頭，一群八哥鳥飛得好遠好遠去了，我知道殿後的那隻，一路蹣跚顚倒跟不上的八哥，這次是再不回來了。我眞爲自己高興，像是脫下了一件厚重的冬衣。

其實八哥並沒有飛遠，它的極特殊的鳴聲，也許是介於鳥語和人語之間的一種，的的確確就在我們家後面的煤礦山裡。晴天的好日子，我到陽臺上對空喊它兩聲，想著也許它現在家累很重，不定哪一天攜家帶眷的飛回來討口飯吃，不過如果它是隻有骨氣的八哥鳥，曉得我叫它也不會回來的。也許它只在夜深忽夢少年事，隔著重重的樹林，我窗前的一盞明燈，落下了兩滴清淚——這不能再演繹了，那是狄斯奈的卡通片。

《神異經》裡描述一種喚做「渾沌」的小獸，似犬似熊，有目而不見，有兩耳而不聞，有腹無五臟，有腸直而不旋，食物逕過。人有德行則往牴觸之，有凶德則往依憑之。最可笑的是「空居無爲，常咋其尾，回轉仰天而笑」。這我見得頂多了，就是冬天暖暖黃黃的陽光底下，門前一隻小花狗兒，坐坐晒著太陽，搔搔耳朵，抖抖毛，打個滾，四腳朝空中踢踢，仰面晾著肚皮，眭著了，一忽兒醒來，追著自個兒尾巴打圈圈，忽又停了，漫空嗅嗅鼻子，倒身又躺下，伸伸腰骨……怎麼辦呢？狗生漫漫啊。

偏偏美國人的天眞，有時候讓人吃驚。記得幼時一次母親節，星期天和妹妹三人起個大早，由我執筆寫了一封類似母親頌的信，從集郵冊裡找出一張蓋過郵戳的莒光樓郵票貼好，投在門縫底下，然後三人躲在衣箱背後，屏息等待著母親拾信的一刻。分明是從狄斯奈片子裡學來的嘛。另一次母親生日，我放暑假在外婆家，千里迢迢寫了一封祝壽信，結尾說：今天我們能夠在這裡幸福的過生日，卻不要忘記大陸上苦難的同胞們。

還有一回父親生日，我們三姊妹打破小豬撲滿，湊出五十塊錢，十年前也是筆巨款，坐車到第一百貨公司買禮物。不知是電影或者世界名著，譬如《小婦人》之類的得來的印象，我篤信只要那位店員小姐知道我們這點可憐的錢，是傾囊爲父親選一份禮物，她一定會感動之餘，半價出售。店員小姐很好心的聽我表白了孝心，也熱心的出了一番主意，買下一支竹編長筒。以後事實證明，這支竹筒除了插塑膠花和積灰塵外別無用途。

假如狄斯奈代表美國文化中的一種典型，那是美國人最好，最健康光明的一面了。天眞的，秩序的世界，忠孝仁愛信義和平諸般皆有，都成了是童話般的可愛的美德。

而且美國人愛護動物的慈心腸，比方廣場上，公園草坪上逍遙自在的鴿群，之於中國人，難免不想著把來做成油淋乳鴿多好吃。有則笑話說的便是東家辦請師酒，出聯題試試秀才，曰「池中鯉魚跳」，秀才對以「天上雁鵝飛」，東家卻說不對。秀才的弟弟是個不識字農夫，毛遂自薦，東家也要出題試過，仍是池中鯉魚跳，則對以「紅醬拿來燒」，東家大悅，遂被聘爲塾師一年。

一位洋朋友聽說老廣的喜吃狗肉，大爲驚駭，當然他是很君子風度的不置一詞，其實從前一度講到「中國」兩字，差不多就是野蠻，落後，神祕主義的代號。後來才發現了中國的瓷器，山水畫，和中國詩?!很可笑的是我們這一代對古中國的了解，怕也是這樣的富於異國情調了。

一九八一年二月

記得當時年紀小

就是一個極灰心的星期六下午，一人來到淡水，背包裡一本《紅樓夢》上卷，沿克難坡、水源路爬上來，一切是這樣熟悉到我不願見它。胡亂走了一通，坐在溜冰場等校車回台北，膝上攤著書也不看，覺得自己似那天邊的黃昏一寸一寸的死去了。眞是這世界沒有我可去的地方呀……

說起來慚愧，大學四年，圖書館的書我是一本沒有借過，起先因爲沒有辦借書證，一日拖過一日，拖到三四年級歲數一大把，逐漸心虛起來，更把這念頭打消掉了。

系裡的功課本來是無可無不可，還要依我的興致。一次是美國文學史交報告，陳元音老師的課，我愛他的薄嘴唇和正大仙容幾分像　國父，就決心把報告來做好。我知道這份報告純粹是訓練，根本不需要創見，如何找資料，如何做卡片，如何整理分類，準確的立論，明晰的推理，當然還要有一流的打字和裝訂。我差不多是倒過來做，寢室把各位同學借來的參考書桌上一堆，即刻抄寫起來，很快就編纂完成，然後繫上愈多愈壯觀的註一註二等等，然後才做卡片，爲著報告必須附交卡片。結果時間花最多的是打字。我邊做時得意極了，像小時候勞作課的認眞。還記得這篇報告題目：Transcendentalism in Emerson's Poetry——眞可怕！報告發回來，我看著手中甸甸的一疊，八十磅雪白道林紙，鮮潔的黑字，亮紅的批評，喜歡呀，想著這是我第一次也是最後一次的學術報告了。

當時十九世紀英國文學是系主任費威廉擔任，年紀輕輕三十幾，才從美國來，帶著太太和一個娃娃，長得高頭大馬，一把落腮鬍。他的招牌是比較文學，國語甚佳，還會寫中國字。我每覺對他不忍，想他千里迢迢慕中國文化而來，又是一股年輕老師的教書熱情，偏偏碰上我們一群英文程度頗棻，而又素乏文學修養的大孩子，他失望也罷，嗟歎也罷，莫要小看中國學生，其中亦大有人在的呢。基於這點，頭一回交報告我便不依常規，用一種挑撥但充滿學術研究誠懇的態度，從泱泱的中國文化的大江大河裡搦了一淺水星星，來質詢西方文學發展中的以反動和反反動爲求變求新，其實是他們的淺薄不足。這篇文章寫得辭不達意，卻是他的眉批像一圈磚牆的把空白處都密密砌滿了，他建議我去翻閱《文心雕龍》的〈明詩篇〉和鄭振鐸的論文，指明唐代古文運動未始不是六朝駢體文的反動，最後稱讚我的問題好，正是他所關心感到有趣的，雖然很明顯的在這樣一篇短文裡，我不能眞正的加以闡述。他給了這份報告九十高分。

才叫我撩起了興頭，我這廂卻頓時意味索然，就此洗手不幹啦。他宿舍跟我們自強館只隔一條柏油馬路，太太和我們年紀相仿，常常推著娃娃車來去經過，娃娃喚做愛咪，金黃頭髮藍眼睛，女孩們都喜歡，輪流抱來抱去，我只遠遠的冷望她，也不知是什麼居心。

二年級導師顏鋃淵，是那種研究所才出來的頂頂老實的大男生。我愛他的最最吝嗇於誇讚學生，專講臭話洩大家的氣，原來根本是他初出茅廬的生手生腳無所措，而且後來被我識破了，分明是他的對生活，對人生的一種撒嬌嘛。他對我的期望很大，指定每星期交一篇作文，逐字逐句替我改，關心我的起居生活，還向母親告我一餐只吃五塊錢。三四年級他雖不再教我，卻成了我辦《三三集刊》的長期訂戶了，每次書出帶給他，照例不會有一句好話，我只當做情話來聽，岔東岔西的放機鋒，總總他也拿我沒辦法。

還有楊銘塗老師，蘇偉貞說的：男人的落落若失最是讓女子著迷。偏我幾次和他說說話就一股無名火起，氣他這樣一張飽滿純稚的娃娃臉何苦白擔了。男人種種乖戾壞習性都可以容忍，唯有像他那樣終日的忽忽不樂，我只好狠下心，宣佈棄防。他一直當我是女孩兒的天眞爛漫未經世事艱辛，我就裝呆到底，屢屢引得他好笑起來。

前年暑假小徐出國，邀我陪去楊老師家辭行，家中的他更是一派淡淡，我無端又來氣，一口氣吃掉了一碗芋頭冰，把小徐吃不下的百香果冰也拿來吃光了，還嚷口渴，便又開了汽水喝掉半瓶。後來楊老師送我們去站牌，過午的大太陽底下，路面花花的照得人睜不開眼，他那走路的一步拖一步的拓落樣直叫我荒荒得人空掉了，就笑吟吟的朝他望，他轉臉問什麼好笑，我觸觸他的領子，好像說：那、領子這樣斜斜的翻著，這裡一顆小釦子，很別緻。他大笑起來。天哪我這是演戲哄他不是？楊老師可知你笑起來時彎彎的眼角多好看的啊。車上小徐問我要什麼東西他可以從美國寄來，我變得非常渙散，燠熱的空氣裡快盹著了，只要他楓紅時不忘寄給我兩片。矇矓中模糊想道，這位小徐先生，難道就是演出大獲好評的 *Oedipus the King*？跟我有什麼相干。

大四選修中文系的杜甫詩，不爲杜甫，爲教杜甫的張之淦老師我喜歡。他一口濃濃的湖南鄉音，下午的課，G教室草坪上的杜鵑花都盛開了，過堂風一吹，實在催人入夢。張老師每在五點下課的十分鐘裡點饑，007提箱打開，或者一袋芝麻片兒，或者一盒桃酥、綠豆酥、雪片糕，他朝堂上招招手，看誰一塊也去隔壁教師休息室坐坐吃東西，我幾乎凡招必應。經常打盹中醒來，猜他的箱裡今天又會變出朵芝齋的什麼玩意兒呢。

去年秋初王明雄老師和凌晨的婚禮在圓山飯店舉行，兩人都是滄桑過來的，儀式的場面格外有一番成人的敬慎，安定，和珍重。我初次見王老師像個男孩的生澀不慣，心皆為之折，倒是凌晨從從容容似做姐姐的張羅他。我心想大學四年，英文系教育到底給了我些什麼呢？絕不是亞里士多德，不是莎士比亞，不是狄更斯，喬哀斯，D・H・勞倫斯，是一年下學期王老師任教大一英文開始，我立刻看通了今天學院教育的極致是怎樣的，當下棄別。僅僅他知、我知。每個星期禮拜六下午王老師的課，我好像赴一場花季，那千千萬萬中絕對不會錯過的一個眼神，啊，我都曉得自己是多麼漂亮得叫人嫉妒了。

這就是大學四年的我寫了一本《淡江記》。每回車過信義路義美分店，店旁小巷進去，第三層樓房王老師的家，有時漆黑的，有時一窗橙黃，是他的人在了。也像那樣一個坐在秋日黃昏的溜冰場，大操場邊的學生宿舍，後走廊亮起第一盞燈光，有人出來開熱水器，煙靄沉沉裡我彷彿聽見煤氣燃燒的轟轟作響。

一九八一年三月

尋春問臘到蓬萊

流傳在傜族的一個故事說，遠古的時候，有次洪水爲災，地上的人都被淹覆了，只剩一對兄妹因避在葫蘆裡逃過了浩劫。葫蘆兄妹後來結爲夫妻，產下一塊肉球，夫婦倆覺得奇怪，將這肉塊切成了丁丁，樹皮包起來，兩人登著天梯，到天庭去遊玩。攀到半空中，忽然吹來一陣大風，把一包肉丁吹得東飛西散，落在地上，都變成了人。落在葉上的，姓葉，落在石上的，姓石……這對葫蘆兄妹就成了傜族的始祖了。

這樣矇昧，邋遢，滑稽的！叫人詫笑，簡直拿他無可奈何。

還有傜族民間唱的一支〈狗皇歌〉，內容是說高辛帝時，宮中一老婦患耳疾，經過三年，挑治得一金蟲大如繭，置以盤中，覆之以瓠籬，一日間便化爲龍狗，五色斑文，喚做盤瓠。彼時房王做亂，高辛帝乃募能得房王首級者，賜以帝女。哪裡知道盤瓠銜來一頭，即是房王，因人畜不可通婚，盤瓠竟自謂高辛帝，置於金鐘之內七日即可變爲人形。到了六日，帝女好奇，掀開金鐘一看，頭是龍狗身是人，卻不能再變了。帝女即隨盤瓠隱於南山，後來生下三男一女，請高辛帝賜姓，長子生時竹籃裝，姓籃，次子盤裝，姓盤，三子適逢雲頭雷鳴，賜姓雷，一女則招了鍾姓的士卒做女婿。此後籃、盤、雷、鍾四姓，自相婚配，子孫繁衍得很多。

另外有支〈盤王歌〉唱的是：記起盤王先記起，盤王記起造犁耙，造得犁耙也未使，屋背大塘谷曬芽。記起盤王先記起，盤王記起種苧蔴，種得苧蔴兒孫績，兒孫世代績羅花。記起盤王先記起，盤王記起造高機，造得高機織細布，布面有條楊柳絲。

非常開化了的呀，倒覺像是江南的小橋流水人家。那塊布面有條楊柳絲，也眞是好極了，又很現代感的，擺在愛門服飾和 PARCO 櫥窗裡的。

但是《搜神記》記敘他們的生活，「衣服褊褳，言語侏儺，飲食蹲踞，好山惡都，王順其意，賜以名山廣澤，號曰蠻夷。」我讀到飲食蹲踞，不禁大笑，想起彷彿是汪其楣說的，有個外國朋友旅遊了東南亞一周回來，十分驚歎東方人的下盤之強健，洗衣服蹲著，生爐子，刷鍋盤，洗菜，蹲在門檻上吃飯，最不可思議的是日本人的跪榻榻米，難怪東方人的底盤之重，「站著也像坐著」。世稱「赤髀，橫裙，盤瓠子孫」，在我的想像裡，卻都是中南半島上幾個又濕又熱，古古怪怪的國名了。

姓氏的起源是不是這樣俯拾而得的？能夠選擇的話，司馬，是好的，因爲有了一個司馬相如，又還有一個司馬遷呢。那李，李太白，李世民，李—唐，不得了啊！

母親姓劉，這次新年回外公家，外公捧出厚厚一本劉氏族譜，翻開即一幅西漢高帝祖像，簡史中一句寫著「帝不修文學，然所作大風歌，純乎天籟，豈凡響哉。」當夜把族譜讀了大半。原來呀，原來劉氏祖譜還是漢武帝天漢元年，命司馬遷爲太史令，始造史鑑，及修劉氏宗譜的呢！

這劉姓，一溯就溯到帝堯的長男監明公，因早死，以子永河公受帝封於劉，劉姓便從此開始的。十八世傳至劉累公，事夏帝孔甲。時天降二龍，雌雄各一，孔甲不能飼，惟累公曾從豢龍氏學擾龍術，能飲食之，遂封爲御龍氏。這龍應該就是馬，累公善養馬，連王安石亦有詩讚道「神物驚天擾可騎，如何孔甲但能羈，當時若使無劉累，龍意茫然豈得知。」

顯然累公是御馬的開山鼻祖，不知他可也有譬如養馬術之類的著作流傳下來。記得當年百里奚微時替人飼牛出名，楚王召他問飼牛之道，百里奚對曰：「時其食恤其力，心與牛而爲一。」他這明明說的治國之道，楚王卻道：「善哉，子之言，非獨牛也，可通於馬。」一調把他調到南海去牧馬了。

五十七代傳到杜伯公。時當周宣王伐姜戎回來，聞謠搜求民間妖女，命上大夫杜伯專督其事，這女嬰後來就是覆亂西周的褒姒。杜伯諫堯有九年之水，不失爲帝，湯有七年之旱，不害爲王，天變尚且不妨，人妖又豈可盡信。宣王終於不聽，殺杜伯，後人感杜伯的忠直，立祠於杜陵，又叫右將軍廟。杜伯的長子隰叔奔晉，仕晉爲士師之官，子孫遂爲士氏。

士氏六傳至士會公。適晉襄公薨，趙盾當國，命先蔑往秦迎公子雍回來即位，士會副之，不想趙盾中變改立夷皐，與護送公子雍返晉的秦軍打了一仗，秦軍大敗，先蔑爲了公子雍不願背秦，士會與之同進退，兩人奔秦，在秦任了大夫之職。趙盾念同僚之義，並不爲難他們，且令衛士送兩宅家眷及家財於秦。士會雖出奔在秦心中不忘晉國，但他又幫助秦康公來打晉國，弄得晉國從前的老同僚們害怕起來，用魏人的詐降獻邑之計去誆秦康公，要騙回士會。秦康公那樣禮遇信任他，他亦照樣欺人，一溜煙逃回了晉國。他去秦三年，回到晉國大家依然歡迎他，同列於六卿之間。秦康公當然大怒，卻也不負黃河之誓，依言送返士會的妻孥家小，士會這又感激秦康公的義氣，寫了回信，雜七擦八的說些息兵養民，各保四境的道理。秦康公倒又從他，自此秦晉不交兵者數十年。

噯呀，原來人生裡忠孝節義是當然，我的這位祖先卻好比《四郎探母》的楊延輝，不忠不孝，更加個鐵鏡公主和四夫人的忘恩負義的罪名，但四郎探母可是演了又演，唱了又唱，代代皆有無數的人為那楊四郎笑了哭，哭了笑，只有呆子才會去求驗名正身呢。

西周的山川文物是一個大字，正字。然而時代在變，新的經濟形態，新的價值觀念，新的人意和物姿，春秋時已不一樣了，至於戰國，更是諸子百家爭鳴，就像三月繁花，各式各樣的開得一塌糊塗不可收拾，然後一場大雨下過，濕泥中殘紅還在，已是秦漢夏天的陽光熠熠了。

此時七十三代祖榮公，居徐州沛縣，富有家財，樂善好施，把家財散盡，適有一老人向與借貸，榮公便將身上所佩白璧予之，老人自言家住太華山某處，約期明年陽月中旬日，請駕到舍奉還。至期榮公攜孫劉邦同往太華山遊玩，果見老人住處，招入設宴款待，宴罷榮公小憩於坐，而劉邦忽見山巖欲墜，急走十二步，一跌，起而再走十二步，又一跌，回頭看時，並沒屋宇，只有墳塋突起，老人已在山頂呼龍，榮公竟生葬龍穴中了。後來劉邦得天下，傳二十四帝，皆說是此穴所蔭，至今祖墳仍可遠見，卻不能近登，每逢清明，白鶴數十隻棲於墳頂，裔孫只得在山下遙拜而已。

七十七代祖漢景帝之後，帝譜大宗分爲三派：武帝劉徹出藜閣郡派，中山靖王勝傳十六世生蜀漢昭烈帝出爲彭城郡派，長沙定王劉發傳五世生東漢光武帝出爲沛豐郡派。外公的劉氏是彭城派。

前年暑假也曾去過苗栗鄉下的彭城堂祖祠，堂上供的一根扁擔，爲紀念當年來臺祖赤手空拳，雙肩扁擔走天涯。堂前水泥地上曬著稻穀，犁成一行行的，東西廂則是老舍筆下的大雜院，且是中國人那種一住就天長地久的老脾氣，雞塒上奶粉罐開著蔥花，來來去去的走萬國旗下經過。我們是城裡人下鄉，少見多怪，堂後一口青苔老井也變成了骨董般的稀奇著。那些都分不清輩分的阿叔阿伯，一股腦的熱情，窮鄉僻壤不知拿什麼哄人開心，就圍在井邊教我們打水，一個水桶降到井底，手腕這麼一攢，拉上來，比賽看誰取的水多，好玩極了。

話又說回來，杜伯公事周爲上卿大夫，掛右將軍師，滅唐有功，封唐，又食邑於杜，再改杜氏，即爲唐杜二氏的始祖。周宣王殺杜伯公，長男隰叔奔晉，改爲士氏。次男溫叔奔魯爲杜氏，杜氏傳四十七世杜預，爲晉時河南尹，以後就出了位鼎鼎大名的杜甫。

那士會不是自秦返晉了嗎？食邑於范，遂爲范氏，這范氏也是榜上有名，范蠡涉三江入五湖，功成而不就。范睢在魏被誣，僞名張祿，入秦爲相，佐昭襄王稱霸。再就是先天下之憂而憂的范仲淹了。

士會返晉，秦康公歸其妻子，獨長男士燮的兒子貴文留在秦國，仍爲劉氏，傳下至榮公、瑞公、生四子，伯、仲、季、交，劉邦是個小老三。又、漢高祖以宗女妻冒頓，匈奴其俗貴者，皆從母姓，因改爲劉姓，東晉五胡亂華，匈奴稱漢帝號者，如劉淵，劉曜，劉聰等都是。

還有一說，是五代南越王錢鏐，以鏐劉同音，其國劉姓之恐見忤者，「有邊讀邊，無邊會意」，率改爲金姓。如此說來，劉，唐，杜，范，金，雖爲異姓，實屬同祖，如按照周禮，是不宜結婚的呢。

我這廂自說自話，弄弄可安個大來頭謂之，劉氏考。可是只要誰隨便拋來一句，干卿底事，我就完全破法啦。且說歷代劉氏名士列傳，第一條，漢高祖，發明竹籜冠，昔稱劉氏帽，今謂籜笠。第二條，漢淮南王，劉安，發明磨豆爲乳脂，今稱豆腐即是。

籜笠在我的想像中，是不是武俠片中俠女俠士戴的那種大圓笠，中間挖個洞套在頭上？想著就好笑，劉邦是頂討厭儒生了，諸客儒冠來見者，劉邦輒解其冠溲溺其中，天！是李白詩道「邊城兒，生年不讀一字書，儒生不及遊俠人！」便連酈食其去見，劉邦聽軍使轉告是個「狀貌類大儒，衣儒衣，冠側注」，當下倒味，氣得七十高齡的酈食其瞋目按劍叱使者曰：「走！復入言沛公，吾高陽酒徒，非儒人也。」劉邦聞言道：「延客入！」赤足從洗腳盆裡出來。

劉氏祖譜起自堯帝長男監明公，到我的舅舅們一輩，這一代則幾個表弟亦赫然某某公大名昭彰。奕祥公是現在師大附中高二學生，慶祥公讀銅鑼國小三年丁班。大年初三晚上我和他們在榻榻米上打撲克牌，慶祥公坐我下手，一把牌抓在手裡還攏不住，贏牌的吃一顆核桃裹巧克力糖。

這就是劉氏一百六十一代的子孫們，多麼令我茫然啊……

一九八一年五月

碧螺春

三月時有機會參觀了埔心的茶葉改良場，簡報會上我們的隊長孫如陵先生說：「品茶的品，三張嘴吃茶，謂之也。」俗云一杯爲品，二杯即是解渴的蠢物，三杯是飲驢了。

於是想起昔年蘇東坡爲荊公王安石門下，荊公因作「字說」，一字解作一義，論到東坡的坡字，從土從皮，謂坡乃土之皮。那東坡滑稽好玩，笑說：「如相公所言，滑字乃水之骨也。」荊公又論及鯢字，從魚從兒，該是魚子，所以四馬曰駟，天蟲曰蚕，古人製字，定非無義。東坡又說了：「鳩字九鳥，可知有故的。」荊公認以爲眞，忙忙的請教，東坡笑說：「毛詩云、鳴鳩在桑，其子七兮。連娘帶爺，可不是一共九個呢。」

王安石的文章最是有著秦漢諸子的氣概，與蘇東坡在政治上雖不同道，兩人卻是相知相惜的。民間倒是很知道他們，故事裡有「王安石三難蘇學士」，令人想像當年他們的交情與見面時的風度。

話說東坡左遷黃州團練副使，臨行來告辭，荊公素有痰火之症，必得陽羨茶才可根治，烹服則須用瞿塘中峽水，因此囑東坡乘往來之便攜一甕峽水。一年後東坡回京，路從瞿塘三峽而過，水勢甚急，東坡正想要作一篇〈三峽賦〉，憑几構思，豈知一盹醒來，哈哈，卻就過了中峽已是下峽了。東坡心想，三峽三連，晝夜不斷，上峽流於中峽，中峽流於下峽，一般樣水，何必定要中峽，理他那些囉嗦呢，便將下峽水滿滿的汲了一甕。送到荊公家來，荊公親自打開，命童兒烹之，荊公見了茶色就問水是取自何處，東坡還待騙人，那荊公就說話了，這瞿塘水性，出於《水經補注》，上峽水性太急，下峽太緩，惟中峽緩急相半。荊公乃中脘變症，所以用中峽水引經。此水烹陽羨茶，上峽味濃，下峽味淡，中峽濃淡之間，今見茶色半晌方見，故知是下峽的水。把東坡教訓了一頓。

這會兒我來品茶，心喜前時報上登的一則消息，記不清是哪裡栽培的新種，命名為碧螺一春，有著像《警世通言》裡小戶人家的熱鬧世俗。《宣和北苑貢茶錄》記載著許多貢茶的名稱，我一個一個唸下來：貢新銙、試新銙、龍團勝雪、御苑玉芽、銀線水芽、乙液清供、承平雅玩、萬春銀葉、長壽玉圭、南山應瑞、小龍、小鳳、雪英、寸金……哎呀，什麼也不為的，就因著那字面的繁複華麗而喜歡極了。貢茶一年分十餘綱獻於朝廷，最上品是龍團勝雪，在驚蟄前開始製作，十日完工，以快馬運送京師，在中春前即可到達，稱為頭綱。茶產地是福建建安，有詩云「建安三千五百里，京師三月嘗新茶」，眞是好一個太平盛世啊。

唐人飲酒，宋人品茶，果然兩個時代的色彩是大大不同的。茶性儉不宜廣，旨在正雅清儉，日本茶道的精神是一個「和寂」。我也是親眼見識了日本友人仙楓的做茶道，才猛地警覺了自己的蠻荒之氣，頓然體會到「禮失求諸野」，此一語是多麼沉重的了。

就拿《十六湯品》說，以注水的緩急便有中湯、斷脈湯、和大壯湯。比方斷脈湯，注湯時手臂顫抖唯恐注湯過多，使湯出瓶口時斷斷續續不暢通，這茶就不均勻純粹。那末茶盌中只能注入六分的湯，而粗手粗腳冲入過滿的湯，如大力士持針縫衣，農人提筆寫字，我的母親是打網球的手泡茶，便喚做大壯湯了。注湯手臂要絕對穩實，充分發揮茶的精髓，使湯合於中。

水沸時如魚眼起泡微微有聲，是第一沸，水泡在釜緣如泉湧是第二沸，水如騰波鼓浪是第三沸，超過三沸，水就老了。老水又叫百壽湯。嬰湯則是柴薪剛剛燃燒微沸時即取出泡茶，最好是老子所云「天得一以清，地得一以寧」，高低適中無所偏頗的得一湯。

茶器若金銀製作的泡茶叫富貴湯。石乃凝結天地秀氣所成，雕爲茶器，其湯叫秀碧湯。而幽人逸士用磁器頂合宜品色，何必非用金銀貴重之物壓倒一切？便喚做壓一湯。銅鐵鉛錫之器泡茶，其湯腥且澀苦，飲後惡味纏留口中，是纏口湯。未上釉的素陶土瓶，滲水且沾土氣，「茶瓶用瓦，如乘跛馬登高」，即品質大爲減損，是減價湯。

至於薪炭，以木炭爲佳，堅薪如桑、槐、桐、櫪之類次之。茶家煮湯有其法規，最忌樹脂多之木如柏、桂、檜等，廢材朽木有「勞薪之味」亦忌之，此是法律湯。木柴燒至剩灰炭屑時烹茶，火性浮且薄，不易透過茶湯，叫一面湯。穢木燒茶，其惡性未除，叫宵人湯，宵人小人也。竹木樹枝經日曬風吹水分乾燥，火勢看似旺盛，實則虛薄，缺乏中和之氣，是湯之賤賊，叫賊湯。還有個煙薰之湯叫魔湯。這十六湯品，哪兒還是論茶，簡直的涉入了人身攻擊嘛。

以下還有。煮茶的水以山水上、江水次、井水下。山水中又以含石灰成分的泉水或石巖間慢流著為上乘。湍急的流水不好飲用，食久易生頸疾。從七月流火到九月霜降，山泉中潛伏有龍，含藏毒氣，若要取用，應打通外流之路，待惡水流去，新泉湧出後再飲用。江水取去人遠者，井取汲水多者，這是地泉。天泉則以秋水白冷，水質最好，次是梅雨，白而甜。春水又勝冬水。夏季暴雨不好，風雪時也差。雪為五穀之精，以此煎茶極雅致，就有位妙玉請寶玉品茶，配的水是寺前梅花瓣上的雪，僅收得一甕，埋在地下有五年之久呢。

茶盌也有講究。就說《紅樓夢》裡，誰誰差人送荔枝給誰，用瑪瑙碟子盛著，我才想哎哎好沒神經，果然是鳳姐還是寶玉就說了，換那架上的白玉碟子吧，紅的襯著白才是鮮呢。一般講最好的是越州瓷器色青，色青則易見茶色之美，茶呈白綠色。邢州瓷器色白，茶呈紅色，壽州瓷器色黃，茶呈紫色，洪州瓷器色褐，茶呈黑色，都不宜於茶。我桌上擺的一隻茶盌，紋裂紛雜如冰碎，而撫之光潔如玉，是岡野先生親製相贈，有他的人的誠摯樸厚在其中，越看越好，越用越親。茶豈在飲，願天下親和。

說到茶具，才眞是中國人哪裡來的這些個閑情，閑到頭了，索性岔出人生之外，令我訝異又好笑。好比說吧，湘竹製的風爐喚做苦節君，敢情是可憐他竹爐受的水火之情麼。雲屯是盛水之缶，烏府、裝碳之籠。鳴泉、烹茶之罐。沉垢、竹製之茶洗。歸潔、洗壺之竹筅。漉塵、洗籃之竹笊。降紅是銅火箸。團風湘竹扇。注春是茶壺，啜香茶杯，撩雲茶匙。運鋒是削水果的小刀，受汙就是茶巾抹布了。這樣的玩法玩文字遊戲，把他無可奈何之餘，罵一聲嘿嘿，玩物喪志哪！

茶道在日本，我覺得最好的就是像仙楓的做法，不為表演的，而是很平和親切的，自然是禮儀進退的人身之美，而同時也帶著一份自覺修行的清肅和整飭。她做茶道時的端麗明潔，一如她的家常晏居，並非另外多出了一樣什麼。爲表演的茶道流於藝術化，格式化，美則美矣，卻是美得小了、窄了。再好的東西很怕就是成了格式化或藝術化，溺於其中，甚至可以及於亡國亡天下，這是眞的。比起來，我更喜歡中國人的飲茶，不特別爲了美。論茶倒似是論人，論人則是爲看時勢的潮流，機運的端倪。

而我長久一段日子蟄伏洞中，前此時應朋友之邀出辛亥隧道逛了市區一遭，大夥擁到陸羽茶莊飲茶，此莊我第一次聽說，第一次上門，心想：哦，哦，如今是不坐咖啡屋坐茶屋了，本人原來竟落後了一大截？陸羽莊上一間間小廳放冷氣，冷得我以熱茶煨暖。廳裡的裝潢走原始樸拙路線，我東張張西望望，望到牆頭，如果那裡懸隻骷髏頭，才眞是畫龍點睛了。

另有一家名喚紫藤，做得更徹底。一派東方風：日式建築改裝後，玄關當牆掛著一幅草書，轉折上去第一進，木板地走得咚咚響，散列著十數張小桌子可以權充武俠片裡某酒樓客棧的場景。第二進，燈籠垂戶，屏風掩映。第三進，竹簾隔斷人語隱隱，三間榻榻米，有靠枕，有矮几，香煙繚繞。茶單捧來，上寫著：「紫藤結緣」。據說長食苦茶，可羽化成仙呢。我見到不少洋人也盤腿坐在那兒，飲茶、剝瓜子、嗑花生。來客中女孩的打扮，有位像是印度的行腳僧，中國人而出口英文單字片語，有位黃髮碧眼的高眺個兒倒又穿了改良式粗布唐裝。此地莫不是國際文化交流所？那好呀，這時髦不可不趕，快快回去昭告天下，二度進院，攜來一干寶眷，共享這東方情調，此番我穿的是——吉甫賽裝，腰間繫條尼泊爾的鏤花錫鍊，墜著一顆顆小鈴，一步一響，刷啦刷啦似場盛夏荷雨。

此文我要說的是：中國，中國並不只是磁，與茶。

一九八一年八月

我夢且不言

「遊園驚夢」四字，最早讀到是白先勇的小說，讀時迷於他的色彩絢爛幾不能自拔，今天回想起來，這十年的時間，印象中的色彩依然深刻，不是褪了，而是敗了。那篇小說的顏色艷而不清，沉而不揚，濃而缺乏疏宕。他寫今昔對照的畫面交織重疊，人生如戲如夢，立意很新。不過他的夢境是佛洛伊德的，他的戲也未免太認眞了，沒有好玩。

佛洛伊德的夢境我極不喜歡，佛家說「人身難得」，多貴重可珍惜的，佛洛伊德卻低調的把每個人都動物化了。這是題外話。

卻說三百年前有一位杜麗娘，她的遊園，驚夢，一遊一夢成了千古絕唱，直到兩百年後，有一位林黛玉還爲之哭倒在桃花樹下。崑曲我只看過一次劉玉麟和徐露在國父紀念館演出的，唱片是聽過俞振飛的柳夢梅，和梅蘭芳的杜麗娘。

想著前年至今，短短兩年，就如杜麗娘在〈尋夢〉一折裡唱的：「這般花花草草由人戀，生生死死隨人願，便酸酸楚楚無人怨。」我的二十幾年不如這兩年已是我的一生。我是不尋夢的，發誓再不戀愛，與人有約，他如不忘，那亦是十年後家國劫成之時，另一生的開始了。

這兒且記下一段，明明是做了一個夢。中元節，忽然來了一位徐廷梅，我在門首望望，是哪處曾相見，相看儼然。我說：「不對呀，你怎麼也叫做徐廷梅，人家徐廷梅是京戲《梅玉配》裡的秀才，跟他搭戲的是魏海敏飾的蘇玉蓮，上星期六才演了上集，你怎麼冒充徐廷梅來了？」

他說：「我哪管他什麼徐廷梅，今天演中集我也不能看，我還得跑聯宏看封面製版成了沒呢。」

我說：「那我一人看兩人的，替你看一份可好。」

他說：「哎，哎，那回國父紀念館演《遊園驚夢》，你也說看雙份，我就不知道這雙份是怎麼個看法？」

我笑說：「好呀，你不承認是不，算給你聽。那天是禮拜一晚上對不對？前一晚我們才坐在紅毯梯階上看的雅音小集的《花木蘭》，戲不頂好，是看戲的人好。第二天你趕設計圖不能來，我坐在一樣的階梯上，滿滿的人潮，滿滿的淚意，沉靜得當下可以萎地而死。此刻你在那裡做些什麼呢？再見面照例是禮拜六，劉戈倫伯伯的晚宴上，才看你走進廳來，哎，那笑容、那聲音，總總都是人前的，叫我認生寂寞呀。後來才和你閑話，問你這星期做了些什麼，你說那天不能來看戲的晚上在畫《牡丹亭》劇照，就是杜麗娘和春香遊園撲蝶的那張，最好看的。畫了從牆頭到牆底大大一幅潑墨寫意。我聽著亦沒有要起特別之心，你也眞是說得無事呢。這就叫做看雙份。」

他笑起來，說：「請支公款一百元，我去聯宏沒有車費了。」

送他出門，黃昏天色尚明，巷子兩邊人家，門口燒著火盆，捲著煙捲著火星星，長風吹來，忽令我起了哀哀的遠意，喊道：「陪你一道去吧。」他搖搖手說不要。

我關上門，呆立庭中半天，壇上茉莉正香，非洲鳳仙正開，天上的白雲正疾疾飛馳，我進屋拿了車票直奔下去。奔到轉角，正見他踏上車去，可是我不叫他，搭了下一班車。中途換車，我下來還未走到站牌，迎面正是他換的車子開來，我站定不動，隱在一棵木棉樹下，看見他傍著車窗像河中一朵蓮花流過了岸邊。我還是走到站牌下，心想這樣吧，數到五十車子不來，就回家了。車子沒有來，我慢慢走著回去的紅磚路，黃昏在晚風裡一點點暗去，四周升起了燈火，到家正好趕上吃涼拌麵。

我很得意沒有人知道這樣一段時間裡我走出了日常之外，做了這樣一個夢。

正是、

莊周夢蝴蝶

我夢且不言

一九八一年秋天

采薇．采風

《東周列國誌》是去年冬天在被窩裡讀完的。開章就講天上的熒惑星降世，化做緋衣小兒，傳播歌謠「月將升，日將沒，壓弧箕箙，幾亡周國」，一時市上的小兒都唱將起來。另外不記得在哪裡讀到，說印度有支古舞非常悲哀，是摩罕達約人的遺民一翁一媼婆娑而舞，歌曰「日已夕矣」，望著前面殺來的阿利安人而慌張遁去。

兩個都使我讀了想到我們的現狀，雖然美國蘇俄現在在日內瓦舉行歐洲限制武器談判，核兵器世界大戰仍是要爆發的必然性已成了今世的夢魘，也許五年，也許十年。只是這次的劫亂可還有像熒惑星那樣一個天數人事的自覺呢？又或者是有一點點如那隻古印度舞的哀意呢？還是像某個大雷雨後的夏天的傍晚，跌了我紗窗前一走廊的蛾屍那樣蠢昧無知的呢？

我們試想想差不多三千年前時候的中國，周宣王在位，跟姜戎打了個敗仗，料民於太源。料民就是把當地的戶口按籍查閱，看看人數多少，車馬粟芻多少，好做準備以徵調出征。他在料民完了回鎬京的途中，鄉間的風裡吹來清清遙遙的童兒的歌聲，像天邊洩露了消息。我想著那童兒的歌聲眞是天語了，清淒而遠意，沒有興亡沒有滄桑的，不知、不情。這事過了三年，時當大祭，宣王住在齋宮裡，深夜忽見一美貌女子自西方冉冉而來，走入太廟之中，大笑三聲，又大哭三聲，不慌不忙，將七廟神主捆做一束，冉冉望東而去。宣王跑去追趕，忽然驚醒了，原來是做了場夢。我讀到這裡一股子妖氣森森，全身都毛骨悚然起來！然後就是幽王寵褒姒亡國，至此才知大笑三聲應的是褒姒烽火戲諸侯事，大哭三聲是幽王褒姒與太子伯服被犬戎所殺，神主捆束東去，便是平王東遷洛邑了。

褒姒入宮的時候大約十四五歲吧，極不愛笑，使人想像那是女子初初長成時的傲直自矜，連她臉上那種帶著敵意的稚氣和認眞，好像頃刻間都來到了眼前，又使人想起《紅樓夢》裡的芳官和齡官的驕恃。烽火戲諸侯簡直是把國家大事形同兒戲，但我們像是看到那樣一個場面，高高的樓上幽王和褒姒憑欄而望，四方趕來的諸侯們忙忙一場結果無事，惹得褒姒拍手哈哈大笑起來，分明是一團孩子氣。還有個妺喜跟她性情很像，喜歡聽裂帛之聲，夏桀就一匹匹的采帛撕給她聽。其實這些都正是她們極可愛美麗的地方，像任何時代的年輕女子，她們的無理，她們的橫絕，若寫在小說裡都是要愛煞人的。

褒姒和妺喜不是因爲她們的壞處，倒是因爲她們的好處，而把國家覆亡了。誰曾經說過，從來的悲劇都是由好人做成，其實不可原諒的還是不應當原諒。小雅〈鶴鳴〉一章亦說愛當知其惡，不然也成了吝惜小氣。夏桀和周幽王都是氣概不夠，太吝惜了。

要能夠不吝惜並不是容易的事。就拿我來說，眞正壞的算是妲己了吧，但是讀到一句「殷輅車爲善，色尚白」，把這個跟妲己連在一塊兒想，又幾乎爲之整個傾倒了。比照夏朝和殷朝，

「夏尚質」，而殷商的東西則漂亮又氣派，因爲殷商是從夏的以農爲重而加入了工商業的明朗佻㒓，這當中出來的女人就是妲己。輅車我是看了《源氏物語》畫冊裡畫的白牛引著朱紅鑲漆的車子，驚迷於那顏色的明艷，想著殷商的物品就是這樣美的。連商朝的音樂也是太美了，京城被喚做「朝歌」，大清早起來就唱歌，所以是要亡國的了。周武王打敗了紂王之後，紂王自焚而死，妲己被俘，斬首時也許她是一身穿白，美得像是西元前一千五百年時統治整個埃及的海特雪佩沙女王，平話裡記載劊子手殺妲己時連舉三次大斧皆無法下手，後來是紂王的兒子殷郊掩袖將她斬了。

這裡想起日本桃山時代豐臣秀吉和千利休的事情。千利休是當時茶道的第一人，豐臣秀吉欣慕其名極欲相見，一年時當白茶花開，豐臣秀吉下詔要赴千利休的住處賞花，彼時桃山文化最是繁華，千利休的庭園裡幾千幾百株白茶花開的像雪浪紛飛。這一天，豐臣秀吉到了千利休的家，進門只見遍地被摘下的茶花如積雪一般，樹上卻一朵白茶也無。豐臣秀吉入了室內，正堂唯插著一枝白茶花，清艷的像是巫山上的神女，千利休即在這枝花前做了一次茶道。因爲豐臣秀吉是蓋世的英雄，我可以想見千利休這回的茶道是怎樣做得美到了極致的！想著光是那種美法都窒息起來。豈知豐臣秀吉卻忽然不樂，擲了手上的茶盅拂袖便走，回去後即令人將千利休殺了。千利休是從容赴死的，連他的死也像他的茶道那樣的美。

此段公案後來一再被人提起，日本的文學家們尤其不能原諒豐臣秀吉的這種迫害藝術家的行爲。但是藝術家算什麼呢，太美的東西使人只想停留在那樣的境界裡再不出來了，一旦風格化，就小了、凝縮了，倒不如把它打散了反而是豁脫。禪宗有言「古人到此不住」，再美再好的境界也不能只停在那裡，還是要往前去，前面的路多麼不可預知而危險，卻因此才是創機，才是年輕呀。所以《易經》的最後一卦不是既濟卦，而是未濟卦，天地未了，事事才剛開始呢。我最喜歡日本民謠舞踊裡的手姿了，那四指併攏一擺迎去的時候，眞是去意浩無邊。

日本民族對顏色的敏感纖細，實算得上世界第一，中國民族沒有他們那麼美，卻是更在美與不美之上的一種灑然和家常，或者說是大氣。我每看和服與日本的舞樂至於癡迷中魔的地步，當下卻起了反心，有點像是跟自己絕裂的悲意，頃刻就一筆勾消了。難道是納蘭詞說的「情到深處情轉薄」？如豐臣秀吉這樣忽喜忽怒，有情無情，其實不難懂得。有情是他的與人一道，無情是他的與天一道，對也是他，錯也是他，他也像孫悟空那樣「是非功罪迷千春，造反取經原一人」，他既不能做爲典範效法，便是要學他也學不來的。若說錯殺了千利休，那也是天的意思，亦不必憾恨，我想千利休自己就是沒有憾恨的，又何需後人來爲他不平。中國歷史上的幾次興亡起廢之際，亦是如豐臣秀吉這樣的人物帶起了一時代的人做成了大事的。相形之下，什麼藝術不藝術，早已不是話題了。

民間的平話說部裡常有一句言道「人心思反」、「人心思變」，回想兩年前我出了《淡江記》一書之後，很久一段時間寫來寫去只覺脫不出《淡江記》的情調和文字，厭膩極了，連到對自己的整個人都懷疑否定起來。我永遠不會忘記去年那一個長長的夏天和秋天是怎麼荒涼失意的，直到今春院子裡的桃花開時，才又忽然想通了似的，便揮手寫了〈雲上遊〉。又好像四月間和阿丁天心材俊在花蓮看海的日子，陽光下金燦的太平洋那樣遼闊，也無風雨也無晴，我眞高興自己又可以繼續寫出新的文章來了。

如果把江山比做文章，夏、商、周三朝是不同時候不同的風姿，殷商固然明艷，可是久而久之成了風格，溺於其中，一時代的朝氣就此萎縮了、黯淡了，連帶著屬於男人世界的政治上的人事和制度都沒有了新鮮感，於是人心思變，此時也不待有昏君暴君的出現，江山她自己先就要反逆了她自己，誰若是江山的知己，誰就率先起來把她反了吧。

《東周列國誌》開始以熒惑下降，預言西周將亡於女禍，讀之卻令人感而興起。隨著那妖氣夾雜兵氣的時代氣氛，好像自己也沾一份的竊竊私喜著，我彷佛聽到了一個世代在銀鈴般的笑聲裡傾覆了，同時一個世代也初成了。西周的風姿委委佗佗如山如河，春秋戰國則活潑灑然又聰明。我才翻看書頁，他們已等不及的在那裡朝我擠眉弄眼了呢。

哈，小白、管仲、重耳、蘇秦、張儀……我來也！

一九八一年十二月

月入歌扇・花承節鼓

在國父紀念館看過的表演，印象最深刻的就是這次日本民俗舞蹈「菊花會」的公演了。另一次是兩年前在中山堂演出的印度舞。

印度舞裡的人妙眉妙目，男都是善男，女都是信女，特別是那音樂，有一種倉涼，一種喜悅，杳遠得好像前生的記憶，聽著聽著眼睛就濕了。

印度的音樂似乎是不分小節的，沒有諧音，也不做出和聲，只是圓熟婉轉似水流的流瀉著，對於一般習慣於規律性的強聲或節拍的聽眾，怕是非常怪惑的。感覺上印度舞亦是流動的，瞬息萬變，像天上的飛雲，水中的流影，大千世界一寸寸、一刻刻，沒有不是生了又滅，滅了又生的一剎那之間。印度教裡最古老的崇拜是破壞神「夕瓦」，而夕瓦一字意爲吉祥。破壞與吉祥兩個完全不同的東西原來是一個，這樣的想法眞是新鮮又激烈極了的！記得看過一幅印度畫像，畫著一位女神張著四隻手，兩隻攜了利劍和人頭，兩隻則伸開做祝福和保護狀。她能殘忍也能溫柔，能殺戮也能微笑。這樣一個永遠在形成、劫毀、復又形成的世界，夕瓦便是依著這個節奏而舞動的靈氣似的，這也許就是印度舞最深處的舞心了。

日本的舞樂與之很不相同。「生滅滅已，寂滅爲樂」的境界並不在印度舞裡，倒是在日本的能樂裡可以深深感覺到。我很喜歡奧村土牛的一幅畫題名爲、吉野櫻，畫的是近處一株櫻花輕揚的淡粉紅如夢裡，一層遠一層清潤的山色，好像越遠越淡的夢裡明迷的陽光也睡著了。奧村土牛畫的荷花，雨裡的房子等等，都像是能樂的寂樂夢境。比起來，我還更喜愛小倉遊龜的畫，或者因爲小倉是女性，她的畫比較現世，以人爲對象的畫畫了很多，一張一張都是似有事似無事的人生。我喜愛她的這點現世，明淨柔穩中有艷、有故事。連她畫的那樣精緻可珍重的茶碗花瓶，卻也都是平日可以拿來用著的呢。

有人說日本是美術的民族，看他們的歌舞伎最能感覺得出來。歌舞伎眞就是一個顏色的「色」字，太美了，美得幾乎可爲之殉身。這次菊花會演出《藤娘》裡的一段，藤娘亦是日本的名花，特指年輕的女子。此段舞的藤娘心裡在想念著她愛悅的男子怎麼還沒有來。舞臺上佈景唯一棵大松，松上垂下來一串串淡紫色的藤花，藤娘在樹前緩緩舞起來，一起、一低、一旋轉，沒有一個身姿不是美絕了，只覺自古以來所謂的女色、女色，全部都在眼前了，忽然好生悲哀，因爲我是多麼想把這一身的顏色，這一折一轉間的每一個身姿，永生永世的留住了！留不住呀，鏡花水月我卻起了怏怏不樂之心，乾脆一手把它毀了也罷！是阿丁曾經戲言的：得不到就毀了它。

其實菊花會和印度舞在此地所表演的只不過是開了一扇櫥窗而已，它的風貌與它的深邃之處，還是要在它本土上才能開放得毫無保留。若不是去過日本兩次，我也不會曉得單從他們民謠的歌聲裡、舞蹈的節奏裡就能夠感覺到，日本這個民族到底是從高天原天照大神那裡一脈嫡承而來的，他們民族強大的元氣和喜氣，仍是他們最大的本錢了。雖然是在國父紀念館聽到北海道民謠〈梭蘭節〉，仍像是聽到鄉音般，情怯又高興啊。

一九八一年十二月十日

衣香

《花間集》裡有寫到女子爲想念她的男子而廢了梳妝，她最漂亮的衣裳因爲長久折疊在衣箱裡，那疊痕把衣裳都磨損了。詞中沒有提及一句相思的話，這樣深豔含蓄的情感，實在令我這個現代女性驚羨。「衣白漸侵塵」，眞是多麼深穩貞一的思念啊。

去年秋天因爲被關在製作人家裡寫劇本，來不及收夏衣，出關之後驟然已是寒冬了，好容易等到一個大太陽天，把夏天衣服一件件洗了收藏，手底下淅瀝瀝流著冰涼的自來水，一寸寸都是活的。水裡的衣裳是夏天和春天的顏色，照眼的亮，尤其前兩年流行的淡藍淡茄紫粉紅等「星星小孩」粉彩系列，像是泉湧芙蓉，水流霞影，爲之驚愛不已。自己喜歡的衣服，不捨得用洗衣機洗，也不脫水，濕淋淋一吊吊在竹竿上，眼看風吹乾了，陽光曬燥了，一件件的衣服，一件件的記憶，日子不知不覺過去，每在換季藏衣取衣時，我才詫訝於時光的流轉竟是這樣忽忽如夢。

記得那麼一個景象。我沿著回家的坡路走上來，暖晴的太陽光裡，家家樓廊下掛著香腸臘肉，欄干上攤開晾著被單褥子，一家一家不同的花色是一家一家不同的日常，還有什麼比這個更是眞實的生活呢，只覺一種遠意，叫人愁煞。那天廊下還吊了我洗好要收的夏衣，一件蘋果綠的韓國式罩袍臨空舞擺著，輕盈的綠色襯在厚重的冬裡，像是早來的一片春天，悅目極了。豈知這件衣服才值八十塊錢，批發買時怕還論斤秤的，我一眼看中搶救了出來，穿在身上居然不俗。看著它在輕風細細裡搖動的姿態，當下竟謅出一句很像現代詩的詩：

八十塊的春天我向販子買來，

曬在冬天暖暖的竹竿上。

早些年興起中國風時，大減價買了一套衫褲，假緞桃紅褲配藤紫斜襟長衫，襟上鑲桃紅寬邊，腰上墜一條桃紅如意穗，買來就被家人譏做是歌仔戲戲裝。這襲衫褲腳下踏一雙銀色細高跟，就成了時髦的迪斯可舞裝。有一天穿了它要去參加朋友的婚禮，打扮好了在後院門口一站，請爸爸媽媽掌眼，彼時院中兩棵桃花才落，滿枝子綠葉蓁蓁，父親正在樹下拔草，抬頭一見笑說：「怪不得桃花都沒了，原來變成了一個桃花精！」改良式的中國風不知何故一律左襟，披髮左衽，乃如此當然的行之於八十年代的中國，從某一點來看，桃花精一辭倒深具警譬之意。

那末，何妨把襯衫紮進窄裙裡，我喜歡蹬雙高跟鞋，精神飽滿的在房子裡踱來踱去，讓鞋跟卡卡卡的敲在磨石地上，像一位俐落的女祕書。不然，一襲洋裝大圓裙繫條寬皮帶，臂下夾隻手提包，星期六的上午到郵局領款、存款、劃撥、寄航空信，再走路到第一銀行把乙存帳戶轉入甲存，一宗一宗辦成了，手提包裡甸甸的有錢、有章子、有存摺，天呀，自己實在太幹練果決了——步步蓮花，裙底生風！

再不然，家居穿T恤繫條斜裙，活似義大利寫實片裡的女人，從生活當中結結實實滾過來的一股悍然的生命力，鏡中一瞥不免大怖。偶爾也穿平底鞋，彷彿自己變得很低很低，在自己歡悅的人前，而一切心甘情願。有一年夏天是院子開了十四朵曇花，賞花到夜深興猶未盡，幾人跑出去看月亮，躺在人家轎車車蓋上，月色似水流年，無聲無息從我們年輕的身上滑過，假如留下了痕跡，是年年春暮開箱取衣時，樟腦香裡一抖抖出的那件水藍底白牡丹大花布袍子。

買衣服就是一個緣字，相信女子如我輩者皆有同感，衣服實在比什麼都更是女人的知己。自己喜愛的衣服，一定是「一見鍾情」，千千萬萬裡，一看就看到了它，就是它了。又或者和自己有緣的衣服，這次不買它，下次也不買它，而終究還是買了它。我也向來逛街買衣飾的興趣比買書大多了，只要一踏入西門町，便是無可救藥的掉入了十丈紅塵不能自拔。女人這種天生對衣服的敏感和癡心，乃至對於現實物質世界的切身之感與執著，最是被人拿來笑話，但我想如果男人破壞了理論與制度會變成是虛無主義，而女人再墮落也不會落到虛無主義，因爲物質自身的存在於女人就是可信可親的。

每想起《連環套》裡的霓喜，寫道「當時兩人雖是露水夫妻，各帶著各的小孩，卻也一心一意過起日子來。霓喜黃烘烘戴一頭金首飾」。我從沒有看過有誰把黃金寫得這樣具質感、重量，而現實、悲壯的。故事最後，有人來向霓喜的女兒瑟梨塔做媒，霓喜先不知道，聞言以爲是她，一歪身倒在沙發椅上，笑了起來，此處寫著「她伸直兩條胳膊，無限制的伸下去，兩條肉黃色的滿溢的河，湯湯流進未來的年月裡。她還是美麗的，男人靠不住，錢也靠不住，還是自己可靠。窗子大開著，聽見海上輪船放氣……清冷的汽笛聲沿著她的胳膊筆直流下去。」如果有一天核子大戰爆發了，燼餘塵滅裡能夠存活下來的人，不是理論家，不是道德家，乃至宗教家都不是，而是與霓喜這樣在體質上相同的人，存活下來了，重建起新的人類的秩序的嗎？

去年流行金色，金與白配，有一種貴族式的冷傲；金與黑配，豔情而神祕。我喜歡的金是中國喜慶裡的大紅與金，或者是霓喜頭簪的金。當這一陣金風颷過之後，滄海桑田，世事又知幾何？但我只是很高興冬天已經過去，脫下這一身笨重的冬衣，分外感到年輕的肌膚乍乍與春氣裡的陽光水露相親。「當時年少春衫薄」，閒情萬種，而歲月正長。

一九八二年二月

夏釣

一直記得那年在淡海淺水灣釣魚，舊曆十五，午後開始退潮，退得極遠極遠，整個露出海底的礁石來，我們穿著布鞋，朋友是釣魚老手，一入海就到了腰際，我只敢不深不淺走到膝蓋那麼高。魚竿拋出去，天是高的，水是綠的，我第一次知道海的魅力是這樣可怕，好像那綠到極致的綠會把人給吸了進去，葬身其中。

當時西邊的太陽未落，東邊已昇起了一輪大白月，有如一片薄明的圓雲，停在農舍屋後一排疏疏的木麻黃間。砂岸很遠，高高的築起，公路在天與地之間，零星有車子開過。不知不覺就潮漲了，漲得飛快，發現時我們的來路已被淹沒了，趕忙收拾了漁具惶惶撤退，及時回到岸上，掉頭一望，夕陽已落，哪裡還見礁石嶙嶙，只是一片的煙水蒼茫。

太叫我訝歎了，這樣的時間與空間的倏忽迷恍！遂想起《博物志》裡有一段記載，是說天河與海通，有人乘槎而去，十餘日中，猶見星月日辰，自後便茫茫忽忽，不覺晝夜。去十餘日，忽到一處，有城廓狀，屋舍整儼，遙望宮中頗多織婦，見一漢子正牽牛飲水。問漢子此是何處，牽牛人告以還至蜀郡訪嚴君平即可知道。此人後至蜀問嚴君平，嚴君平道：某年某日，有客星犯牽牛宿。計年日，正是此人到天河的時間。

每當暑夜仰望天河，亦想乘槎直去，不搭太空梭。那年的夏釣成了一場夢。

一九八二年七月

提筆

如果那也算是創作，四歲時一個暑夜，媽媽抱我在門前看星星，見天空劃過一道流星，我說：「星星多麼美麗的滾下來。」可以想見當時的媽媽會是如何驚詫好笑呢，以至二十年後的現在，仍屢屢向朋友們提起。

家裡有小孩的人知道，其實三歲五歲的兒童哪一個不是天才。我有位朋友煎蛋做早點，不小心將蛋黃流出來，叫聲糟糕破了，她讀幼稚園的兒子在旁說：「沒關係媽咪，我們把它補好。」又有位朋友的姪兒告訴我魚缸裡兩條小花魚，這條是男魚，那條是女魚，她認眞的說：「因爲女魚穿著裙子呀。」並指出女魚眼睛上有兩彎細眉毛。每被這些小天才們驚得張口結舌，想自己亦生一個孩子，只把孩子的一句句話錄下來，夠出一本好書了，所以素來對嬰兒與兒童只有手足無措，像他們是面法鏡，照出我這個龐然蠢物。

記得一回，是初春太陽煦煦的午后，家家在院裡曬被褥，隔鄰門口一輛紅色推車裡放著個女娃娃，玉琢琢一團粉人兒，自管一忽兒舞拳，一忽兒踢腳，一忽兒又笑，簡直沒有半刻停滯，每一寸都是絕對靈動的。且令人羨慕極了她的眼睛，眼白透著澄淨的磁藍，是嬰兒的眼睛才有的那種藍。我看著一邊卻惆悵起來，心想這一刻怎麼也無法永遠留住了，她自己也永遠不會知道的，柯達相片留下來的當然不能算是，最終是唯我看到，知道，而且，可預見她一天天長大，一位天才於焉隕沒，終無人知。

生活當中，不知有多少多少這樣一刻，想留住留不住，像京戲裡密鼓緊鑼碰鏘一停、亮相，像抽刀斷水——水更流。我非常悲哀的發現，稍縱即逝，除了提筆，幾乎沒有任何方式可以留住。若有所謂寫作動機，或者我爲的就是這個。

常言，大人不失其赤子之心，講慣的俗話，讀到庾信〈春賦〉一句「影來池裡、花落衫中」，照眼一亮，始覺赤子之心竟就是這樣與人與物毫無一點隔膜，喊山山響，叫水水應，眾生百相如影來池中，兜兜攏攏落花又一身，原來都是自家人、自家事，多麼繁麗熱鬧痛快啊。《史記》描述劉邦「仁而愛人」，司馬遷自己亦被批評爲「多愛不忍」，果然就也是沒有一部歷史像《史記》這樣去寫遊俠、刺客、酷吏，這樣寫得好看而文學性了。從來我不相信仇憤或壓迫的情緒可以寫出好文章，便連若干人喜歡講的救贖感或憂患意識，恐怕都嫌造作。對生命的喜悅，以及對物質世界的喜悅，是這樣赤子之心，不但在創作上成爲不竭的泉源，在人生的驚濤駭浪中亦能不憂、不懼。

一九八二年十月

伯利恆的星

已經多年不逛聖誕卡。前日驀地裡閑愁難遣，在台大影印完竟就走走到了卡片鋪，佇立半晌，整個人已踉踉蹌蹌跌進一個冰花璀璨的琉璃世界中。

寶藍的天，寶藍的地，天之涯，地之角，有一扇杏黃的燈，細細尋去，原來是棟小木屋，囪頂吐出的白煙凝成了一點兩點向寶藍天空飄去的雪花。

是一位日本女畫家永田萌設計出來的圖案，總是那樣：橫長一幅，霏霏的天和地，地平線上或一座風車、一座燈塔，或一戶柵欄小院，院裡曬著兩件三件小衣服。我喜歡的一幅，在滿開杏花的路上，也不知是盡頭還是開始，花樹底下停著一輛淺紫單車，卻不見人。

形形色色的圖案印成卡片，印成手絹、枕巾、洗臉毛巾、信紙、信封、筆記本，比「星星小孩」且又是另一個童話夢，走進二十世紀八十年代最現實的日常生活來，使我覺得惆悵極了。覺得公元兩千年前那顆伯利恆的星離我們眞是遠去了。

玄奘所著《大唐西域記》裡每寫到「去聖逾邈，寶變爲石」——當年耶穌對著耶路撒冷慟哭的眼淚，於今不過也是掛在聖誕樹上晶盈的玻璃珠了罷。會叫我每一想起聖誕夜的時候都要掉淚的。

一九八二年十二月五日

戲外戲

《小畢的故事》在淡水拍外景的時候，我去看過一次。是陰曆十六，中午漲潮，沿堤岸走去，一邊人家，濃濃的矮榕伸出牆來，想他院門打開，探腳就會給潮水打濕了。從樹底下經過，一拍一拍的浪花像許多小手來攫人鞋子，笑浪聲裡逃過去了，回頭一看，堤上只是什麼也沒發生。水遠山長，小陽春天，一扇扇紅門裡曬著被子。假如我是男孩，假如這時有一個年輕女人走出來，無論如何我想我會娶她爲妻的。

時當民國二十年間上海。花國有一名妓叫王彩雲，姐妹十人，彩雲行九，美雲行十，皆善歌，美雲後來嫁給陳定山先生，定山先生爲之改字叫十雲，取的是沈約詩「十雲非一收」，彩雲也自改其名九雲，典出《雲笈七籤》：大霞之中有雲氣彭彭而立者是曰九雲。

九雲二十四歲，嫁給六十歲的趙君玉。這位趙君玉昔年紅遍江南，梅蘭芳數度南來，皆視趙君玉爲勁敵，如漢武帝之尹夫人邢夫人避面，從不同臺。梅蘭芳出演天蟾時，趙君玉爲之休息一個月表示謙讓。連杜月笙也說：「天下美男子、美婦人的菁華都在趙君玉一身，倘爲女子我必娶之。」呼趙君玉弟，趙也呼之爲大哥。趙君玉好煙賭色，年過三十已顯憔悴，然出演於天蟾仍是滿座。時演小生戲，全本《呂布》就是趙君玉唱紅的，《白門樓》、《射戟》，尤其拿手。銀袍白鎧，依然錦人，可算得崑亂不擋。可惜北伐以後，聲色愈衰，煙癮愈大，至二十六年抗戰，年近六十，幾淪爲三流小生，上海不能存足，此時有人在雲南辦昆明大舞臺，召他去，他就去了。九雲聞說，便要跟去雲南嫁他。

這當然引起眾姐妹的反對，九雲的意思是，趙君玉當年盛極一方，名媛閨秀無不以爲禁臠，老衰以後便棄之不顧，九雲今年二十四，再過五年，她亦要像是趙君玉的命運了。她是因爲自憐所以憐趙君玉，嫁給他，以羞天下諸女子也。

十雲愛姐姐不願她受苦，其時定山先生將轉赴後方，夫婦倆就拉住九雲同行，到了重慶，留九雲住下，九雲爲敬重妹妹妹夫的好意，便也留下，復懸牌應徵於小梁子，芳名大噪，積財無算。及十雲夫婦入滇，九雲反留而不去，說是還要在重慶多住住，十雲自然高興姐姐不來雲南，而重慶大轟炸，小梁子也毀了。二十九年十雲夫婦以父疾回上海，不久忽得九雲從昆明來信，說：「我已嫁了一個人，結婚照片掛號另寄。你們猜猜是誰，猜著了一定要生氣。」待照片寄到，新郎果然是趙君玉，背底寫道：「請你們恕我，一生羨慕正式結婚，現在是正式結婚了。」

原來十雲夫婦到昆明，九雲留在重慶不走，就爲要避過兩人的阻擋，因此十雲一離開昆明，她就從重慶飛昆明和趙君玉結婚了，結婚時還有三個鑽石大戒指。後來昆明大轟炸，把她僅有的私蓄化爲烏有，於是趙君玉到昭通唱戲，飛機又炸昭通，君玉死了。九雲趕到昭通，從焦臭的叢屍裡認出丈夫來，送返昆明，在梨園義塚找了一口墓穴埋葬。九雲無家可歸，便在大舞臺前樓搭了一張板舖。

九雲一生錦衣玉食，鴉片必吸大土，現在連川土都買不起了。大舞臺趙老闆勸她何不出去唱群芳會，得錢也可以買點雲土吸。九雲才到金碧公園去清唱，引吭一聲，還是那麼珠圓玉潤。近三十的人，稍一修飾，依然光彩照人，滇戲名旦王守槐黯然爲之失色。但九雲不要錢，只要每天給她一兩雲土，她就這樣除了登臺清唱，終日裡吞雲吐霧，把自己毀成一個鳩盤茶。趙老板一次勸她不妨抹點脂粉再出來，她把煙槍一摔道：「要我唱，我就是這個樣。」弄至茶園老板也來回生意：「不想再勞動九小姐了。」

一天，聽見虞洽卿來了，她才略有喜色，洗洗臉，梳梳頭，換了件藍布衫去看洽老。這位虞洽卿又是誰呢？民國二十年間上海人稱赤腳財神的虞洽卿，身兼公司董事長四十餘家，事業纍纍，亦負債纍纍，爲全國負債第一名。其人賦性慷慨，勇於任勞，見義必爲。三十四年勝利復員，改上海路名，市政府特改西藏路爲虞洽卿路，租界馬路以中國人名者亦唯虞洽卿路一條而已。

洽老見到九雲吃一驚，說：「嘖，嘖，阿九，你怎弄到這個樣子呀。」掏出二十塊錢給她，她還是忍氣受了。走出門外，身子就發抖，一直抖回去，朝床上一睡琅琅散散擲一地。趙老板進去看時，九雲已氣絕了。

九雲二十幾年的人生，也算是詼奇了罷？這一段事情寫在陳定山先生的書中，題叫「趙君玉夫婦死難昆明」。

李白詩「蒼梧山崩湘水絕，竹上之淚乃可滅」。白日青天下，此地也沒有九雲。堤防上拍戲的人，等著導演丹田十足的那一聲——來！只聽見殺辣殺辣的膠卷速速輾轉而去，一隊孩子跑過鏡頭前喊道：「小畢！小畢！」遠方有渡船卜篤卜篤開來。漁市場人語嘈嘈，像是捕到一隻海豚。切冰機開動了，碎粉粉的冰琉璃迸得四處亂跳，我想起小時村裡唯一的一家土冰箱，每天早晨送冰的貨車開來，孩子們等不及搶拾車上的冰碎渣玩，多半我是把冰吞進肚子裡，感覺它在肚裡涼涼的化做了水。

我已分不清什麼是戲裡，什麼是戲外。

一九八三年一月

他

那一段看到黃卡其制服藍夾克就會怦然心動的日子眞是遠了。不知道現在的高中生還是不是這樣：早自習，我伏在桌上背逖克遜片語，死黨BB在教室前面露出一張臉朝我招手，我丟下書本溜出教室，兩人躲到大禮堂樓梯轉角下的陰影處，BB遞給我一封信，果然又是他！昨天一封，今天一封，厚厚的十頁十行紙，正反面字連字、句連句，頭角崢嶸寫了個長江大河把我都給沖到西天去了。那個年代，那種歲月，信上無非寫的是卡謬的《異鄉人》、卡夫卡的《蛻變》、貝克特《等待果陀》，且又搬出尼采超人哲學，他也宣佈上帝死亡，立志要做一位超人。BB是不懂這些的，我一面教她反駁抗辯回去，一面心裡想著爲什麼沒有一個男孩也這樣寫信給我呀！

BB和他是一次皇帝殿郊遊認識的，如此這般限時信寫了N封之後，因爲老拉了這些大牌做電燈泡，一場說不上算不算戀愛的戀愛終於不了了之。現在BB早已嫁人，他也身爲一個兒子的父親了，星期天帶著妻兒去國賓戲院看克里斯多夫李維主演的《超人》第二集。

是有朋友問起我對「成功人」的看法，遂想起他。想起五年前利用大專聯考兩天在成功中學賣《三三集刊》，暑熱大太陽天，簡直找不著一塊陰涼地方，勉強有一處花圃可以坐，半個人遮在廊簷下，半個人曝在炎日裡。最後一堂考試了，看看賣書成績大概已經無望，隨意抽一本翻翻，恍恍惚惚好像當年我跟ＢＢ正躲在樓梯下閱讀她的情書。書上的鉛字變成了男孩澎湃跳躍的字體，大部份用原子筆寫，能夠看出熱烈到不知如何表達他自己的時候就用又濃又重的簽字筆，依稀還嗅得到一筆一字底下生出的香蕉油稠郁的氣味。再是一次極度壞心情的時候他用了紅色筆。此刻我忽然明白了，他愛的不是ＢＢ，是他自己——年輕的他，青春的他，滿滿滿滿的他。

一九八三年三月

有所思

有所思，乃在大海南。

這是一首樂府歌辭的開頭兩句，我在《古詩源》書裡讀到，當下只想嚎啕大哭。後來是看電影《戰火浮生錄》，看了三遍，爲把片中俄國詩人那首詩記下來。這樣寫的：

如果你等我，我會回來。
但是你必須耐心等候，
等到日頭西落
等到天下黃雨
等到盛夏的勝利
等到音訊斷絕
等到記憶空白
等到所有的等待都沒有的等待。

映畫上年輕的丈夫已戰死在雪地中，他的妻子，一位皙薄纖瘦如發育不良的小女孩，當年他擔任皇家芭蕾舞團甄選，這個小女孩落選了，他卻愛上她，跟她結婚。此刻她被包圍在大群與她丈夫同樣年輕的戰士裡，一襲哈薩克裙衫馬靴氈帽，她的芭蕾造詣這時候當然派不上。她揮動著一條紅巾，與帽上一撮鮮麗的紅穗，在那成堆的灰舊、臃腫的軍棉衣中，令人悅目得掉下眼淚。快捷的舞，亢拔的樂調，斷垣殘牆，分不清是暮色，炊煙——多半還是烽燹，戰士們爲她都感動了。而她尙不知她的丈夫再也不會回來了。

這一段拍得太好，讓我遠遠、遠遠，蒼涼想到《詩經》裡所寫的戰爭場面。讓我想要與一人盟誓，終身不渝。眞的，活著，好好的活著，活著每一刻每一時，如活著走在雨後半乾的一格格紅磚路上。「有所思，乃在大海南。何用問遺君，雙珠玳瑁簪，用玉紹繚之。聞君有他心，拉雜摧燒之，摧燒之，當風揚其灰，從今以往，勿復相思。」

我愛《古詩源》，我愛裡頭的世界永遠是這樣高曠亮烈的。

一九八三年四月

竹崎一日

隨外景隊來到竹崎，一夜落過大雨，清晨放晴，不但天空和山野洗得乾乾淨淨，連聲音都洗過了，世界突然立體起來，大到最大的，小到最小的，層次分明極了。

先是被路兩旁的果實吸引住，一種叫做阿蘿娜的果實，外公家種有一棵，似乎全台灣只有外公知道這樣的吃法：去掉果皮後，把果漿加白糖沖水稀釋了放在冰箱裡，冰得透透的，吃時再加兩塊冰，眞是消暑極品。記得總在炎炎的午睡醒來，尚未有病人來看病，我們小孩圍在飯廳圓桌旁，看著外公從冰箱捧出一缽盈黃果液。果液盛在半透明的仿水晶缽裡，再從凍箱取出冰格一塊塊掰下來，琳琳瑯瑯丟入缽中，「瓊漿玉液」也不過如此了，但願守著這個缽就好，不要吃了，吃了就沒有了。大家都是這種心理，一人分到一小碗阿蘿娜，惆悵的一匙匙吃下去，靜默的飯廳只聽見匙碗和冰塊脆脆的碰擊聲，還有牆上老掛鐘地老天長的在踱著步子，才睡醒的妹妹臉邊還留著榻榻米的印子——阿蘿娜的下午呀，童年遠去了，又回來了。

溯著記憶的長河而上，忘路之遠近。

看到人家院中竹棚下的葡萄，跟羅漢果種一起，羅漢果即百香果，還未變紫，大大小小的綠球和成珠成串的澀青葡萄吊在棚下，教人無法置信。我小的時候曾種過一棵番茄樹，眼看著唯一的一粒果子由綠色慢慢變紅，紅透了，透出薄皮裡面飽滿的鵝黃種子，仍是不捨得摘，放學回家便奔到後院去看它，摸摸它似乎又更大、更紅了一些，直蹲到天色暗去，籬邊的夕顏像一盞盞雪白圓裙都大大的鋪開了，花香潮水似的一波波漲過來，竟是嗆人。一天我回家卻不見我的番茄了的，連樹也消失了，原來我們跟隔壁歸伯伯共一個後院，彷彿是他們準備在側坡那裡築一道矮牆，上午來了幾個工人，怎麼就把番茄樹隨手清理掉了。媽媽匆匆打發我驚駭的質詢，復又去忙，並不在意我的震怒和慟哭。後來我也明白沒有用了，便安靜地一個人蹲在院中憑弔番茄樹的遺跡，那連根拔掉時被翻起的黃土還那麼新鮮，我第一次感覺到大人世界的殘忍而自己完全是幼弱的，無能爲力。也沒有怒氣和眼淚了，只是哀哀的，像一條明淨的小溪低低流過。直到現在我仍常常做同樣的夢，夢見蚊帳上掛滿了纍纍的果實，來不及的吃，吃著還抓在手中緊緊的，一遍遍告訴自己，這次是眞的了。也許可謂之爲「番茄情結」。

說到葡萄，外公家也有一棚，我每趁午睡時溜下床，搬了高凳去偷摘，卻很客氣，不過摸個幾粒下來就快樂死了。葡萄樹上有兔寶寶蟲，是一種綠晶晶的大肥蠶，我可不怕，牠的臉生得像兔寶寶。我也常溜出大門買沙利文吃，因外公禁止我們吃零食或有色素的東西，一次被外公在樓上發現喝住，駭得我奔進院來藏在壓水機水井背後，外公並不來抓我，在廚房廊簷下站站就進去了。我怔怔望著手中陀螺形的空餅殼，上頭兩朵紅豆冰淇淋早在逃亡途中跑掉了，我記住奔逃時的驚慌和羞恥，以後便再沒有被那幾聲叭卜引誘。然而從此立下大志，有一天當我也成爲大人了，我要吃很多很多的冰淇淋，吃個痛快，吃個無坑無底。

竹崎是嘉義到阿里山火車線上的一個站鎮，時光來到這裡好像遲了十年。窄折的小巷裡是一戶戶日式木宅，也保留了日式所特有的禪靜，眞是清淨啊，連公共廁所都不例外。純粹的風景區我不喜歡，還是有人家的地方好，有人家的地方，竹竿上曬著土花布衣裳，密密的龍眼樹行背後傳來縫紉機撻撻的充實的聲音，才看見掩在樹下的門邊釘著一塊木牌寫著：家庭洋裁。又或是走到巷子的盡頭，被一隻黃狗吠出來，轉入另一條人家小弄，門戶洞開，裡面一覽無遺，奇怪，沒有人在，只有一隻鋁茶壺蹲在爐上吱吱冒煙。隔著房子和巷子，隔著重重折折疊疊的不知何處，有婦人們講話的笑聲，很遠，又很近似的，我心想，茶壺的主人必定在其中了。

鐵道旁日式宅子裡伸出來的櫻樹，替竹崎站頭平添幾分異國風情，可惜花季已過，想像阿里山火車才有的那種新艷的漆紅，車來車去，花開花落。那年夏天我們上阿里山玩，記得我們一直攀在車門口吹風，帶露氣的涼風如行在水上，有一段鐵道種的都是紫蘇，太陽一照，漫漫漾起桃金色的光，又像走在雲中。當時我眞想談一場轟轟橙橙的戀愛，然後就此凋謝。日後是有一回在打字行校稿剪貼，已先校過的稿子，半透明玻璃紙上是他很特殊的童兒字，顚顚倒倒，跌跌爬爬的字。我一句句校對下來，讀過他曾讀過的字裡行間，當時他讀的每一跡，現在我讀的每一跡，只覺字字生輝。

當然什麼都沒有發生過，他也永遠不曾知道，我滿滿的愛情有如王維詩裡的辛夷花：

木末芙蓉花，山中發紅萼，

澗戶寂無人，紛紛開且落。

走在雨後潤潔的鐵軌枕木上，對面叮叮噹噹開來明紅的火車，載著一山玻璃箱子駛去，遠去了，湮入杳杳的蟬鳴中。想起張恨水的小說《落霞孤鶩》，落霞大清早買菜在胡同又遇江秋鶩，秋鶩走遠了，落霞追上來，見那皮鞋腳印深深的印在雪裡，便試將自己的腳，補著那腳印，一個一個的踏著，不知不覺的，一步一個腳步踏了去。我這樣一步一格枕木走也不曉多遠，單爲喜歡被雨水洗淨的枕木的色澤，自己卻已熱淚哭濕了長長的一條鐵道呢。

但是諸般如此畢竟不像話，因爲每個人都在做事。

在一家造紙廠看了半天，是專門用做冥紙的那種土黃紙，成披成疊就曬在車站空地那裡。原素的粗粗的紙質也有一股拙稚的美感，想討一張回去，卻馬上就覺得了、覺得了我的都市人的閑情在這裡忽然顯得這樣不協、不敬。我羞歉的趕緊跑開，到市街上跟許多人一樣走路，吃了一碗切阿米粉，到矮矮屋頂的百貨店買了一雙六十五元的拖鞋，又到另一家買了雙涼鞋，一百二十元。仍是遊手好閑的一個人，只好到一家冰店叫了西瓜吃，看完報紙看小說，因喜愛「綠豆露」這個名字，又喊了一碗來吃。

這家店喚做平城冰菓室，與竹崎街上所有招牌一樣，木製的、低低懸在門柱上，差不多等於一個成人的身高，形成竹崎鎮的鎮景果然是越發遲了十年。

一九八三年五月

想做

如果能有下輩子，你想要做什麼？有人這樣問我。

掛了電話，我望著牆上的一幅字發呆，寫的是、

清哀炎帝女

少年慕鳥音

——庚申懷人

也許我就做墮海化爲精衛鳥的炎帝女兒罷。那鳥音眞的是高遠，此時若有一位少年，聽了那鳥音，滲入他的魂膽，決定了他的一生，連他的名字也用了精衛，那太古炎帝神農氏少女的清哀，成了他一生事業的題名。你說這算不算是戀愛呢？也許這就是我所要做的。

但我又想做我的窗前的那棵桃樹，三月開得快時，一串串放鞭炮似的，砰砰砰一日內就放了滿樹。或者柳樹，讓三兩隻出生不久才會跑路的小貓咪在樹幹上爬，細米米的爪子搔得整棵樹從土裡癢上來。

想做我的書桌上的一架日本合鏡，墨黑漆底撒泥金菊徽，拆開來兩支，左右互照，是溫庭筠

詩寫的、「照花前後鏡、花面交相映。」不然，做陶盤裡的那兩粒繪著紅杏的白蛋殼也好，它是一個畫國畫的好朋友為他女兒的滿月而畫了分贈給我的。還有枱燈燈座上一塊從花蓮太平洋海邊撿回來的石頭。一杯一鏡，一草一石，卻都是價值連城。

想做模特兒，有穿不完的漂亮的衣服。想做種哈蜜瓜的農夫，可以天天吃哈蜜瓜。

想做，想做……想做的太多了！倒叫我想起在日本奈良法隆寺看到的一座千手觀音相。她像一個小小孩在玩，想要這個，想要那個，剛抓起這個，看到那個，才放下那個，又看到這個，身手之迅疾敏捷，是生命的絕對恣意，絕對不保留，不委屈——就是那座千手觀音了。

如果能有下輩子，能夠我有選擇權，我想，我還是會要做此時此刻坐在這裡寫字的一個平常極了的女孩兒，一個喜歡胭脂口紅和時裝、會為了體重增加一公斤而發誓再也不吃巧克力蛋糕了的女孩兒。

「秋風無限瀟湘意，欲采蘋花不自由」，不自由，因為人生的有限。然而如果是這樣的不自由，我願意自己是生長在無限秋風裡的蘋花。

一九八三年八月

七樓的天空

近來有幾次住旅館的機會，在嘉義、在高雄，都是住七樓。進房間第一件事，總是跑到窗邊，刷地拉開窗簾，照進光光的大白天，與城市的天空。不愛用空氣調節器，寧可窗戶洞開，讓高處涼涼的風吹進來，也吹進市街擾擾攘攘的人聲、汽車聲。高樓倚窗，特別會覺得萬丈紅塵，心中忽然悲傷起來，並不願自己是這麼在著雲端的，比任何時候都覺得地上的人、地上的世界，這樣與自己親切和接近。

五年前一個夏天晚上，住嘉義一位朋友家，宿二樓。回歸線經過南台灣，熱也熱得不一樣，靠窗睡著，入夜了，夜蘭花香也不休息，一股一股膨脹上來，與始終不曾安靜的、沸沸騰騰的塵囂——多半是有名的嘉義夜市——溶在一起，匯成像是一條緩緩流著的、慵懶而蜜甜的河，我浮在河上，覺得夜好長好長，夢好長好長，最終會沉酣而逝。而破曉來了，花香才休息，塵囂才安靜，我也才睡了一小眠。

這次住得高，層層疊疊屋頂都在眼前、腳下，晚上又落雨，霓虹燈招牌近的遠的，都在水裡湮開了，不防備它，就一些些、一些些的湮到心頭來，一場糊塗。令我想要斷絕最鍾愛的，就此離去，走入雨中，永不回頭，於是收拾行李回台北去也。乘興而來，乘興而返，也許像是嘉義正在上演的一部電影，《飄泊七蕟人》。七蕟人——迌迌人，走在月中、走在日中的人。

很幸運，我的住家靠山，二樓臥房窗下有一個頗大的園子，常常我在房間看書做事，園子裡或者是母親把洗乾淨的衣服曬在竿上，隔著一行扶桑短籬，與鄰居太太閑講著話。或者某個學生跟父親在掘土培畦，種芹菜和蘿蔔，綠柳隔斷人影，只聽見家常言語，一盪沒一盪的，風中吹吹就散了。我悄悄傍在窗口窺著，不敢驚動，生怕碰碎了它。

然後是在製作人家裡寫劇本，寫一段便到落地長窗前站站，看著國父紀念館廣場上許多人放風箏。遠一些的地方，城市人家沉溺在靄靄煙塵裡，更遠些，山連天、天連山，這兒也是七樓的天空七樓的風啊。雪竇禪師的頌、

堪笑清涼多少眾，前三三與後三三

我想我不是寂寞的。

一九八三年六月

輯二

如是我聞

一杯看劍氣

荷西在門前種樹，種好了，三毛忽然笑起來，道：「荷西，樹是有臉的呢。」種好的樹，又挖起來重新種過了。

今天早晨，我把几上的兩棵椰子拿在水龍頭下沖澡，想起三毛的話，將兩棵椰子整了整方向，看看，那蔥翠的葉片果然是一臉喜孜孜的迎著人笑哩。三毛是花，花嬌欲語，我們且來與三毛「對一說」。

對一說著，他說東來你說西，他若說月亮，我們就來說太陽。

知道三毛，是從〈聯副〉刊登的〈中國飯店〉開始，認識三毛，卻要到三個月前，去年的十二月九日，《聯合報》小說獎頒獎典禮上，其間民國六十六年三毛曾寫過一封長信給天心。三毛向來不主動寫信給人的，那次因爲讀了《擊壤歌》，晚上睡不著覺，踱來踱去踱了一夜，隔天就寄了張美金十塊錢的鈔票來，附上只有一句話的短箋。她原以爲天心不過只是一笑置之了吧，豈知天心亦是歡喜她的。自那時至今三年，只曉得天涯地角有個三毛，隔著千重山萬重山，偶爾才從報章雜誌上捎來了天邊的一朵白雲。一種牽掛，而好像連牽掛也說不上的，只便兩地閑情，都是共了一個日光星辰吧。

然後就是荷西的去世了。

我們知道的那天，是星期日，家中開旅館似的橫七豎八睡滿了人。前一天下午板中座談會，結束後去端端家大吃了一頓，玩到晚上十二點，才兩部計程車呼嘯而回。玩得那樣高興，卻各人都有一段心事，我也是到家就上樓痛痛快快的哭了一場，馬三哥過來望望，笑說：「女孩子啊，眞是水做的。」當夜窗前的月亮好高好遠，枱上岡野的陶瓶插著野菊，樓底下的笑鬧聲到底逐漸安靜了下來，我只管悲悲切切的，夢裡不知哪兒去。醒來還在迷糊的時候，忽聽見媽媽叫起來：荷西死了。驚得人一彈而起，怔怔的呆了一會兒，流下兩行清淚來。

三毛回來了。此時此境，可是我們也不去信，也不打電話，冷漠得像是起碼的人情之禮都沒有了。只因爲魯有麒麟，一番痛惜珍重之意，竟連驚動也不敢，便是一句半句安慰的話，都是冒犯了。

在《聯合報》的頒獎典禮上，出乎意料的遇見三毛，是天心先發現，跟阿丁我們三個就趕緊跑到她面前，才說一聲：「我是天心。」她就眼淚嘩嘩的流了滿面。頒獎當中，她隔著一條通道坐我們斜前方，曉得我們在看她，偶爾回過臉來望一下，我的心口就像給抽了一鞭。她全身穿黑，裙子底下馬靴，頭髮中分披肩，露出一張蒼白的小臉，脂粉不施，只畫了眼圈，整個人像是只剩下一息意志。方才匆匆的拉了拉手，纖纖一握，她是一個晨昏就瘦了多少？

典禮一完我們又去找她，她見是我，道：「咦，仙枝呢？仙枝沒來嗎？」這就是她對我們說的第一句話。聽進心底了，雖然是初識，原來迢迢的千山萬水，早已共了一副心腸。

我和天心把阿丁拉出來介紹，她只聽了是丁亞民，便說：「阿丁啊？你一點不胖的嘛。」我們又是驚詫，又是感激，連連打阿丁幾記，笑做了一堆。

三毛和天心眞是相近的。兩人站在一塊兒的時候，總讓我想起〈心經〉裡張愛玲畫的插圖，小寒與綾卿。是小寒的生日聚會上，人家說他們長得像，兩人到落地大鏡前照了一照，綾卿看上去凝重些，小寒彷彿是綾卿立在水邊的倒影，處處比她短一點，流動閃爍。天心的絕對之處，是我永遠也無法及得上的，因此見到三毛，於我則又是另外一種照眼的新鮮，當下要爲之悵惘無言了。每次唱著〈橄欖樹〉，三毛作的詞，不要問我從哪裡來，我的故鄉在遠方，爲什麼流浪，流浪遠方，流浪……爲了夢中的橄欖樹？橄欖樹……杳遠蒼茫的調子，令人泫然，像天起了涼風，而日影飛去，三毛是聖經雅各裡的。在那地中海長晴的日空下，荊棘內開著百合花，園中有葡萄樹和無花果，井邊流過的清泉，蜂房滴蜜。啊，看哪，我的良人，好像羚羊，或像是小鹿，他竄山越嶺而來，他從窗櫺往裡窺探。耶路撒冷的眾女子呵，我囑咐你們，不要驚動，不要叫醒我所親愛的，等他自己情願……

三毛頭一回來我們家，就是這樣，這樣從那遼遠的畫夢裡走了出來的。

那晚天氣奇冷，三毛素來披在肩上的耶穌頭卻紮成了兩束，像個印第安女孩，一進門我們就讚她好看，她笑說是頭髮髒了，梳這樣的髮式可以遮醜，又低下頭來，撥給我們看，中分線的髮腳都花白了。看得我們心驚，她卻是半分無可奈何，半分像是對她自己開了一個玩笑的調皮的笑容。

她坐在沙發上，牛仔料工裝褲，襯著燈籠大袖藍布衫、白短襪，包頭涼鞋，是個小男孩打扮。初看的時候，人很憔悴，講著話就漸漸眼睛也亮了，膚色也明淨了，一派神氣飛揚，竟是沒有年齡的。講到荷西的死，她依然熱淚如潮，而眼淚只是靜靜的流下，痛，是更眞切更深沉純摯了，一滴一滴都是穿石的，像孟姜女的尋夫哭倒了長城。又像娥皇女英的淚灑斑竹，而至今數千年，那瀟湘水深，蒼梧山高，存在於世世代代的懷思裡，一似繡進了歷史永生的織錦，是從來就未曾有過死亡的。

生死之際眞是大事。三毛道：「我還是想死。荷西找到的時候，我想著好了，從岸邊一直走，一直走，走進海裡，跟他一起去了。可是那時爸爸媽媽正好趕來——他們在島上，趕來荷西出事的島要乘飛機，飛機票一直買不到，我先來的，他們後來——爸爸媽媽遠遠的跑過來，我茫茫然的回過頭，媽媽還好，爸爸整個人，整個崩潰了——我總算沒有去。後來回到台北，有姊姊弟弟他們了，我想可以去了……爸爸恨我呀！如果我去了，爸爸說：要一生一世和那個殺死我女兒的人爲仇，來世變鬼也要報仇到底！好好笑，我說，爹爹，殺死你女兒的是你親生的女兒自己，不是別人。爹爹說：那麼那個人便不是我女兒，我跟他不共戴天，來生來世一輩子報仇！想死啊，活著沒有意思。我說，爹爹，你們太殘酷，太自私了……結果你們看，我就是像這個樣子了？像襲人，愛寶玉愛得那樣，幾次要死要死，後來還不是嫁了蔣玉函，簡直諷刺……」

此時此刻，我已覺得荷西的死不再重要。「還將舊時意，憐取眼前人」，眼前的是三毛的人啊。她只管那裡說生說死的，是好比她惱了造化小兒，在天地面前的不甘心，不服氣，撒賴賣潑，不惜豁出去了。其實此中的眞意假話、假意眞話，她雖未必在明白裡，只都付與了宇宙的一個最大的疑問，亦最大的肯定了吧。

三毛實在是強大。而且她天才的性情，使她即使在這樣悲痛的境遇裡，也仍然是陽氣明亮，沒有一點暗晦的，她講到荷西的可愛又可憐的地方，淚痕猶在，已又哈哈大笑了起來，笑倒在人家身上。三毛笑的時候，眼睛一亮，亮得大大的，最是年輕燦爛了。三毛說：「那次讀到天文寫的，和天心等車吃苦味巧克力糖的事，就和荷西去買了一大板巧克力要寄給你們，可是那時候天氣好熱，怕寄化了，收在冰箱裡存著。誰知道呀，那次要寄給你們巧克力的呀，就被荷西——什麼時候等我發現了，已經被偷吃掉一大塊啦！」

明兒寫的一幅字，我拿給三毛看，寫的是：道旁杏花一樹明，照山照水夫妻行，長亭買酒郎斟妾，妾惜金錢郎惜情。三毛嚷起來：「這字該是給我的呀。眞是好，妾惜金錢郎惜情，是我嘛，總是我在嘟嘟嘟的算錢。啊，我們島上種的全是杏花呢……那回我和荷西上山看花，滿山滿谷，呀，一遍杏花，雪白雪白的！我們在樹底下坐，惆悵得，得不知怎麼好，只有死掉了……」

荷西屬兔，三毛是荷西年輕的妻，也是姊姊，像《西遊記》裡的觀音菩薩，從印度到中國，成了民間千萬戶人家的的青春永遠的姊姊。是這樣的一對姊弟、夫妻，海角天涯的創建了自己的家。也許因爲沙漠漫漫的天，漫漫的沙、和漫漫的人情世景，也許因爲三毛的純眞，和她的歡喜把愛情叫作恩情，總讓我想起那是天地之初的一男一女、一女一男，大極的，樸素極的，而當時是連世界都還未形成的啊。他們離開了伊甸園，來到一處不知名的山崖水邊，那日色水紋，田舍待耕，桑園待植，就這般興興頭頭的做起了，做起了衣裳器皿宮室舟車。

三毛是自己不知，她道：「朱老師要我做天下人——我不要做天下人，我是最自私的了。」她豈知我也是最最自私的人呢。但是有一位林黛玉，她就是世間第一自私的人。

林黛玉種種的小心眼，說話故意冤枉賈寶玉，動不動就傷心流淚，最大的私意，莫過於她對寶玉說的：「我爲是我的心。」然而林黛玉的一生其實也不是爲了情，她是爲了求證一件最眞實的東西，是求證她自己的嗎？她把她全部的人高舉置於不可選擇的絕境，如渡天河，渡不渡得過去，就在此一拚了。她和寶玉兩人，是一是二，她對寶玉的絕對不肯遷就，不肯委屈，亦就是對她自己的絕對不肯妥協。「人生在世不稱意」，當然不稱意的，因爲自私，因爲黃金萬兩容易，知心一個也難求，更因爲她無法安分，處處反逆賈寶玉，原來即是反逆她自己，反逆世上所有的一切。林黛玉眞是太強太強了。

我喜歡古詩所言「日月光華，弘於一人」。比方做三三的大事，到底什麼才叫三三大事，又怎麼的做法才算是做？寫文章是做，唱歌、演講座談也是做，綑書、送書、裝訂、寄書、賣書、貼海報、算帳，都是做，但所有的這些也都不是做。大事，毋寧是在於像寶玉黛玉相見，頓時立地皆眞。因爲他，只覺世上的萬事萬物歷歷的都在了，一樁一樁皆宛轉歸於自己，是這樣的親切貼心可感激的。爲了他，亦即爲了天下人，見到他，亦即見到了天下人。所以英雄美人的私意，是他自己的，也同時是天下的，且那實在是親到了極點，眞到了極點的。

卻不知三毛此生此世，也有爲求證一件東西的嗎？我想是有的。

她講起她的生平，三番幾次的戀愛，每一次都是愛得那樣深痛，那樣一點也沒有保留，像是把她自己整個人投擲於一爐的冶煉中，燒啊燒啊，天心驚嘆道：「三毛呀，怎麼樣的一個人，那樣子燃燒自己，燒不盡似的！」

的確是，三毛的一生，是如此的行走於懸崖峭壁上。好幾次，她都險險的就要跌入萬劫不復了，換成別人，本質差了一點點的，恐怕都會是墮在暗淡悲慘的境遇裡。而三毛不，她會飛躍，像孫悟空的翻斛斗，一翻，就什麼什麼連好的連壞的都給一股腦翻過去了。所以怎麼樣壞的遭遇，在她身上從來不落下痕跡，更沒有什麼宿怨、陰影、潛意識這些東西，完全沒有的。她比我們，是經過了人世的大寒大暑來的，然而她的明麗純眞、陽氣和熱情，一如初出茅廬，竟像是她所有的顚沛流離都未曾發生過的。

三毛比一比她的手臂，道：「這裡，現在穿長袖看不見，一條大疤，很多年前的事了——」說著又是眼睛一亮，滿是頑皮的神氣，「可是不傷心，身體的傷，一點傷不到心的。」

六年之後，她再去西班牙，荷西要娶她爲妻，她跟荷西本來是沒有談過戀愛的，也是爲報荷西的知遇之恩，她便昨日之日，那個破碎的身體，冰冷的心，一念之間全都豁開了，又是一個全然簇新的人，全然清純的心，完完整整的給了荷西。她與荷西是婚後才開始戀愛，一年比一年好，好到最後一年，好到不能再好了，就像是那滿山滿谷的杏花開遍，只有痛快的落它一個白雪紛飛，還給了天地不仁去吧。

因此我們對三毛不說安慰的話，因爲本來這世界是不能給她安慰的。因此荷西的死，是如父親引耶穌在十字架上的最後一句說：「父啊，成了。」成了，成了什麼呢？那要問三毛？她是求證的什麼呢？

我們也去做禮拜，地方是練唱的瑞安街，小小的教堂，人不多，講道的時候小孩子跑來跑去，倒像是星期日大家來串門子。那次是請父親證道，一頭的銀髮站在臺上，三毛說是，神仙樣的好看。天衣他們獻詩，唱的是在那邊，故鄉在遙遠的那邊，黃金的彼岸……清清純純的歌聲盪漾開來，宛若滿室馨香。

三毛那天穿著馬靴，白布中庸裙，黑毛衣，披著長髮，我們並排坐在長椅上，有時低聲講講身上的衣飾。三毛的裝束看起來像是時髦，PARCO和I'm專櫃裡的，純棉或純布的料子，手染花色，採取嬉皮的自然本色的風味。但是PARCO跟I'm是奢侈品，穿在身上也就是跟個流行，三毛的卻眞是從她內心生出來的自然樸實。同樣的裝扮，別人便是身外之物，在她卻是最自然不過了，而且三毛的裙子是她自己做出來的。

她的一隻皮鏤背袋，每回出來都用它，銅棕色鏤花，好似埃及的出土古物，樸拙大方，非常好看。這樣的一隻背袋是路邊一位嬉皮做給她的，用了五年，那色澤、式樣和氣味都是三毛的人。而我們有個天心，穿的用的喜愛的都跟三毛像，前幾天天心買了副古銅項環，我笑她應該給掛在三毛頸上才是。天心送三毛的一件布麻衣裳，三毛好喜歡，又要頑皮了，「該這樣的，上衣我穿，裙子天心留著，一半一半，哪天走在街上碰到了，呀，那才好玩呢。」三毛有件地攤上買來的黑底奶油黃小花布襖，天心愛得半死，也去買了一件，後來時報頒獎典禮上穿，三毛吃了一大驚，咬定天心把它偷了去，雖然她自己的那件明明是在衣櫃裡掛著的。

做完禮拜，十幾個人去吃餡餅、玉米粥、羊雜湯，大家吃得高興，三毛感嘆道：「荷西在就好了。荷西也喜歡吃餡餅的，他還愛吃湯圓。有一回不知在哪裡吃了，回來要我做給他吃，又不曉得叫什麼，光會說，小皮球呀，白的小皮球呀，裡面包著甜甜的東西的呀。我又沒做過湯圓，試著來搞，這樣，做個球球，挖一個洞，塞些豆沙進去，然後黏上蓋子，誰知煮煮，蓋子都飄走了，散得一鍋稀里糊塗的什麼東西……」說著哈哈的笑了起來，三毛是柴米鹽油做來都是在扮家家酒呢。

過兩天是荷西百日，我們邀三毛來家裡過，三毛一高興，嚷嚷道：「發紅包呀，新年發紅包，小孩子每人都一個紅包。」見她這樣的意氣煥發，一天好似一天，眞是叫人感激的。而此刻街上熙熙攘攘的眾生，槭樹的風吹過灰茫茫的天空，三毛的靴子敲在紅磚道上，風吹起了她的衣襬，撲撲的飛著。行走在敦化南路滿是異國情調的午後，三毛變得很少講話了。我們亦無言，走啊走啊，也沒有目的，心中眞是不知要從何想起，單單感覺著無邊無際的遠風迎面颳來，灰色的、鈍鈍的、大大的，無邊無際的風。三毛說：「荷西的死是死了兩個人。而我的活，亦是活下了兩個人。」

講到婚姻，三毛忽道：「聽見三哥說，三三的女孩都是不結婚的——這我頂頂不贊成。」

三毛是戀愛觀即她的人生觀。她信上就寫過：婚姻，是太好太好了，但願有一天你們也能結婚、成家，做那個男人的女人。王老師替三毛看八字，說她是癸水多情，好比流水一瀉千里，所以她的一生總是在付出，付出，不斷的付出。三毛笑道：「好啊，能夠付出，眞是最幸福的事情了。」果然是這樣的，也只有年輕、青春的生命，才能夠是這樣的，一直付給吧。付給了，不斷的付給，付給得徹徹底底，而絕對不後悔的，即使是這個世界，這場人生，整個的欺騙了我，也是「衣帶漸寬終不悔」。

付給是生命的燃燒。付給的本身是絕對的，如青春的本身，也是任何人都不可懷疑的，但是付給的對象有不同。像阿丁寫的〈記舞〉，那種舞時的好法美法，是一種付給。像《哭泣的駱駝》裡，巴西里所領導的民族自決運動，是一種付給。乃至像現在青年男女的狂熱於狄斯可，也是一種付給。我們如果對三毛有所苛求，便是在於這個付給的對象了吧。因爲青春的燃燒仍然是要能夠結晶的，果若燃燒只是剩得了一堆灰燼，那就是天地間最大最大的憾恨，天也要不能原諒的。

三毛曾經付給過沙漠，付給過荷西，今後漫漫的人生，她將付給一件什麼呢？

我記得在日本護國神社看過一次傳統的婚禮，新娘從通道底俯首碎步出來，身罩銀緞紋羽織，桃色的霞光水影，漂浮著大朵大朵的綠葉牡丹，衣襬一對繡金大白鶴，振翅飛起，像是一陣天外香風，新郎新娘便杳無蹤影了。日語新娘叫作「花嫁」，那女子若要出嫁，就必定只可以是嫁給了簷前五月裡的好天氣。三三的女孩怎麼會是不嫁的呢？

人生實在是太短太短了，我只怕付給的不夠多，夠多了，而又怕來不及。愛到了生死兩忘，就將整個人付給了一次漢文明的重建與復興吧。辛亥時代，青春的爛漫不可收拾，而結晶於一次建立民國的行動，我們便是對著中華民族的江山無限，終不悔。

從初見三毛至今，也有三四個月了。這三四個月，人世的高山大海，哎，像是連波瀾也未曾驚起，只見上次三毛在後院走走的時候，爬牆虎的枯藤，如今都綠葉覆蔭了。難道歲月只是在草兒花身上見到蹤跡的嗎。不由得人要恨起三毛，問她一問：「你可也是有心的呢？」

三毛或者終究不能留居台灣的。她於三三，也許就是像妙玉之在大觀園，是邊際的一顆流螢，在夏夜裡遙遙隱隱的閃爍著。她本來是陳伯伯陳媽媽的混世魔王，前輩子欠的，今生來討，討完了，就重返太虛靈河畔歸位。但我卻更喜歡虬髯客最後對李靖所說的：「此後十年，當東南數千里外有異事，是吾得事之秋也。一妹與李郎可瀝酒東南相賀。」言訖，與其妻從一奴，乘馬而去，數步，遂不復見。

此後十年，或者不必十年，讓我們就在蒙古大漠，新疆草原再見吧。那時大家仍然年輕，依舊愛笑，就痛痛快快玩它一個日月崑崙，直到化爲塵，化爲煙飛。三毛：

一杯看劍氣，二杯生分別，三杯上馬去！

一九八〇年四月《三三集刊》第廿五輯《鐘鼓三年》

玲瓏塔來塔玲瓏

有一支西河大鼓〈玲瓏塔〉，一層一層唱到第九層。玲瓏塔來塔玲瓏，玲瓏寶塔第九層，九張高桌，三十六條腿，九個和尚，九本經，九個鐃鈸，九口磬，九個木落魚子，九盞燈，九個金鐘，三十六兩，西北風一颳，嗡地嗡地響嗡嗡。

眞是一幅可愛的童話。完全是聽它個口齒爽脆呢。想著唐三藏西天取經的路上，逢廟祭廟，逢塔掃塔，這會兒他一層一層掃到塔頂，赫然兩隻妖怪盤在大鐘上，他啊呀叫一聲，跌落塵埃。

還有支河南墜子，〈王二姐摔鏡架〉。說王二姐繡樓上淚交流，相思她的張二哥趕考尙未回。她爲他繡個護心的兜，兜兜的裡是蘇白二洋縐，面是江南二串綢，上邊繡的幾齣戲，一齣一齣的有講究。頭一齣，大賜福福裡加壽，二一齣繡的趙家樓，再繡一個獅子滾繡球，萬字不到頭，姜太公就在那江邊看魚游。洞賓老祖三戲白牡丹，陳三兩調情富春樓。王二姐把這個兜兜繡完了，送到對過的萬寶樓，打了一掛金鎖鍊，一頭還有一個如意鉤。

我們的文字就是這麼好極了的，一個趙家樓，富春樓，萬寶樓，再不必有另外的意義了。眼前只覺迤邐展開，一派江山如畫，庶民的樸素陽氣，又是佳日節慶的繁華，熱鬧。而中有「天子呼來不上船」的李太白，又有好酒好色的泗水亭長劉季。這位王二姐在繡樓上，只不見她的二哥轉回來，她拿起了梨花鏡，噯呀失去了往日好容顏。王二姐拿不住那梨花鏡，叭啦啦啦，梨花鏡掉在了地平川。王二姐摔壞了梨花鏡，她的二哥趕考轉回家園來了呀……

一

《販馬記》就是《奇雙會》，扮趙寵的是劉玉麟。

趙寵好像一個宦官的名字。你不知趙寵這人哪，在什麼縣裡做個小官，也只有他會這樣沾沾自喜的多有得意，一個小官也做得好不興頭——喏喏喏，此刻他從幕後走了出來啦。

一襲新簇簇寶藍官衣，三白，領白、袖白、靴白，照眼明亮。也不是那官衣新，是他的人新，所以他做的小官也是新官，他家裡年輕的妻也是新妻，就連他今天下鄉勸農回來的路上，山是眞山，水是眞水，天氣都是新鮮的。看他公務辦完了，春風得意馬蹄輕，一臉的正經又喜孜孜的。因爲想到了他的妻，爲什麼她是那樣的幼稚而又聰明呀。

趙寵回到家，喚夫人出堂，兩人一身穿紅，像每天過的都是正月初一的好日子。行過禮，分別兩廂坐定了，趙寵正要問話，夫人就掩袖嗚嗚的哭了起來。趙寵忙問原因，夫人道是相公不在衙中，她犯了相公大法，私自將監門打開了。趙寵聞言嘟一聲喝，道：「我想倘使走了犯人，下官的前程難保，我的性命，豈不斷送在你手中。我說你是眞眞的豈有此理，咳豈有此理。」趙妻給他一嚕，不免冤屈，叫聲相公呀，喝道：「回得衙來不問詳和細，你反把那言語來沖撞了人。」喂呀呀的就哭了起來。趙寵一呆，笑道：「怎麼，你倒說是下官來沖撞與你，想你們婦人之家，行不動裙，笑不露齒，緊閉閨門才是正理。反來說我沖撞與你，眞個豈有此理，欠通呀欠通。」趙妻心中正苦，卻見他只在擠眉弄眼瞎湊趣，恨道：「你父若在監牢內，你這七品縣官也做不成！」趙寵這才當眞了，待要問個明白，看夫人又那樣生氣，怎好上前，轉念想想，遂堆了滿臉笑，一步前去做個大揖唱道：「呀，我的夫人呀，我和你少年夫妻，如同兒戲。還在那哭啼啼，哭怎的。你的那心中可有不平事，說個詳細。呀夫人，你且來來來，說個明白呀。」她卻反而怨他，慢說無有不平之事，就是有滿腹含冤，對他說了，他不能做主，也是枉然。可是她是他的妻，天塌了也有他為她頂著呢。她原也是要說的，只怕相公著惱了。他只要夫人不哭，他亦不著惱。夫人道：「相公你當眞不惱？」不惱的。「那我就不哭。」「我亦不惱。」才要講話，她可可的「咳苦呀」又要哭了起來。趙寵背了袖怒道：「下官我惱了，我惱了。」噗哧一聲倒笑了！

於是夫人才道：「相公呀，一言訴不盡我的心中苦，提起我的苦來苦煞人。」她哪裡是還有苦？都推給她的夫了，她倒是驕矜。問起她的家，她家住在漢中府褒城縣，林右里馬頭村。趙寵笑道：「不錯不錯，下官我去下鄉勸農，路過那林右里馬頭村，如此的說來，呀夫人，你本是那裡人氏，就是下官我的——」她道你的什麼呀？「我的，子民了。」夫人低了頭道：「休得取笑呀。」

夫人又說爹爹的名字叫李奇。這就不對了，夫人姓劉，怎麼又說起姓李來了？夫人道：「我本姓乃是姓李呀。」哦哦，本姓乃是姓李，不想這人生在天地之間，還有雙姓的，倒也妙哉。問起夫人令堂，是母親王氏，早已歸陰，所生下一男一女，家下事無人照應，便娶了繼母楊氏三春。楊氏私通地保田旺，勾合之情恐姐弟在家不便，將姐弟趕出門去。弟弟不知下落，姐姐無奈到生母墳前自盡，幸得劉公搭救之恩，扶養成人。爹爹他西陵販馬，四川去賣，回家來不見了姐弟雙雙，拷問僕女春花，被楊氏管住，春花懼怕楊氏，不敢直說，竟懸樑自盡。楊氏就告爹爹因姦不從，逼死春花，胡老爹受賄辦事不明，上堂去先打了四十板無情，老爹爹屈打成招，問成死罪了呀。

趙寵他好聽不聽，單聽了他妻幼年喪母，被繼母趕出門庭，可知他趙寵也是自小無爹，給繼父趕出門的哪，原來是天生地設，一對苦命的夫妻呀，兩人就抱頭痛哭了一場。這才眞是，少年夫妻如同兒戲呢。

李奇判在秋後處決，是前官胡敬所斷，趙寵亦把他無法，所幸現有按院大人，就在褒城縣下馬，趙寵便請夫人不如做下一張狀詞，替父伸冤。夫人說好是好的，就是沒有人與她做得一張狀詞。趙寵喜道：「寫狀麼，少不得下官我，可以代勞呀。」夫人道：「呀相公，你也會寫狀的麼？」趙寵又是詫笑，又是驚怒，幾幾要不屑了，他的妻，當他在外做什麼的呀！可是要他寫，還得有條件，他壞壞的一笑道：「只是無有人替我磨墨哩？」磨墨便磨墨吧，也有像他這樣一臉孜孜的。

趙寵便提筆寫了，寫著：「告狀人李——」只把筆懸住，斜睨著夫人，又喊了兩聲：「李——」

眞眞是一臉的奸相。夫人道：「你倒是寫呀。」寫便寫了，但這狀紙上面，要寫夫人的名字呢。夫人道：「我是無有名字的，你就糊裡糊塗，寫一個名字就是了呀。」趙寵一聽，愈發有事了，佯嗔道：「又來了，又來了。呀夫人，這個名字是要寫的，若見了按院大人，就同那虎口拔牙一般，豈能就這樣糊裡糊塗寫的麼。呀夫人，你到底叫什麼？」趙妻萬分無奈，嚶嚶的吐了兩個字。趙寵俯過身去，也沒聽清，央她再說一遍，又再說一遍，夫人把他額上一戳，氣道：「桂枝喲……」

趙寵哈哈的笑起來，更加得逞了，謅道：「想下官與夫人，成婚之日，可是八月中秋，妙呀眞妙呀，正是秋風吹動桂花香，喲喲喲，香到香，就是有些不貴。」如何不貴？「想夫人乃是陝西的人氏，流落山西劉門之中爲義女，就是這一點而不貴哩。」這是翻老本，現販現賣了，桂枝冷笑道：「呀相公，你是有口說別人，無口說自己，不看你初來我家之時，那身的穿扮呵！」趙寵聽說，倒笑了：「哎呀呀，看將起來，你我俱是一樣。」桂枝道：「俱是一樣。」兩人對望望，便又笑倒了，簡直是岔了題去，沒道理的。

趙寵寫好了狀子，交給夫人，夫人細細看過，點頭稱是，但這狀子寫了也是無用的了。想那按院大人之前，衙役甚多，她一個女流，如何去告？趙寵說不妨事的，只要夫人肯依他，扮做衙役模樣，待明日他去迎接按院大人時，跟隨轎後同往便了。桂枝只有答應，起身正要回房，趙寵忽把她叫住，指著狀子道：「方才夫人的名字，叫什麼？」「叫桂枝呀。」「叫什麼？」「叫桂枝。」「好呀，好一個桂枝喲……」便把那狀上的名字在嘴上親了一記，轉身就走。桂枝給他佔了便宜，眼睛一轉，也把相公叫住，道想這狀子到底還是白寫了，我不會告狀呀。趙寵笑道：「哎呀呀，我家夫人連狀子都不會告的麼。來來來，待下官我來教導與你。明日按院大人到此，夫人你見了他，將這狀紙，頂在頭上，跪在面前，口中言道，啓大人冤枉——」便一腳跪在臺前，桂枝道：「抬起頭來。」「有罪不敢抬頭。」「恕你無罪。」「多謝大人。」桂枝一彈他額冠，返身笑道：「明日早堂聽審下去。」掩袖一路跑了進去。趙寵才恍然大悟，他的妻這樣可惡！但他也是堂堂一縣之主，怎麼可以！喏，你看他又是那般正經模樣，一搖一擺的下堂去了。

他們不知，原來按院大人就是桂枝失散多年的弟弟李寶童，堂上寶童一見狀子，喝道桂枝二字是個女子的名字，怎麼男子前來告狀，就要用刑，嚇得桂枝倒在塵埃，皀班啓道乃是女子，寶童叫聲掩門，便走下階來，更把個桂枝唬得魂飛魄散，任由擺佈拉到後堂去了。臺這頭只見趙寵惶惶奔出，連聲喊道：「夫人夫人，哎呀且住。我家夫人前來告狀，只見其進進進，不見出出，被按院大人，一把拉到後衙，這這這，哦哦有了。這前程不要，待我闖了進去便了。」一頭就要往裡撞，正撞上胡老爺胡敬出來，攔住了他，他扯了人家就問：「哎呀堂翁，方才有一漢子，前來告狀。」胡敬道：「不錯，是有一漢子來的。」趙寵半晌問不出緣故，是慌呆了，劈面就問：「呵堂翁，我來問你，這位按院大人，此番前來，可曾帶家眷呀？」胡敬說沒有，趙寵呼道壞了壞了，蒙頭又要朝裡撞，被胡敬一把拖住道：「使不得，使不得。」

卻見幕後寶童拉著桂枝出來，至臺前兩人卜登一跪，寶童叫聲姐姐，桂枝這才回過神，認出了弟弟，抱頭大哭。又聽見外頭吵吵鬧鬧，門子報是褒城縣在轅門外喧譁，寶童待要出去，桂枝羞道那是姐夫呢，千萬不可唬他呀。寶童上堂傳褒城縣，這裡出來了趙寵，拖拉著胡敬撕扯，面目全非。趙寵一撒手，跌進門來就跪下叩頭，寶童喝一聲：「嘟，膽大褒城縣，你在轅門喧譁，敢是欺我本院年幼不成。」趙寵哀急道：「呀大人，時才有一漢子，前來告狀，只見其進，不見其出。因此卑職斗膽，斗膽——」寶童道：「我來問你，方才那一告狀的漢子他是你的何人？」趙寵苦急，寶童又問，趙寵竟笑了，「他是我的妻呀。」掩門，寶童下座，拉趙寵下，又連埸拉上座，趙寵呆介。桂枝暗上，見趙寵坐在椅上只是呆掙掙的，不覺好笑，招招手叫相公過來，那人是你的大舅哩。趙寵才明白了，待前去叫他：「呵呵，那廂敢是我的大——」寶童一瞪道：「大什麼！」「大人……」就要跪下，寶童笑了起來，趕緊扶姐丈坐下了。

隨就令胡敬去獄中提李奇來復審。這案原是胡敬受賄，將李奇問成死罪，如今李奇翻了供，胡敬料亦死罪難逃，不如投井一死罷了。道：「這才是天網恢恢，疏而不漏呀。列位，我胡老爺投井去了。」他這是自己給自己下了一個評斷，又是笑自己笑得好，明明曉得自己在做戲的，而原來大家也是喜歡他的受賄不公呢。演胡敬的是周金福。

李奇認了新婿，即刻當他是自家人，在他面前又罵了田旺，罵了楊氏，必要他拿住二賊，萬剮凌遲才稱心。李奇他這也不是爲報仇，不過在親人面前泩消一番。中國人對現實的一一分明，絕不遷就，而同時他老人家在說「人虧天不虧」的時候，早已是一筆勾消，全部豁達的了。

二

《販馬記》全部是吹腔，非常高亢奇拔，使我想起一回在新公園看的皮影戲。皮影戲裡的人因爲側影，永遠都是在急急惶惶的趕赴一趟遠程似的。幕布一小方塊，可是幕後映上來的明黃的燈光爲整個背景，卻覺得有無限的廣大，而且是黃土高原上的，像到了世界的盡頭，終年枯風颳過天空，地角天涯，而有人疾疾的趕往不知何方。

日本能樂裡的笛也是這樣高拔，使人廉立興起，幾乎是十分的不協和了。險危危的像走在喜馬拉雅山山巔，又像是夢的波息乘著陽光一路縱的行去，橫的拓開，節節都是未知，節節都是辣撻。一記記的鼓聲則是雲日的光輝。

在中山堂看過一場印度舞，演的是《跋陀記》，劇情大概只看懂了五分。那舞者的頭飾，項上臂上腕上足踝間繞著一圈圈的銀釧金鍊，腰際環纏的是大顆白銀金屬珠珠，舞起時一並唰啦唰啦響徹。好像仲夏夜忽來的一場大雨，紛紛亂亂急急的，濃濃帶著雨水和泥土的腥氣，一股滿滿的什麼正在醞釀著，只見那滿池滿塘的蓮花給這暴雨一催，搖搖盪盪的都開了。

舞羅妮的女人，生就福墩墩的臉龐和身子，像極了敦煌壁畫裡吹笙抱琵琶的天女，但她的尖下巴和細細的腰又非常俏麗世俗。她臉上的表情始終是寧靜的，差不多沒有表情，翹翹的唇角恍惚若笑，就是憂傷悲哀的時候，也只是像想起一樁什麼事情，略略沉吟一晌。恰是「妙顏」兩個字。

阿丁看過劉玉麟的羅成和楊乃武，讚歎他臉上的一種悲意好，那悲意與劇情無關的，倒近似於佛相的安詳無事。他是一面投身在戲的眞實裡，一面又分明知道自己在演戲的。那悲意或者可說是演者自身的光明，照亮了戲中人的過去，現在，和未來。向來平劇的人物，都是可以表演中，而同時說明自己，觀照自己，豁脫自己，如神在看自己。日本能樂甚至戴著面具表演，因於角度俯仰的不同，略現變化。比如風吹荷塘，託微波以陳詞。

印度舞最令人難忘的還是那音樂。遼遠蒼涼，彷彿一個好遠好遠了的記憶，竟似鄉音般的熟悉親切，令人熱淚。這鄉音的親切，像賈寶玉林黛玉初見，兩人乍乍的都覺面善，好比從前哪裡見過的。那遙遠的，快要模糊的記憶，也許是靈河畔悠緲的歲月，我們祖先的生身之地，我們仍要回到那裡，再從那裡笑談著走出。

三

劉玉麟約也有五六十歲了，但他的小生扮永遠是那樣的年輕神氣，沒有生老病死。我總不能想像，也不願相信，他是和一般人一樣從小一點點長大來的，似乎他一生下來就該是舞臺上的那個樣子了，以後也一直是這樣。好像瑤池裡的神仙們，一開始觀音菩薩就是觀音菩薩，金童玉女就是金童玉女，我們從不曾聽過觀世音菩薩有過少女時期，金童玉女還會長大的。

劉玉麟我相信凡中國的女子都是願意嫁給他的。然而人家可是仙齡永昌的呢，除非我也修得了何仙姑那樣的眞身，或許還可以與韓湘子一並給繡進供臺的紅帷上，雕在廟裡的畫棟上，裝飾在祝壽的喜宴裡。

丑角是周金福頂好了。他的唸白，寬、亮、清，又上勁。而且他不流，總帶著那麼點澀味兒，澀澀的，最好了。

喜歡徐露的是她演的《虞姬恨》。霸王穿著烏金蟒袍立在那裡，像一座銅山，虞姬侍立在旁，微微傾斜的，似一枝黃昏晚風裡開著的夕顏花。也不必唱，不必演，曠無的舞臺上單單是兩人那樣的一站，就已遺想萬古了。最後虞姬的舞劍亦絕頂好，舞到終了，只見一團青光籠罩，是那霞光水影裡一朵遠逝的夕顏呵！徐露的李桂枝，與《汾河灣》裡的柳迎春，也演得絕妙。

白素貞我看過一回嚴蘭靜扮的好，渾身縞素，那樣的白，白到了白色的心，白到了白蛇娘娘的心，又像曇花開得大大、大大的時候的心。她爲著許仙的種種，唱到極怨處，胡琴戛然一停，只叫得一聲：「冤家呀……」喝，高山傾倒，海水潑翻，白蛇娘娘我們爲了她，大家一齊起來，把天也給反了吧。

一上舞臺，馬維勝說：「場上啪一響，碰面就要中，誰亦等不得誰的。」好比電光石火，出手就要接著，不容有半分空隙，一毫猶豫。名角一樣做個動作，比方蘭花指這麼朝前一指，喏，一指他就是指到了。這到不到得了，就是本事，火候。火候最難。也像寫文章，寫花要就啪一響到花心，水要就到水心。禪僧說見山是山，見水是水，人生知遇，莫不就是這樣照膽照心，難逢難値。而於歷史，一鞭響徹了古往今來，都是知心，當風起時，就遍地嘩嘩的吹了起來，一聲號令下，拔趙旗，易漢幟，呀江山如夢。

孫元彬這回演《鍾馗嫁妹》，我在數年前曾經看過，不曉得爲什麼，留著一個淒艷的印象。鍾馗一出場，亮相，這就難。要大方，神氣，有氣概，氣概並非外露的，必須含斂在內，彷彿一股浩然之氣貫徹。好角亮相，亦啪一響就中，即刻觀眾的精神都立起了。像劉玉麟，他就是照眼的好。

《鍾馗嫁妹》裡，大鬼頭抱瓶、平安吉慶，擔子鬼、琴劍書箱，鬼傘——不叫傘鬼——執破傘、破除不祥，還有燈籠鬼，驢子鬼，是場節慶吉祥的戲。鍾馗只因上京赴考的途中，誤入鬼窟，遭五鬼戲弄破相，面貌變得醜陋不堪，雖高中進士，卻在金鑾殿上驚了御駕，乃羞憤觸柱而亡。後來是同榜進士杜平，在御前替之平反，追封官位。鍾馗爲感激杜平，亦先前有約，便將妹子的終身許配於他，爲此特來陽間走了一遭。鍾馗的遭遇，他本是正直忠義一位讀書人，因此天下的人都來替他不平，杜平的恩義，則是天下的人都來替他感激。還有他的妹子，大家也憐惜她父母雙亡，哥哥相依爲命又撇她而去了。鍾馗必是對妹子多憾歉的呀，但他於自己的命運該也不恨了。一路之上，他和小鬼們走得好不熱鬧，他雖也是豪邁中悵悵的一種對天意的婉轉啊。

還有《五臺山會兄》，忘記誰演的了。一開場楊六郎奔命而出，兩句唱詞就好，「踼破玉籠飛彩鳳，扭斷金鎖走蛟龍」，眞是驚險之極，而這走脫的彩鳳、蛟龍，隨就又是一番轟轟烈烈的大事了。

六郎逃到五臺山佛刹，借宿一夜。五郎大花臉扮，人還未出，後臺先聽他叫得一聲：「好酒——」這是楊五郎與遼戰敗，削髮爲僧，是日他背了師父，下山去赴牛羊大會，吃得醺醺大醉回來，聽說寺裡借宿了一位壯士，就要盤問，一問卻問出了個大宋朝的天波楊府，登時酒醒了一大半。兩人一問一答，從楊府令公爺楊繼業，夫人佘太君，一路問下來。那楊大郎、替宋王長槍喪命，楊二郎、短劍下一命身亡，楊三郎、被馬踹屍如泥醬，四郎八郎、失落在番邦，楊七郎、芭蕉樹上亂箭穿心，楊六郎、鎮守三關的楊六郎。那楊五郎，有呀，楊五郎、棄紅塵當了和尚——

呵、呵，男兒有淚不輕彈，這裡是兄弟天性，而又是那樣一個大宋朝的天下為他們的人生，他們的淚，是天、地、人同落，多激情，多響亮，多軒闊！

《柴桑口》孔明哭周瑜，他哭他：「都督呀，拋得吾，獨一人，誰作商量。吾和你，好一比，伯仲情況，吾和你，好一比，雞黍范張。怕我的是曹阿瞞，知我的公瑾呀……」孔明的哭是眞的哭，若說他作假，也眞事如戲戲是實。人生裡淚是眞的淚，笑是眞的笑，然而又是一場大夢、春夢，風吹來，光一照，紛紛揚落了，青天白日下，無始亦無訖，無去亦無來。平劇中所演不管怎麼樣的悲歡離合，都是有一個這樣豁豁如也的背景呢。

四

清朝的瓷器總覺俗氣。除《紅樓夢》外，清朝的小說也覺得一股霉味，惡氣，非常不喜歡，一嗅就嗅到的。

小時候看過國片《楊乃武與小白菜》，便是留著這種深刻的印象。楊乃武是餘杭縣舉人，專與貪官汙吏作對，人稱刀筆吏，這我也不喜歡，似感覺到他個性中隱隱的一線做人做絕，近乎刻薄的危機，怎樣的清廉正直，也不過落個像法海和尚的無趣。連帶著那片名，都覺有一種潔癖似的要去避開它。可是這次卻看了劉玉麟和程景祥演的楊乃武與小白菜。

所得的感想，一是戲劇的極致，最終還在於表演的人。一是平劇的強大，厚實，百無禁忌，就像溪水的自清能力，它會自然禊祓不潔。

這齣戲本身可說非常危險的。故事是餘杭縣縣長，兒子劉子和仗勢強梁，誘姦民女小白菜葛畢氏，毒死葛小大，而誣判葛畢氏私通楊乃武，謀害親夫，官官受賄相護，至楊乃武屈打成招，獄中三年，才得六部會審，平反冤獄。此戲弄不好就會成了黑暗下沉，幸而沒有。再是對話生旦淨丑一律京白，涉於單薄。又有是清朝服飾的寫實，餘則還好，實在兩人的那身囚衣，太不美了。但是所有的這些，都因劉玉麟和程景祥的光照，而拔起了，拔高了。使我們完全可以豁脫了劇情不理，服裝不理，單是看、聽，他兩人的做工好，唱工好，胡琴好，而深被感動淚落了。

平劇的大和深，不是誰來撼撼就可以動得的。平劇沒有不改革的問題，只有演不演得好的問題。新戲當然可以新編，第一還是看你的人演得到不到，中不中，若說改良、革新、那是笑話。

平劇根本不要爲了年輕人嘛，明明是年輕人的必須謙虛，必須被教育，爲什麼要迎合遷就呢？年輕人能夠強迫自己去了解、喜歡現代舞，交響樂，又爲什麼不能多一些的心思跟謙和去懂得平劇呢？平劇的問題實在不在於革新，而在於後繼無人。一是年輕觀眾的培養，應從小學的基礎教育即開始。一是平劇演者的薪傳，有賴嚴格的訓練與修行。好戲演得好，比方一齣《四郎探母》，就是一輩子也演它不盡，一輩子也看它不完。像《紅樓夢》，去年看它是一番，今年看它又是一番，那個夢原是跟著我們一年一年的也在長大。

乾旦程景祥，阿丁說男人一般扮花旦，頂風騷的了，但程景祥不，他也嬌，也媚，而有女孩子的清潔和貴氣。

小白菜畢秀姑，丈夫葛小大賣豆腐營生，和楊乃武三人是街坊鄰居，從小玩大的。小時畢秀姑就喜歡楊少爺的做人聰明一等，愛他的儒雅風流，但她生做葛家的童養媳，便嫁了葛小大為妻。她這樣一枝好花，若配了楊乃武，養在深閨，丈夫的男人世界的陽光照在她的簷前簾上，她就一生這樣的山高水長，深艷清華了。可歎天不從人願，怎怪她會要怨，要負氣，要不安於室，而且她這樣年輕貌美，是大家都要來驕寵她的呀，葛小大可惜只是承當不起。

她失身於劉子和，確是犯了大錯，但人生在世，哪個不是沒有錯誤的呢？葛小大下工回家，見她神色倉惶，當是生病了，好心街坊去請楊少爺來診斷。他是貧窮無依，楊少爺待他們夫妻恩義，家中有事，頭一個他也只能想到楊少爺。楊少爺果然慨然應允，來到他家，喊聲葛嫂子開門，畢秀姑早已換了整齊衣裳等著，回應一聲，輕脆若出谷黃鶯，楊乃武亦心中一盪。進得門來，才見她的神氣，裝扮，即刻便懂得了。也因楊少爺雖做了官仍是本色，她才能如當年的無猜開，見面就和他道出了知心話。楊少爺不迴避，不躲閃，說道嫂嫂待我的情意我都明白，只是小大為人老實忠厚，你卻千萬不可辜負於他。畢秀姑聽了好恨，難道不可辜負他，就可辜負她了麼！楊少爺只道發乎於情，止乎於禮。好個止乎於禮呵，是含蓄了多大多大的曲折歎惋，盪氣迴腸呀。她聽著唯是沉吟不語，那時黃昏的太陽斜斜的照進柴門來，她的臉浸在霞輝的餘映裡，金甸甸的眞是寧靜柔順。如今男已婚，女已嫁，人世裡各自的前程，回不去了，再也回不去了……她抬起頭，淒然一笑，望望天色已晚，楊少爺你好回去了吧。他感激她是這樣一位年輕的人妻，她敬重他是有志氣，有見識，一位有情有義讀書人。他們的人生遂都是有重量，有思念的了。

畢秀姑，她原也是希望要好向上，卻爲什麼總總事與願違。乃至人家串供哄她楊乃武殺人，她先不答應，拚死爲要報答恩人，卻又禁不住人家三言兩語，以爲可以作假成眞脫免楊少爺，供狀拿來，天呀她可是一字不識的，就畫了押。後來一審再審三審。她也不是沒有翻供過，卻又是受不了嚴刑拷逼，復遂屈服。她這是一錯又錯，一路的不徹底，錯到了這種地步，怎麼收拾呢？

最後六部會審，設了一計，安排他們兩人獄中一會，刑部陪王爺監聽。此時楊乃武只當兩人明日即法場問斬了，事到如今，身爲男子漢大丈夫，死便死了，只是他要當面問她一問，不是怨，不是恨，問她只如問天，問自己，問出一個公道來，他死也死得甘心明白。但是她如何能講，她的一生至此，就只剩了最後這一點點她要珍重的、護惜的。她唱道：「我本當與楊少爺來講，怎奈偷情事難以出口。又何必臨死前，我自惹羞恥，怪只怪我的見識淺……」

畢秀姑呀畢秀姑，我們怎麼來說她？我只想起樂府詩裡的一句，「自君別離後，人事不可量」。她的一錯再錯，如果要以懺悔，救贖，那都太小了，寧可是天意如此，她是「秋風無限瀟湘意，欲采蘋花不自由」。因爲是這樣的，才可以冤獄平反之後，當下昨日之日，即刻豁脫得乾乾淨淨，沒有積怨，沒有陰暗，沒有宿命，明天又仍是一個大風大太陽的日子啊。

我想，這樣的一齣戲，若演在電影或話劇裡，都是難以成功的，而平劇的高遠深厚，如春風春水養好花。好的東西應當是生長的。

五

還有個《汾河灣》了不起。

征東一開始，是徐茂公夜觀天象，見正東上一派紅光沖起，少停又起一道黑光，有四五千里路遙，紅光乃是殺氣，黑光就是蓋蘇文。嘖嘖，天下又有亂事要起了，你說過癮不過癮！原來唐太宗也得一夢，夢中白衣小將救了他，留下四句詩，詩曰：家住逍遙一點紅，飄飄四下影無蹤，三歲孩童千兩價，保主跨海去征東。徐茂公詳詳，便道家住逍遙一點紅，那太陽沉西，只算一點紅了，必住在山西。夢中白衣小將連人帶馬縱下龍口去了，必是龍門縣，山西絳州府有一個龍門縣。飄飄四下影無蹤，乃寒天降雪，四下裡飄飄落下，沒有蹤跡的，其人姓薛。三歲孩童千兩價，那三歲孩童值了千兩價錢，豈不是仁貴了。這應夢賢臣就叫薛仁貴。

我喜歡極了這個開頭。徐茂公的聰明機智，完全是中國庶民的，憑空而來，眞是天機一乍，無理得拿他沒奈何。

又喜歡薛仁貴一天要吃米一斗五升，不做營生，日日與朋友跑馬射箭，家私費盡，弄得無處安身，住在丁山下破窯之內。餓不過了，往伯父家借米一二斗，被轟出家門，來到山腳下，見株大樹便投繩上吊。幸得王茂生救下，認了哥哥嫂嫂，又把人家給吃得罄盡。後來去投軍，督軍張環作梗，害他一投再投不成，三投成了，收做前營月字號火頭軍，他的幾個義兄弟，情願不做旗牌官，與他同爲火頭軍。日後唐太宗跨海親征，沿途過關斬將，番兵番將皆知唐營內火頭軍厲害。薛仁貴從前約莫有些楞呆，你看他吃米一斗五升！自從九天玄女娘娘授他一本無字天書，就忽然開了竅，擺龍門陣，作平遼論，獻瞞天過海計，英雄之極。

最有意思的是征東回來，薛仁貴封平遼王，柳氏一家，顏氏乾娘，並同小姐都接來府中，同享富貴，獨獨忘掉恩哥恩嫂王茂生夫婦。過了兩日，毛氏不見府中差人來接，就和丈夫商定前去賀薛仁貴，兩人貧窮無物可賀，便將兩個空酒罈裝水，只說前去送酒，好容易把名帖混進號房，輾轉到了薛仁貴手上。薛仁貴一見帖上寫的眷弟王茂生拜，送美酒二罈，趕緊親自出府迎接，接進後堂，分別見禮過了，吩咐將賀酒取來同飲。王茂生看見，滿面通紅，好似雷打一般。家將把酒打開一看，沒有氣，是水做的酒。薛仁貴哈哈大笑，說道：「是水不是酒，取大碗來，本藩立飲三杯，這叫做人生情義暖，吃水也心涼。」吃完水，當場叫王茂生做了平遼王府的都總管。

《汾河灣》單演的薛仁貴回鄉，扮做差官模樣。他這個就不曉什麼心思，大家都要笑他的。來到了丁山下汾河灣，他先就闖下大禍，袖箭誤殺薛丁山，一溜煙趕緊逃掉了。跑跑見一窯前倚著一位婦人，看似他的妻子柳迎春，依然窈窕，便前去搭話，要試她一試。有這樣的人，眞個是一名無聊男子。

他只說薛仁貴把她賣給了他，柳迎春聽了又氣又悲，趁虛一頭鑽進窯洞裡，緊閉窯門，再不出來了，這才薛仁貴道破身分，好講歹講，重又夫妻相會。十八年分離，兩人一見認生，喜怒哀樂不知措，扎手扎腳的，說說話吵起來，一似當初兩人寒窰新婚時。

柳迎春問他從軍十八年，做了什麼官回來，他道七品官馬頭軍，柳氏好高興，問他馬頭軍管什麼的，馬頭軍管馬呀，柳氏聞言一怔，冷笑道：「有心胸。有志氣。」把椅子搬到另頭坐去，這薛仁貴也搬了椅子過來肩並肩坐下，兩人不說話。柳迎春忽然就說了：「咦，想我公婆墳地，是葬在哪裡的呀？」薛仁貴道龍頭山哪，柳氏道：「龍頭山，不是馬頭山？」薛仁貴還呆，龍頭山麼，哪裡來的一個馬頭山。柳氏道：「我看你家的風水哦，十八年前在我家管馬，十八年後還是個管馬的，你不叫馬頭山叫龍頭山笑死人哦！」薛仁貴折辯不過，就如法炮製，說：「那我岳丈岳母的墳地在哪裡呀？」鳳凰山麼。薛仁貴道：「我看不叫鳳凰山。」不叫鳳凰山叫什麼山。薛仁貴道：「叫窮苦山。」天啊他這簡直瞎纏，烏鴉山也好些呀。氣得柳迎春道：「十八年來，我窮，我苦，我爲的誰，爲了你哦！」薛仁貴是個應聲蟲，跟道：「十八年我在外東奔西戰，爲了誰，爲了你這苦命的人兒喲。」柳氏冷笑：「爲出一個馬頭軍呢！」薛仁貴看她是氣壞了，才從懷裡掏出平遼王金印，遞過去，看看這是什麼？柳氏接來一看，哼道：「我說什麼，一塊生黃銅。」就要擲在地上。薛仁貴一把奪了回來，這可是我平遼王金印你摔壞它！柳氏一聽，才歡喜了，伸手來拿，薛仁貴把官印一湊湊在她鼻前：「生黃銅，生黃銅，這生黃銅！」柳氏亦不計較，喜道：「噯呀薛郎，想我有了這塊金子，拿到街上換些柴米，足夠我們半輩子吃穿有餘呢。」

薛仁貴拍手笑道：「呵呵，我家娘子要把我平遼王官印吃在腹內哩。」廝纏半日，薛仁貴渴了，窯內只有白開水，端來他不喝，餓了，有魚羹，他嫌腥，做張做致不知他要幹嘛。鬧鬧也乏了，想睡覺，柳迎春去後窯打掃床舖，他這會兒才有閒情，在窯內東張張，西望望，一望就給他望見舖下一雙男鞋，不得了，這才有的借題發揮了，叫出柳迎春，拔劍就要殺她，鬧的一場天翻地覆。其實這些都只為他薛仁貴今日回到了他的身生之地，他的妻的面前，他一似當年的驕縱奢侈，竟變成了造反。後來總算弄明白，他去鄉十八載，兒子薛丁山，都已長成十七歲玉樹臨風了。提起薛丁山，柳迎春好得意，丁山是弓箭好，魚槍好，地方十里數他人第一哪。薛仁貴道人在哪裡，怎麼不見？他在汾河灣打雁未回呢。糟糟，薛仁貴逞能逞強，逞出了大禍來，砰一聲倒在椅上，暈了。柳迎春一邊放冷箭，笑道：「怎麼，他聽見我兒子會打雁，就呆了。」劇終是夫妻倆奔赴汾河灣找尋屍首，東頭喊聲丁山，西頭應聲我兒，鑼鼓敲急中，兩人聯袂奔下場去了。

沒有完，完不了的——那是雲夢山水濂洞王敖老祖，駕坐蒲團，忽然心血來潮，掐指一算，曉得金童星有難，被白虎星所傷，忙喚洞中黑虎速去，將金童星馱來繳令。這就是薛丁山征西，樊梨花移山倒海，鎖陽城父子重逢……

中國人的男女之際，同時是行於五倫之禮，同時又是男女相比相鬥。英雄美人固然，民間的尋常夫妻，平日也都是這樣出邊出沿，險險的，結了婚仍似金童玉女。

六

最後來說汪其楣。

她的身材好似李香君，香扇墜子。

最記得一次我們去拜訪侯佑宗老師，在永和的不知幾段幾巷幾弄幾號，因爲侯老師我們敬他如敬一代大宗，那住處就眞正成了「雲深不知處」，找不找得到，都還要看看你有沒福分呢。咦，就一頭撞上了汪其楣，亦是捧張紙條，巴巴的一家一家正在對門牌，原來也是去侯老師家的。眞眞是百感交集，手拉手的蹦跳了一回，其實她比我們要大上一輪的，我們還喊她汪老師，喊得笑笑的，壞壞的，兩廂皆不稱。那天她穿旗袍，薄施脂粉，也正式也家常，只覺像三十年代沙坪壩走出來的女學生。

侯老師來耕莘演講的時候，汪其楣侍側，遞這遞那，寫黑板，她在臺上向學生介紹自己，就說：「我是侯老師的書僮。」侯老師亦凡事拉她做伴，走在永和的小巷裡，汪其楣道：「侯老師當我什麼都知道，天呀連地址也知道，我一聲也不敢再問！」她還是美國奧瑞崗唸了六年戲劇的，和我們一樣仍是做學生的心情。

她現在文化大學，去年英文系教西方戲劇選讀，教教沒意思了，國人是連中國戲劇都弄不清呢，弄它個西方戲劇幹嘛。早兩年聾劇團做得有聲有色，是她。「手能生橋」是她。現她又做了梁秀娟老師的貼身丫環，替梁老師整理記錄《手眼身法步》一書。看印度舞碰見她，實驗劇碰見她，國藝中心看平劇更碰見她。她也像我們，不務正業，不要戀愛，不要結婚，而整日裡栖栖惶惶，一腔的熱情，隨時就傾它個天崩地裂。她講話像錄音帶快了半拍。她抽菸，是女子抽菸少見的條達爽淨。她笑起來，不知為什麼這樣開心。西洋的影響在她身上，一片刀光劍影，火光迸裂。她講東西戲劇之別之同，潑辣刺激的火雜雜，又都是風光。她講獨創的翻譯名詞，演介與演代，頗有得意，而的確新鮮好玩。

對演戲，譬如我們稱讚實驗劇展《荷珠新配》，她則以為表演唯有及格與不及格，一百分是及格，及格便及格，沒有七十八十九十分的及格，所以難得一好的電視連續劇《秋水長天》，她連看都不看。她這是對演戲嚴格，我們則是對文章，對知己，對革命志士。

我一直記得去年夏天，「星宿海」開辦暑期寫作班的日子，戲劇課是汪其楣來上兩堂，不曉得這麼好玩的。大家都來演戲，鳳英素來是會演戲的不為奇，我呀，天心呀，阿丁呀，頂笨的仙枝，有道君子星宿海老闆君祖，都演起戲來了。汪其楣和我們投機，上完課就賴在書店閣樓上，一通間榻榻米大家盤腿而坐，屋頂矮矮的，牆上懸著國父的字。大家都興致高昂，意氣飛揚，像極了歷史課本上，光緒三十一年日本東京同盟會創建的那張相片。

當時又興頭頭的想改編《西遊記》演一場。毛臉雷公嘴馬三哥有些近似，又瘦，扮孫悟空好了。天心要了紅孩兒去，我就是羅刹女，爸爸唐三藏，媽媽自告奮勇豬悟能，良雄一臉鬍扎扎，派他沙悟淨。演一場摩登西遊記，光復大陸是西天取經。九九數完魔滅盡，不生不滅三三行！

一九八〇年九月《三三集刊》第廿六輯《看戲去也》

鳳凰花發海南天

認識丁亞民很早了，卻在前年忽然才認識起來。就在這時候讀到他的第一部中篇小說，〈白雲謠〉。

回想當時讀它及讀完兩遍後對阿丁所說的種種批評，哪裡是批評文章，根本是重新評估他的人嘛，極不容情到不給自己留下餘地，幸得他天生度量大都包涵了下來。〈白雲謠〉後來在《自由日報》連載二十七天，頭三日刊頭是王愷的插圖，心喜他線條的簡單乾淨，而避開文章不看，想著爲阿丁留剪一份完整的，卻因中間幾日報紙缺寄遂罷。今爲著寫序和校訂又把來重讀兩遍，果然這序是只有我才寫得的，好不婉轉淒涼。

阿丁的人不太是秋天的，更不是春天的。春日濕人襟而物物皆實，秋天使人思省，夏天是大藍的天，大熱的陽光下漫空喧騰的蟬鳴和風影微微的鳳凰木，最沒有時空感覺的時候了，阿丁的過日子歲月浩浩就像是這樣一個夏天的正午。連他的筆、他的文章，常常是讀完後，事件的本身都隱淡而去，變成一件大的團的總體的感覺跟印象：永遠的藍天和陽光，和嘩嘩吹起的雲影樹影，曾是使多少年輕朋友嚮往而風迷的。

阿丁的小說也是散文式的，慣會明明沒有事情，可都在那日影吹動處生出了無數的事故來。有一晌我卻對他這個也生煩了，很厭他流風所至，到處都寫起氣象報告的文章來。這回又讀了〈白雲謠〉，恍然一下子懂得了這正是阿丁的極清淨亮遠的地方呀。因此我也才懂得何以他面對我的不惜玉石俱焚而並不讓步亦不委屈，原來正是他爲人與文章的最眞的地方了。

〈青青河畔草〉時期的唐展風是大家喜歡的，唐展風他儘管自走走得意，撇下了沿途十八般樓閣亭臺，偶而一頓足停停，驀然回首，什麼時候他已又走出了一個《邊城兒》，一個《白雲謠》。大家趕快來看看，都不認得了？可又還是那一樣的眉眼、口齒，一樣的笑語宴宴呀，然而眞是不一樣了……

阿丁唸的建築系，爲他的緣故我眞覺建築是椿了不起的事，那些橫橫豎豎的長線短線畫出來的透視圖平面圖像天書一樣神祕，連他在用的畫圖桌、桌上的線跟移來移去的尺，一盒針筆從粗排到細，都是這樣稀奇好玩。我以爲建築系該可以是不同於現在資料統計和方法論充斥下的教育制度的吧，但是你看阿丁寫的〈當風起時〉，完全不是那麼一回事。不止建築系，〈西窗過雨〉亦淡墨三兩筆，是當今的教育方式把連老師連學生都給壓倒了、貶格了，校園裡的大學生竟是讓人氣短到這樣薄情薄義沒風景。此中一朵小而又小的無色的花施家珍，她若是能開在良好的水土中，縱然沒有她自己的顏色姿態，也都可以是與那好風好日生在一起的感激呀。這會兒她是錯生了時代和地方，她的凋謝在這一大片漠漠荒涼的人群裡怕是一聲嘆息都沒有的。若還有一人爲匹夫匹婦而怒，便是那位建一的男孩，他的細細淡淡的關懷，他的不平、悵惘，他要用他年輕的生命像鳳凰花跌滿了一地把這不平塡滿了。

前時阿丁借我一本《清末鹿港街鎭結構》，純粹資料分析居然也耐心讀完，心想原來建築搞的這東西，那末我可也有了批評建築系的資格了。這書講了一整本的話，說了等於沒說，還不如註中所引古人短短一段「一水通津，出海之涘，估帆葉葉，潮汐上下，去來如飛，貨船相望，而店前可以驅車，店後可以擊榜者，昔之鹿港也」，又完全，又都是風光歷歷。若說資料性倒寧可去看觀光指南罷了。

我自知這話要氣壞多少人，事實是、阿丁能夠對他們現在的建築有情，倒是他們不能容他。一如許多人以文學批評的寫實象徵、心理分析或反映時代性社會面云云來評論他的文章不足，我是阿丁說的堅強有黨，置之不理，阿丁則有時惱惱起來：「還不簡單，看你肯不肯寫，肯寫就有了嘛。」於是這凡心一動麼，就寫了〈葛鳳〉，〈秋風辭〉，〈浮世繪〉。寫下去又自是阿丁天生的中國人的口齒，活潑爽勁明媚，仍不入他們的流。寫完〈葛鳳〉，阿丁笑道：「這篇是改變戲路，步入社會寫實的定裝照。」左看看，右看看，到底不像，到底不肯——套句時人的話——爲藝術犧牲。

〈秋風辭〉寫得很危險，幾次要掉到慘澹去了，幸又給他翻了回來。〈浮世繪〉是阿丁已經將題點破，這篇最沒有阿丁的人在其中，因爲是他寫的，雖然冷、嚴，卻仍是阿丁本人的清潔。使我想起日前和他去看雅音小集公演的《梁山伯與祝英台》，坐位在三十五排，偌大的一間國父紀念館自前門入口進去，登登登直走上去像要走到屋頂去了，轉身坐下，阿丁駭道：「呵呀我們這是坐在天際。」連說兩句。先是祝英台花園撲蝶，銀心出場，我才覺不好，阿丁道：「沒尺寸。」後來風雨訂交一場，山伯英台比山劃水對臺詞，阿丁道：「兩個文藝青年。」聞言大笑，臺上兩人卻說要共訪良師益友砥勵學問，阿丁又道：「他們在準備大專聯考哩。」實在這戲演得有些不倫不類。我們坐在又高又遠的一角俯瞰舞臺，看著邊評邊贊，眞可謂雲端上看廝殺，比做阿丁的〈浮世繪〉如何。

喜歡葛鳳的。一個現實中巧艷世俗的女子，但她的身影裡有著阿丁與她一道呢，她便似凡似仙的令人難以捉摸了。現實社會裡像她這樣的人大概並不會創造出這樣絕決的結局的，她的小機智小聰明，她的浮誇、哀傷和歡樂，都是現代人的，但她的根底其實近於「漢有游女，不可求思」，有她的貞一樸素，可嘆那男人太不知道她了，現代社會中的男人多半是比女人更不配而渺小，她當然只有斷離了。

寫在古代小說傳奇裡，常有仙女嫁給凡間，後來緣盡遂去，眞令人起蒼杳之思。這兒我且錄一段日本的民話〈鶴妻〉——

有人待一隻鶴好，鶴爲報恩，化爲女子給他做妻。她織絹一匹獻給丈夫，爲要取悅於他。她的丈夫持示鄰人，見者皆讚，就有人慫恿她的丈夫要她再織一匹獻給伊勢的天照大神，她也織了。她關照過不可窺看她的織室，他卻去窺看了，只見是一隻鶴在拔下身上的羽毛，一根一根的織進絹裡。而他還不悟這是他的妻子。他只知妻因織絹身體在瘦弱下去了。而他聽別人的慫恿，要她又多織一匹，可以賣了得錢去遊京都。妻乃悲哀，說絹只織二匹，一匹你要放在身邊不時看看，不可賣錢，另一匹獻於神。你還要我再多織一匹，我是不能再在這裡了。說畢她作鶴唳一聲，還形爲鶴飛去了。

中國是有白蛇娘娘與許仙呀。女子的委婉盡心可以把人世的一切憾恨都是成全了，而如許仙梁山伯的負恩義又是負得好。〈白雲謠〉最好的地方都是阿丁的本人本色。

秀玉似那織絹的鶴妻，她帶著小惠離家，及後來延旭找到她時她在門口的一番話，這樣恩義斷絕，簡直不合常理常情常人，令我非常驚動，此處當眞是阿丁的人。百穀的純心誠善及他的辭職北上是阿丁的，便連延旭那樣立在劉府的門口然後攜了寶寶聽話的離開，也是阿丁的。他們所在的紙廠的人家，單是庭前長風裡紛紛落著的金急雨，家常日子倒覺何處是在出塵的邊沿，那陽光下樹籬圍住的一戶戶人家，他們各自的瑣碎微弱的人生亦紅塵擾擾是可以寫在筆下爲一種眞實，是可以寬容的了。

〈白雲謠〉像一首歌謠清清迢迢的唱在秋草長長的涼風裡。秀玉延旭百穀都還是男孩世界的乾乾淨淨的情思，儘管秀玉延旭是歷經大難逃出的，儘管秀玉百穀是共過極艱辛的歲月的，他們的思省和情操，仍然是最後百穀秀玉相逢時的，如在天上人間，那孤高絕塵處亦仍然是男孩世界的。這於阿丁現在已是極至，然我不免想到遠方去了，將來阿丁的文章的底子依然是他這樣的本色，而更有了眞正的人世艱難委屈辛酸裡出來的擔當和重量，〈白雲謠〉或者會是另外的新的一種寫法，也可以說是更不容易的寫法。

阿丁懂女孩子，所以他的文章這樣光影水波迴照隨處是風頭。阿丁又最會玩，平日久處不覺得，這回我一人和訪問團南下參觀，所遇諸人也花也侻呀，可都是個個索然。阿丁亦自然大度沒有私心。他待女子的深心最可見出他的品氣之清，又最是他的人生的責任感，而我曾經三番幾次冤屈了他呢。

〈林家有女初長成〉難怪寫得這樣動人，叫人看著笑著，笑中是酸酸的淚意。我們的身上多少都有林小璇的影子，她的年輕想使她不平凡，不一樣，結果是平凡的嫁了人。〈聲聲慢〉裡的那男孩亦青春的無緣無故無來由，而趨於平淡。這之間其實有著每一個人的執著和眞情，阿丁寫道，「人世是這樣的平穩、悠然，像一條默默的河水，就是這樣要流走下去。青春的迷惘是一粒石子，那樣用心投下去，硼的一聲，也依然是流水泱泱無語。小璇不大肯定自己是否是扔過這樣一粒石子，但她滿意身旁有了一個人，要和他共守下去。」絕大部份的人是這樣的，與我們親，若有別於這當中出來的三五數位，那就是絕代風華了。

話說古來一位穆天子，他駕著八匹駿馬遍歷了中國的山川日月，他到了大地的西極崦嵫山還要過去，西王母款宴他於瑤池之上，為他唱道：

白雲在天、丘陵自出、道里悠遠、山川閒之、將子無死、尚復能來。

想著我與阿丁、與世人，就是這樣的。

一九八一年五月序丁亞民小說集《白雲謠》

如是我聞

讀到明代一位女伶楚生，描述她是「深情在睫，孤意在眉」，當下怨悵不已，這樣必定是一位冰雪聰明的女子而就隔了幾百年的時光再也沒有見面的可能了！然而眼前有人，深情與孤意，她是我的妹妹，朱天心。

兩人都寫文章，又被封稱爲文學世家，其實眞是世俗不過的家常姐妹過日子。譬如「來來」打折，風聞跑去搶購，在一百塊錢五條蘭蘭內褲的攤架上，被那些星星小孩粉彩系列的顏色和圖案撩得意亂情迷，集郵似的天心買了三百塊錢十五條，天衣五條，我五條，爲怕混淆不清，同花色的錯開穿，「今天你打什麼牌？」遂成了那一陣子我們的新話題。

天心事事沾身。她總是比我知道家鄉樓的菜精緻，天津衛的道地北方麵食爸爸愛，飛達黑森林蛋糕，嘉義夜市的水果，瑪麗關口紅，Pierre Cadin。〈連環套〉裡霓喜吃的杏脯在沅陵街可買到五塊錢一包。躂躂躂奔上樓告訴我她看到的一隻鑲土耳其藍石的尼泊爾錫鐲，眼裡激閃的光輝彷彿一個熱戀中的女孩在談她的男朋友。乃至我認爲根本不足掛齒的蘇洪月嬌之輩，她會大早起床讀了報紙之後氣上半天。慫恿仙枝回宜蘭遊說他們那一大家族定不要投方素敏的票。影評她佩服焦雄屏。喜歡東歐體操選手們似羚羊似鹿的體格，她也可以一腳踢得又高又直觸到客廳日光燈的仿水晶墜子。她且多識花鳥蟲魚之名。

她是深情於現在這個世界的，聲色犬馬，她愛。似乎這個世界回報她的也比別人多——起碼，她的書好賣極了，而且維持多年以來排行榜不墜。

同爲創作者，會格外的驚心。同樣是那兩個天寒地凍的晚上我們去芝蘇百貨買禮物，她卻就買出了一篇〈主耶穌降生是日〉。一天坐車經過國際學舍，看見紅磚路上一個女學生，頭髮直直的到腰際，手染麻布衫裙邋邋的掛一身，肩揹一隻布褡，平底皮色涼鞋使她看來有如赤腳，整個很是《熱與塵》裡那位癡迷印度文化的英國女記者茱莉克麗絲汀，也許浮淺些，美國的。而配合她那一身裝扮的是股還不至於到頹廢程度的，或者說是、倦怠，竟也自成一種氣氛和魅力，令天心才進家門便跟我忙不迭說起，三兩筆素描，立刻此中有人、有事、有時間空間，呼之欲出。這就是後來關琳的前身。

史匹柏的片子都看。看完《E.T.》我才在想著難怪《E.T.》銷行全球，大小通吃，它的確是把每個人曾經有過而已忘記、或是還沒忘記而永無實現可能的，每個人的童年之夢，好夢成眞。那種暑夜仰望浩瀚星空的神往，想飛的念頭，史匹柏替我們都實現了。那場單車追逐最終騰空飛起，騎過夜晚大圓月前的一串人影兒，連我也不禁拍手叫好，感動得掉下眼淚。恍然大悟原來天心的書大家愛看。縱然「學院派」，也不得不暫且擱下他們的學術，而面對一次也許自己亦不屑承認的只是一份單純的感動。

走在人潮洶湧的電影街上，天心擠到我身邊耳語：「你不要跟人講，我覺得我很像史匹柏。」雖然她說的像，意指像史匹柏的羞怯、神經質，以致若干有點自閉症傾向。史匹柏在好萊塢是有名的怕水，怕坐電梯，我可以歷歷如見史匹柏不幸乘電梯時他腦袋中的瞬息萬變——包括好比遺囑中要把劇本手稿留給誰——正如天心每次下車回家經過一段公墓時，總把十根手指甲緊緊攥藏在拳頭裡。何以如此，或許我們能從〈有人怕鬼〉這篇小說中尋得一點蛛絲馬跡。所以某日看到《民生報》一則統計報導，說神經質的人易於成就事業，而自閉傾向實則是天才的某一面表徵，我是當然見怪不怪的了。

《維摩經》裡描寫天女散花，花不沾衣，那樣出塵清明的境界令我心為之折。可是偶遇一句：

沾衣不足惜

但使願無違

啊，這個不是更好！神風特攻隊的歌〈同運的櫻花〉，唱道：儘管飛揚的去吧，我隨後就來，大家都一樣。天心文章的底子便是這麼一個對現世的戀愛、生命與青春。

使人想起佛家的願。天心的願不像地藏菩薩的悲壯橫絕，更近於阿彌陀佛的興高采烈吧。阿彌陀佛四十八願心，他要修福修慧修出一個極樂世界，凡是生到他國裡的眾生，都要從七寶池的蓮花裡出生，蓮花大如車輪，微妙香潔。他說，他若是成了佛，他的國裡，從地上起，一直到虛空中，所有的宮殿樓閣池水華樹，一切東西，都要是無數的寶貝裝飾而成，倘然不是這樣的，他就不願成佛。他若是成了佛，他國裡頭的人，要吃的時候，在珠寶的缽盂裡，幾百種味道的東西都會化出現到面前，吃過了，又自然化去。他若是成了佛，他的國裡邊，沒有不善的名目聽見的。他頭中間的光，比了日光月光還要勝過百千萬億倍，要照到無窮無盡，黑暗的地方，就是很小的蟲蟻，也都要照得很光明，若是他的光有限量的，他就不願成佛。他要同了生到他國裡人的壽命，都是長到沒有數目可以計算，還有他們的相貌、神通、智慧，種種都同了佛一樣，倘然不是這樣的，他就不願成佛……

庭園靜好，歲月無驚。

倘然是這樣的人世，我也甘心只要做一名小小人兒的呀。然而在二十世紀的今天，似乎成了一個笑話，癡人的夢囈。所以天心會是比誰都感到落寞了。

喜讀《擊壤歌》、《昨日當我年輕時》的讀者們，想要在這本書裡找到熟識的朱天心，恐怕不容易。張愛玲論人，總是把聰明放在第一，天心不但這點嚴苛，她的爆炭脾氣且容不得一點惡人惡事，她能夠選擇的境遇已不多了。時勢人情又一年比一年更迫促，眼看她所熱愛的世界一天天荒薄下去，身邊的聰明人一天天蒙塵倒下，她比誰都更先憔悴得厲害。屈原既放，游於江潭，行吟澤畔，形容枯槁，本來南魚座的人，血液裡就是流有更多楚民族的赤膽忠心，濃愁耿耿啊。

讀荀子，我們都不喜他講的道理，唯有一處天心悄悄指給我看，「聰明聖知，不以窮人」，兩人相視而笑，皆知荀子在罵她。不以窮人，亦不會窮己，畢竟天心不致像屈原的自沉於江，窮絕處她忽又會應機靈光一閃，照見自己，飛躍了過去。

剛烈如她，告訴我，胡爺講的修行的重要，剛烈而沒有修行，至終不過粗厲硬化了，會像老樹枯枝的一折即斷，當下她慚惶領信不疑。絕對不受委屈的她，忽一日和我說：「想想我這樣不能忍受人家對我的一點冤屈，還是不好，你看，有多少歷史上當時所受的屈辱，比起來，我的算什麼。」

她這話說得跟蘇軾論賈誼簡直同調。賈誼那樣大的才氣，不能自用其才，是亦不善處窮者，東坡替他惋惜：「賈生志大而量小，才有餘而識不足也。」量大識足，多麼難之又難的修行長程，天心是這樣認眞誠正步步走來，於是她在斷斷續續寫的幾個短篇之後，我們看到出來了一篇三萬八千字的小說，〈時移事往〉。叫我一驚，心想，我們當中唯她一人是可以來寫史的了嗎？

天心愛讀史。她讀史常至癡心、宿命的地步，旁例《西遊記》可知。她看《西遊記》著迷時，起誓說：「要是大戰爆發逃離，能讓我帶一樣東西，就是《西遊記》。」眞正原因，是她要命的愛上了孫悟空，一份注定了無望的愛情，很久以後天心歎道：「唉，他是個猴子！」我亦最近驀然懂得，芭芭拉史翠珊唱「人、是需要人的人。」天心絕大部份是因著史書裡的那些人，那幫照膽照心的朋友們，又給了她的新的喜悅和勇氣。

人，還是要靠好的、美的、大的東西，生長存活。病態殘疾來寫它，是不得已之情，而不是爲故意暴露。一個曾經看過眞山眞水的人，他會是多麼枯萎的活在塑膠山塑膠水的現代社會裡。一個會說「唉呀做人就要做到像那個樣子才有意思」的人，他會要多麼寂寞的發現現世有誰可讓他見賢思齊，見善如不及。如果說，《擊壤歌》時期的朱天心，是用她的生命和青春之光如阿彌陀佛照亮了她的國度，那麼，這本書裡我們看到是她的那麼多的不得已之情。〈無情刀〉、〈有人怕鬼〉、〈主耶穌降生是日〉、〈關琳〉，都是。然後，我們看到了「愛波」。

「愛波」一直到完稿之後，才易名爲〈時移事往〉。此題原屬另篇散文，係隨記井上靖《天平之甍》所寫關於鑑眞和尚東渡日本及日本遣唐僧的一本歷史小說。此書乍乍然教天心起了極欲嘗試寫歷史小說的興頭。前陣子她曾經想作一篇匈奴考，相關書籍讀到史坦因的《西域考古》和玄奘的《大唐西域記》，一路追蹤跑到印度來，碰上隔壁房間我正好看完《弘一法師傳》推薦給她，匈奴變成了和尚。我不知道天心什麼時候會寫出一篇歷史小說來，但是〈時移事往〉筆力縱橫，敘事簡潔，文理有思，一枝史筆該有的，她已有了。

捷克哪個作家的小說，寫他學生時代所有信奉參與共產主義的同輩們，全文記不清，意思說：這是一次最奇特的反抗。不是被侮辱者對侮辱者的反抗，不是被壓迫者對壓迫者的反抗，也不是一個階級或民族對另一個階級或民族的反抗，而是，他們反抗他們自己的青春。與愛波當時代的青年，他們談畫、談音樂、談哲學、談政治，熱烈以身試之，有徹底不徹底的，有似是似不是的，他們講些什麼做些什麼全然不重要，事實他們結果也沒留下任何建樹。重要的是，「用他們虛僞的語言唱他們眞實的歌」，他們眞實的，柔軟年輕的心。只有在年輕的時候才會不要年輕，揮霍他們最多的青春卻反抗他們自己的青春。是這個，時移事往，留下的。

愛波如果是時尚的弄潮兒，天心化身爲敘述觀點的男子，就是晴空曠日下湛藍的大海。潮漲潮落，花開花謝，他那樣包容、好意，尊重這個世界。他的柔和，又如菩薩低眉，垂望擾擾紅塵裡生老病死。全篇的重量所托，天心不是以蕩蕩人世把它浮出，毋寧以男子對愛波的貫徹的愛把它提起。可以說這次，我們又看到了天心以她那本色的強大，「天行健」的強大，拔起她自己，亦拔起她的國。

愛波最是身在其中之人。愛波本身明明就是那首晉時預言五胡亂華的童謠：

洛陽女兒莫千妖，前至三月抱胡腰

此處且錄胡爺的一段話——

我曾爲小倉遊龜先生講說此童謠，想她可以作畫。我的構想是暑夜的天空畫一顆熒惑星放著光芒，天邊一道殺氣，隱約見胡騎的影子，畫面的一角是一妖氣女子白身仰臥星光下，眼皮搽煙藍，胭脂嘴唇，指甲搨紅，肩背後長長的披髮，在同一星光下，井邊空地上是幾個小兒圍著一個緋衣小兒在唱那首童謠，畫面上是一派兵氣妖氣與那小兒眼睛裡的眞實。

今天也是浩劫將至。童謠畫面上那委身於浩劫將至的女子，她不抵抗，亦不逃避，亦不爲世人贖罪。她是與浩劫，與胡人扭結在一起，要沉呢就一同沉沒，與翻呢就一同翻過來。她是妖氣與漫天遍地的兵氣結在一起了。她亦喜反，喜天下大亂。此時的喜怒哀樂與言語、成與敗、死與生，那樣的現實的，而都與平時所慣行熟知的不同。也許一樣，然而眞是不同了的。她清清楚楚知道自己是委身於浩劫，而有這個覺，便是歷史有了一靈守護了。但不知畫家可如何畫得這妖氣女子的眼睛。

然則，那站在高絕處天心化身的男子，他的眼淚落在愛波已死去的木色的心上，是眞的了。

一九八三年歲末序朱天心短篇小說集《時移事往》

人身難得

一本好的書，會是作者比書更好。《禪修記》的作者聖提，卻不知他是哪裡人，現在在哪裡，還活著的嗎?除了這本不見經傳的書，似乎再也沒有更多一些關於他的消息了，令我終日來悵惘不已。

聖提於民國十年初從汕頭到印度，他去印度，多半是崇拜蘇曼殊的緣故。因爲曼殊大師曾到過印度，讀梵文，吃一磅以上的冰淇淋，彼時年輕的聖提也能吃一磅以上的冰淇淋，所以他也想讀梵文，到印度去。聖提帶著像拜倫入希臘的心情到了印度，先在泰戈爾的退隱地尼吉屯，即森林大學的所在地掛錫，並在這裡初識甘地。

其後聖提至阿須藍學習梵文，隨侍了甘地一段日子。阿須藍本來是一片灌木雜生的叢林，民國初年甘地發動抗英的不合作運動時，帶同他的門徒擇定此地，斬荊闢萊，蓋了幾間茅屋暫爲寄跡之所，後來不合作運動風起雲湧，這個小小的所在遂成爲群英薈集、運籌決策的大本營了。《禪修記》便是聖提在阿須藍一段生活的記錄。

我才懂得不抵抗主義只有是在印度才行得通的。就以絕食而言，本來是一種宗教儀式，爲世外人修行證果的功課，能把絕食者的精神和肉體來一次總掃除。聖提敘述他的十天的絕食經驗，他向甘地提出這番決心，甘地極不同意，說他是中國孩子，過去沒有這種訓練，不必隨便冒險。後來答應他三天絕食淨化，但聖提的意志很堅定，甘地才擇日爲他舉行了一項莊嚴的絕食儀式，開始十天的苦行。

絕食的第四天，聖提曾一度昏迷不省人事，第五天他在滿窗旭日中醒來，嘔吐停止了，漸漸有了聽覺、視覺。第六天，他聽到祈禱場上早禱的聲音，試跟著背禱歌，他的聲音，自己可以聽見了。同時感覺著身體和精神一點鐘一點鐘，一刻鐘一刻鐘的平復起來。他的思想，好像一堆亂繭，已找到了最初的一根絲，裊裊的、絲絲縷縷的，從腦子裡繰出來。而往事好像一隻小舟，在漂波浩渺的遠海中慢慢盪了出來，初時只見一個小黑點，後來白色的帆檣也見到了，纜索也見到了，終於連帆檣上的破洞，水手的眉毛都看見了。但那小舟又向遠海駛去，漸漸的，漸漸的，消逝在蒼茫的煙波中。回首前塵，一種悲喜難言。

第七天晨起，他走下繩床，步到小几旁趺坐，取出書本，一氣讀了十餘頁，晚上睡得很舒服。第八天，他試將房門打開，站起身來，可以走十步八步了。此時他的心境，只感到圓滿，沒有缺憾，只感到充實，沒有空虛。第十一天凌晨，甘地爲他舉行了進餐儀式後，將一杯葡萄汁和橙汁親自遞給他喝，說道：「聖提，你的苦行已告圓滿，你進食了。」

甘地在他第六次絕食時年已七十四歲。據當時報上所載，絕食的第一週中，略感噁心，睡眠不安，第二週漸趨惡化，幾至昏迷，生命危在旦夕，到了第三週最後數日才見好轉，至週末精神煥發，接見大批賓客，對賓客皆曾發言。度過三個星期的苦行，舉行了一次停止絕食的宗教儀式後，他老人家便好像忘卻過去的一切，愉悅，天真，而又謙抑的進了餐，照例是一杯鮮葡萄汁或鮮橙汁。

我才了解甘地的數次絕食，非但不是如邱吉爾首相以爲的只是苦肉計，甚至也不是對於不列顚政府的精神抗議，而是絕食的本身便是一樁功德與見證。本來是宗教上的一件修行，出之甘地，意義不同了。印度的民族運動，往往因他的一次絕食而得到承上啓下的轉捩。他的每一次絕食，是印度問題糾纏到走頭無路的時候，同時亦是印度問題豁然開朗的時候。印度三千大千世界，自古以來，恆河沙劫，劫劫相接不相接，一日中萬死萬生，印度教在印度人民裡是具有這樣強大的背景，所以才會生出甘地這樣有力量的不抵抗主義。

甘地本人是純正的印度教徒，他在阿須藍卻每天擔任一個鐘頭的聖經講授。阿須藍只有祈禱場，而沒有廟宇，只有讀經者，沒有和尚。黃昏到來，民眾來河邊的細沙場上晚禱，男人坐臨河的右邊，女人左邊，東面細沙上鋪的一張小毯子，是甘地的座位。我多麼願意自己也在當中，穿白色的紗里，前額塗香灰，眉間點一顆硃色聖誌。佛言，「佛世難值，如優曇波羅樹花，時時一有，其人不見。」

一九八四年二月廿九日

有信・有仁

大學畢業至今，八年了，認識信仁，也有十年。十年，多麼嚇人的數字，信仁出版了第一本散文集——《走在季節裡》。

讀到信仁第一篇東西，是他託阿丁交給集刊用的，題叫「殺手」。我一邊讀著，快笑破肚子，隨句唸給別人聽，都不如我覺得這般好笑。他字裡行間的拙稚，恍如一篇五四時代的新文藝，吱吱牙牙，而又認眞努力極了的在講著道理，不管講得是不是，光那種鮮澀的味道，就非常好了。我仍舊希望信仁能隻字不改的原樣付印，但收錄在書裡的〈殺手〉，卻是他刪修最多的一篇文章，令我愀然興歎，大家都長大了，進步了，時間眞是無情，催人只有淘淘前去。

我也喜歡他的〈七日顏色〉，日子是一天一天塗著不同顏色的，很快樂，很煩惱，又或者不快樂也不煩惱的，只是活著。信仁寫道：「週三雖也是苦盡甘來，像航海的中途島，暫時得以不去管週二被菜得一塌糊塗的設計圖，但是可以於醒來後先烤些土司抹果醬，配著米麩麥片牛奶吃個飽，再考慮去不去上課。」讓人感覺，活著的本身，已經是一種幸福。

信仁的散文集，就是揚溢著這種幸福的氣氛。很少人像他，那麼喜愛朋友，喜愛小孩，喜愛家園故舊、人情溫暖，喜愛寫信和收到信。

凡事他熱心幫忙人，一心希望每人都好。有時大家皆到齊了的場合，開心笑鬧，朋友們健在，光光這件事，他便快樂得簡直失常了，正如他描寫的 Killer 逗貓那樣，「Killer 左蹦右跳的像極了阿里打拳善用的蝴蝶戰法，一派攻擊的姿勢和十足的挑釁，可是跳呀跳呀竟然摔跤在地，牠趕忙翻滾一圈又站起來。」信仁傻氣起來時，就會是這樣呢。

他又學起刻印，幫每人刻了一個章子，給天心的是刻「小蝦」，給我刻了一個「海棠」，但我總不知將它蓋在哪兒才適宜。丁亞民也有一個，放在我們家，用於走私來此的某些筆稿費。信仁替自己取了一個筆名「江兒」，偶爾也加上姓氏叫「鍾江兒」，他不但「收藏日子」，還收藏名字。他還善於收藏題目，一道一道列在扉頁上，興致盎然，不看內容也足矣。

信仁的老家在西螺，他放假回家又來，每次提給我們一袋西螺米，母親視爲稀寶，煮出來的飯，粒粒飽滿，珍香如珠玉。他今年七月退伍，仍在我們家斜對樓上租居，早晨騎摩托車去上班，黃昏早回的日子，便跟我爸媽在馬路上比賽羽毛球，永遠都是他的喊聲笑聲最大。昨天見他幫房東小孩照相，自己有暗房沖照片，洗出來一張張送人，他就是這樣熱腸熱肚的男孩。

夜晚聽見他唱歌，一縷清越穿過擾嚷的月色村家。哈雷彗星來了，他的歌聲越唱越開，越唱越亮。我心想，世界上應當有更多一些像信仁這樣的人就好了。

因爲是先有他的人，所以才有他的散文。活在人意荒失的現代社會裡，信仁的書是一種見證，見證溫馨、善良、端正，見證他的名字，有信，有仁。我眞願意許許多多人都能讀到這本書。

一九八五年十二月

女孩

注意到這個女孩，是看見電視上她在唱歌。喧嚣的聲光，堆砌的排場，根本看不見人的，可是看見了她。

抓著麥克風的那個樣子，有一股力氣，好像說：「我就是要唱，不管你們聽不聽，我正在這裡唱，你們要聽。」

那樣子不是自信，是青春的放恣，吸引住我們，一直看她唱完。仗著一種也許是年輕，也許是麗質天生，她居然突圍了電視的最容易把人扁平化、庸俗化，透出鮮活的人氣。

以後偶爾再看見她出現在電視上，就會看完她，總是突出而有趣。鏡頭即使不在她身上，她自也看著別人熱鬧充滿了好玩，鏡頭忽然又回來帶到一批人的時候，只有她一個因關心和好奇顯示出來的神采，立刻把旁邊所有的人都比下去了。當時我與侯孝賢在討論《悲情城市》電影劇本，劇中四〇年代的女主角，應該就是她那個樣子。

後來胡瓜訪問她，很少人能和胡瓜過招，大多被糗得亂七八糟，吃死了。她很機智，鬧場而有分寸，可放可收，卻又眞情流露，把胡瓜打敗，眞是大快人心。

在「客中作」約見，不知她願不願意來演電影。她動時比靜時更好。這不容易，許多美人是一開口就完蛋的呢。

她使我想起高中開始寫小說的日子。我與那時代十七、八歲的男孩女孩，使用什麼語言，崇拜什麼偶像，聽什麼歌，穿什麼衣服，都寫到小說裡了。那個世界，我們最大，只有我們的喜怒哀樂才是，沒有別人。青春，此刻在我的面前，然而是多麼陌生的青春啊。我甚至抓不住她們的節奏、韻律，她們的色彩，如果小說要寫這一代的年輕孩子，我能寫些什麼呢？她使我感到悵惘。

南魚座的人，我妹妹就是所以我很清楚，她也是。敏感，直覺強，有預知的本能，富於想像力，譬如馬奎茲就是。太敏感了，常常會掉入莫名的情緒裡，濃愁不解，鑽起牛角尖來，也很可怕。心軟，都在自苦。南魚座的女孩，是最女孩子的女孩。

她演戲的動力很大，在日本就是學戲劇的。可惜陰差陽錯，也許機緣未到，終於無法合作。

再見面已是兩個月後。這一天她下了節目過來，頭髮束在頂上，擦了慕思，在額頭前耙下幾根濃亮的劉海，整個人烏黑潔白，水汪汪的。

她在的環境，使我掛念，害怕會一天天蝕去她的聰明，她的力氣。如果我是男孩子，我就要創造出一個明燦的世界，有好風好水，讓她好花長生。

一九八八年寫於《伊能靜寫眞集》

同修同行，同福同慧

1. 妻子

與他們認識交往的過程，每次我心裡想：「就是這樣的吧……」不過並沒有就這樣。總是，總又比我想的多了一點什麼，讓我不覺往前再跨一步，如此三年，幾天前竟也跨進了他們的家裡，坐下來，喝杯幼春煮的 espresso。四周立滿即將展覽的畫作，吹出來涼涼又新的氣息。

相對於他們夫妻親手打造了五個月的這棟地中海風小屋，舒敞、拙趣、自在，幼春顯得好焦急。她興奮且歎氣的說，這個星期李永裕創作力大爆發，一張畫接一張畫出爐，都還沒乾在晾著，啊那種能量她只有傻看的份，而她是完蛋了因爲一張畫也出不來！說時永裕從坪院外晃進來，模糊蒼白的，好像餘燼。（後來知道他是去東北岸釣了一夜魚，夜釣似乎是他唯一可以休息暫且忘掉畫的時刻。）

幼春的急切感染了在場的天心，不但不回避這個話題，簡直是喪失了做客分寸的逼問人家夫妻，你們對彼此的作品批評嗎？批評到什麼程度？講眞話嗎？還是也有安慰鼓勵？會不會因爲對方的眞話受到打擊？如果想法不同吵不吵架呢？天心說：「像我，就會，曾經兩個月不講話。」朋友裡，也有評論家宣稱從來不讀太太的小說以免傷感情。天心是她的先生對她的創作（包括失敗作）永遠有一種說法令她感到不氣餒，對此她倒很有自知之明。然而反過來，她對先生的創作這件事，卻是有話直說到大義滅親的地步（據我估計，除她先生以外再無人能招架得住。）

我們這段談話雖然在笑語中進行，著實令我捏把汗。天心以她自身做爲既是妻子、又是對手又是同修的處境，發出疑問，與其是探詢幼春，倒更多是剖白了自己，有時候，天心眞不忌「交淺言深」。

所以關於畫，永裕對幼春是嚴格不留情的罷。

永裕並未回答。但又似乎在講別處時回答了，斷語殘句隱晦得像一縷清風拂過，如果讓我捕捉到了，完整的意思也許是說，幼春以前不知道畫，畫得眞好（劉其偉讚歎她的是原始主義），現在知道畫了，反而難畫，若想回到以前的那樣畫法也回不去，要就還畫十幾年再畫出來，很難很難……

我跟天心都驚嚇道：「那怎麼辦呢？現在你知道了又不能假裝你還是以前不知道的時候！」此話眞是我們的肺腑之言，揭露了兩個中年人二十多年磕磕絆絆的的寫作資歷（沒有功勞，也有苦勞啊）。

仍然，永裕未曾回答什麼。

蘇軾的說法是：「人生識字憂患始。」識字以後不能假裝還不識字的時候，隨之而來的苦勞，也是自己心甘情願的罷。

2. 哥哥和嫂嫂

幼春天趣生成，那麼完全相反的，是哥哥嫂嫂的高級工藝技術。

以我對藝術最淺陋的成見，工藝當然不及作品，技術當然不及內容，物型的大氣之美當然今不如古，古不如遠古，所以陶瓷當然宋瓷高過明、清，青銅器當然殷商春秋勝於戰國，好多的當然，當然。看到鶯歌「存仁堂」的藝品走的是明、清路線，我照例心想：「就是這樣的吧。」

永裕的哥哥存仁，果然也像工藝者遇見藝術家時的讓位。兄弟倆都紮著一把潦草馬尾，鬍鬚飄散。哥哥身架碩大，在小個子弟弟面前微笑謙退。他佩服弟弟開始就走藝術，他不敢。他是做傳統，在窯界已二十年。弟弟一直鼓勵他做作品，這次弟弟促成的家族聯展，是爲逼他交出作品。他跟太太大學時代唸藝術，太太家在鶯歌，他天天跑鶯歌很自然也到窯場打工。後來他們基礎穩了，撥一部份力氣做別的，譬如花瓶，脫離開實用，誇張其線條，圓的瓶身更圓更大，窄的瓶口更窄更長，窄長至半尺高畢直如針，展現的是抗地心引力的精純技藝。那年去美國展覽，博物館專揀這種藝品收藏，他們回來就又做了不少，卻老碰到人要問：「你們的花瓶怎麼插不了花呢？」

朋友裡很多人會手拉胚（《第六感生死戀》放映之後誰家不存幾個手拉胚陶器），愛的便是素人生手的那股拙味。瑕疵和意外變成藝術上的主題，不準確也成為一種追求。「存仁堂」是不容許不準確的，哥哥說所謂官窯，就是不容許有瑕疵品。厚厚笨笨的手拉胚，必須經過修薄。修薄即一門技藝，目前台灣能做的有五家：皆七十歲老師傅了，他最年輕。

他抄隻青花瓷蓋，指出某處修得太薄以致露見背面透過來的染料，瑕疵品不值價了。又拿來一隻玉白敞碗薄如蛋殼，放到檯座上經燈光一照，浮出梅竹三兩枝，引起我們的譁然。瓷殼珍玩自從記者報導以來至少十年，每回露面，仍是要被大驚小怪再報一次，哥哥無奈笑起來，困惑一批批的藝文記者們何以並不累積任何記憶。

當然大陸景德鎮早有這種玉白瓷碗，但景德鎮人來台文化交流卻指名了要看此物。差別在「存仁堂」是手拉胚，景德鎮是模子。因為景德鎮的土質太好了，縮歛性不到百分之五，模鑄不怕乾裂。「存仁堂」從拉胚修薄到最後一千三百度的還原燒，一關一關，都在克服質材限制並對抗地心引力。幼春去年舉行個展，有些是在日月盤上燒出動物圖畫。我才知道，瓷盤源於明、清的中胎盤。盤大，底要厚薄均勻才能平衡支點，且必須在底部中央再加一底以防場陷，兩圈圓底故名「日月盤」。

原來，對抗地心引力在陶藝裡是個大課題。女人夢想青春永駐，於是龐大的美容塑身產業都在對抗地心引力。這次哥哥有許多女體作品，好誇張的下盤重甸甸的，上面是纖細升往空中的頭顱，她們像一座座歌德式教堂。

3. 丈夫

永裕載我們去鶯歌，魚腥味（雖然努力清洗過）的吉甫車一個大迴旋駛上北二高往左線基隆方向直開去，好順當的東北岸夜釣之路，走錯了，永裕哈哈大笑只有到下個出口再回頭。但回頭不知何故又岔了路，車子滑入商區內，沿著政大河堤開，也索性開回家門口，按兩聲喇叭，幼春從一屋子讀書會女眷裡錯愕而出，還沒弄清怎麼回事，吉甫車又開跑了，重新再上北二高。

久雨以來的放晴日，車上人因著走了岔路而敞懷笑謔。我心想，這是開錯車而已，人生要像這樣走法成嗎？永裕這樣完全以畫爲生，偕妻帶小的，可以活嗎？眼前有人又狂又狷，我卻無法引爲同知以自許，環顧他們新購十四坪小屋改築成的「彩繪精靈藝術空間」，我跟天心一樣不忌親疏的冒犯問道：「像這樣，可以活嗎……」

永裕說畫畫像苦行僧，他托缽站在那裡，有錢投進來，他亦並不感謝。

天心問他有沒有壓力？因爲只剩下畫畫，萬一畫不出來的時候怎麼辦？

永裕說，瓶頸其實是好的，表示你眼高手低，看不上舊作了，但手法跟不上所以畫不出想畫的。然後有一天一畫，就對了，知道自己過關了，眞是快樂！瓶頸是下一次高峰的前奏。

他隨手抽出散頁說這張好（裸女的背），一筆勾勒到這裡，脊骨肉感什麼全有了。又指一張岸邊的摩托車，說這幅大氣，越看越滿意。後來他講別的時說：「有些你看大氣，其實是亂畫。」

幼春翻給我們看她兒童班學生的畫，一張一張說明著，連畫連小孩如何如何，不勝之喜的，張張都好。永裕說，小孩的畫沒有不好的。他見盟盟在旁畫馬，建議不要用鉛筆，練習蠟筆塗鴉，使力氣在紙上塗鴉，感覺顏色。他說絕對不可以用彩色筆，語氣認眞，後來又說一次，令我跟天心深感對盟盟失職。而盟盟今夏小學畢業，再不是小孩了。盟盟幼年畫畫顏色大膽，同時期她也畫昆蟲，精確如圖鑑。目前她畫馬，圖鑑馬和寫實馬，功課之餘日日繪製幾格漫畫，做手工藝般結集成一本本冊子。她也許有一點天賦，但顯然已漸漸遠離了顏色和線條。天心自己謙虛，因此對女兒也採取放野不培養的態度，她說早兩年來這裡學畫就好了，現已嫌遲，言下十分惆悵。

永裕開成人班，學生都是到他這裡才畫了生平第一張畫。他不是教畫，而是啓動對畫的原初好感，親近畫，喜歡畫。他們的「藝術空間」所以是空氣流通的，自由呼吸，不被藝術化壓迫。凡一切「化」（藝術化風格化），都驅我要逃之夭夭。化了的東西在凝止狀態中，美則美矣，定型之美吧。我幾次快要以爲永裕夫妻是化嗎？他們獨特的生活方式，他們的藝術建造，化嗎？我是這樣猶猶疑疑，瞻前顧後，森林小動物般的一步一步走進他們精靈小屋，羞怯的接受著招待。

永裕的媽媽叫白浣花（本名哦），明明是古龍武俠小說裡的名字，不過長錯了人。媽媽血氣旺盛，似乎現任義工隊隊長。蟬連五屆卡拉OK比賽冠車，已供奉爲評審。我見她短襪球鞋八分褲，專注在捏水牛，聽說上回捏的一隻燒爆了，就搏土再捏一隻更大的。

嫂嫂一頭烏髮辮盤在頸項上，密密的鬢腳梳攏得一乾二淨。髮的那種黑法，濃法，眞少見到，我所看過大概只有日本歌舞伎才有的，若在捏陶燒窯時，將是一幅舞台風景。

起先聽幼春講兒子李子奇的愛昆蟲，我們說，盟盟碰到對手了。待見到他搜集昆蟲標本，和塑膠透明盒的培土裡埋的蟲卵，對手一路升級成了盟盟的前輩，盟盟的老師。兩天後卵蟲化出了，子奇大嚷著要給盟盟看。幼春帶他們去昆蟲館玩，趕天黑前回我們家，風似的盟盟偕子奇奔往後山抓昆蟲，返回收好蟲子，又奔去隔鄰巷弄抓，回來盟盟說：「金龜子全部都停在你們投的2號旗上！」選里長，下午投的票，旗海遍插還沒有拆除。兩小孩研商結果，說是2號旗的亮黃色（無黨籍）把金龜子都吸上去了。次日盟盟說子奇好厲害，昨晚後山聽蟲鳴，她只聽出六種蟲而子奇聽出來八種！

子奇的姐姐叫李文心。

家族三代，這次都有東西展出。藝術生涯無非求仁得仁，然而佛是「二足尊」，福足，慧足。我真希望他們一家能夠求仁——得財。

一九九八年六月十七日寫於「李永裕李存仁家族展」

與石頭相遇

永裕又有新作了。前年他的畫展，我去他們家，見他洶湧畫了一星期畫，人都給燒進畫裡的，只剩餘燼。這兩年知道他長久在福州壽山做石雕，忽然聽說要展出了，就像枯木上生出花信，飽飽的即將爛開。

然而濕漉漉三月我困頓在寫不出劇本的壞脾氣裡，幼春邀我去看作品。我收拾好蓬頭垢面的精神狀態，勉力赴約。踏進門，照眼置滿新東西，亂而不亂，每件物品謙虛且自足的各有一個存在，恣意，卻不侵犯到別物，像走進一畝初夏的園林。

園林主人呈透明體出現，這是從事過一場高密度創作活動之後才有的現象，眞令我妒羨。他帶我到一件件石雕前面，石頭與他，都對我祕默而笑。因爲若不是他，那些石頭千萬年來依然還是石頭，沒有言語，沒有意義。因爲他，就像盟盟小時候作的詩、「死海無生物，聽見魚發聲」，它們都有了聲音。

我最鍾意的作品，它們就是表現著一種姿態，發聲的姿態。連意義還在尋找，連名字還待確認，連言語還未成形的，這樣的初初的姿態。

所以女體還未成其爲女體，而只是女體的「意思」之時。所以是人的意思之時，魚的意思之時，女人蜷窩抱貓的意思之時，一切一切，任何事物的意思之時。

我聽日本朋友說，石有死石，有活石，日本庭園裡佈局的石都要用活石，日本人一般皆識得活石或死石。永裕則指給我看石雕裡的砂，和肉。砂的部份灰澀，堅硬難攻，按工匠技藝的想法，這部份是壞石，要除壞務盡，留下肉。肉的部份透明，明度越透越是好石。好石還要沒有裂紋、斷綹、無瑕無疵，那就價値連城了。永裕在壽山，當地人統稱壽山以外的石是外省石，言下自有傲然。他們石農採石，工匠做一輩子，取好石雕刻成藝品，以巧奪天工爲審美的最高標準。

在這不講究技藝，三分鐘成就（或毀滅）一個藝術家，敲幾顆鍵即稱之謂藝術的時代，我不免要偏心於身懷技藝之人。那意味著基礎功夫紮實，意味著承傳和累積，也意味著不虛矯、不譁眾。想想看，米開朗基羅的大衛雕像，他並非憑空而來，他來自於一個有著百名千名、一整批優秀技藝職人的社會。因此我問永裕，他做石雕不到三年吧，他會覺得新手的困難嗎？

永裕說會喔，看師傅他們，三敲兩敲就把石材肢解掉的那股鬆勁，他差得遠。他從他們學會如何看石材，好石壞石，石的肌理和冷暖。觀察他們如何下刀，石的走向，順性和逆性。若說雕塑是加法，雕刻的刻，即減法。減法最難之處，難在知道什麼是要的，以及，什麼是不要的。然則，又如何才能知道要什麼，不要什麼呢？永裕說：「最好的老師是自己，就像畫，是在畫畫之中教會自己怎麼畫，畫什麼，畫下去。」永裕乃是在他作畫的深層經驗裡而無師自通，學會了石雕。我的老師胡蘭成教我們讀書，但他說：「最好的老師是無師。」

所以永裕的石雕，有肉、有砂，已令石雕師傅們不解。甚或裁肉、存砂，就幾乎在他們石村裡鬧革命了。永裕用好石，也用壞石。齊白石篆印，就喜用劣材。鐫刻劣材時不順，產生崩角、歧痕、挫跡，齊白石就喜歡這個。打破偶數的對稱性，有天趣。

好石不會用，用死了，眞是草菅人命。永裕雕石，不是做好草稿設計圖再找石頭來雕，他是遇見石頭。與石頭相處，等待石頭，然後把石頭叫喚出來。這像小廖剪接電影《戲夢人生》時的體驗，小廖說：「法則這個東西，你別小看它，它是很嚴酷存在的。你非得花那麼多時間去找，跟它相處，相磨，慢慢這個法則才出現了。看到它，它統一著這部片子，是最適合這部片子的形式跟內容，於是你順著它，它會帶著你，一路下去，很快，片子就剪出來了。」

永裕做石雕，一半在石，一半在人。因爲沒有一個石頭是一樣的，石頭自己會告訴他，它有什麼。永裕說：「人講屍體會說話，石頭也會說話，它告訴我很多。」

我問永裕這些石雕，最愛哪一件？他沒有回答。卻說起厝那邊最大一件，曾經好幾個月，他拿那塊大石簡直沒辦法，眞就是啞了。有一天他突然發覺，他整個錯看了，只消將石橫倒來看，大石就現身了。

是啊，屍體會說話，我想到史卡德探案。一次史卡德悚然驚醒說：「去它的，東西全在那兒，我只是看的方法不對。」與史卡德對話的人，並沒有眞的跟他說了什麼，沒有另外再添塊新的拼板，但對話者可著實幫史卡德把盒子好好的搖了一下，讓他看到了每片拼板該擺的位置。

雨天來看永裕的石雕和畫，雕刻也變異了他的畫風。它們幫我好好的搖了一下，我也許知道該怎麼把劇本重新來寫起了。

二〇〇〇年三月廿一日寫於「李永裕油畫雕塑展」

弱點的張大春

終於等到張大春這本書了。

做爲一個長期在追蹤他新作的讀者和一個小說家同業，我一直等待想讀到他的一本書，一本有著「弱點」的書，而這本《聆聽父親》就是。

什麼是弱點？人性的弱點，大家都這麼說。在我看來，一個人有了牽掛，他便有了弱點。佛家不就是要我們斬斷牽掛，修成金剛不壞之身。年輕時候的張大春素有頑童之名，現實生活中固然是，文學裡就更是了。我輩中有誰像他玩小說玩成那樣？認眞又驃悍。說什麼牽掛，他玩都來不及像那個要航海到世界盡頭尋找金羊毛的大男孩。他一身好武藝，我是說，我輩中小說的工匠技藝部分有誰勝過他？小說如果堪稱一種專業、一門行道，則技藝何止是技藝，它自存這門行業的尊嚴和威信，想混，是混不過去的。張大春的小說技藝如此輝煌，固若金湯標立在那裡一如特洛伊戰爭中打不死的戰士阿奇里斯。

是的，他的小說沒有弱點。如此之找不到弱點，令其得意門生要好沮喪提問何以他小說裡都沒有一個認眞在悲傷的人？是啊那時天空如此之藍，世界如此之新，父母健在而且那時以爲會永遠健在。那時體魄強大的父親教育他希望他成爲一個「活潑、開朗、正直而寬厚的人」。父親哥兒們（黃錦樹語）的帶他長大，青春好夥伴，他年輕還來不及，爲什麼要悲傷？

所以張大春是在一片驚訝聲裡結的婚，浪子回頭，有這麼個說法。浪子而且講出了這種話：「面對小孩像面對上帝，你要服侍他，家庭也是，今天不清理，明天螞蟻就來懲罰你。」

有上帝，有懲罰，這意味什麼？意味有所畏。我個人的經驗是，人有珍愛之物的時候才會有畏。畏失去，畏不在，這變成他的弱點，他成了防守和捍衛的一方，如果招架不住的時候，他不得不訴諸神明，畏天命。終於，我看到在生活裡絕無所畏的張大春那個要航海到世界盡頭的大男孩，何時啊也有了他的牽掛，他的弱點。我在等，也許我們一批書迷都在等，等看他的弱點什麼時候終於出現於他的小說裡。

其間對小說同業們來說很恐怖的他出版了四大冊《城邦暴力團》，四大冊吔，據稱完稿時他擲筆道：「此後再無難事。」不過事後證明，他錯了。難的在後面，這本《聆聽父親》。

因爲難，張大春創下幾個他的第一次。他自己是說：「從來沒有哪本書寫完有被掏空的感覺，這是第一次。」他第一次邊寫邊哭，不但觸犯小說家必須冷靜的行規，也完全違反他從小以來父親把他灌溉培養成的那種樣貌——絕不抒情。他的魔羯座父親一跌不起時是這樣對他表達情感的：「我大概是要死了。可也想不起要跟你交代什麼；你說糟糕不糟糕？」

第一次，他如此之老實。甘心放棄他風系星座的聰明輕盈，有聞必錄老實透了的向他未出世的兒子訴說自己的父親，父親的父親，第一次他收起玩心不折不扣比誰都更像一位負責的父親。

第一次他不再操演他一向的主題，眞實／虛構。記者問他全書交織個人記憶家族歷史和大歷史，該視之爲自傳或是虛構小說？居然，小說家張大春說：「當成長篇散文看吧。」

第一次，他暴露了弱點。是因爲「父親」，這個詞意跟命名的緣故嗎？

對照於母親（回歸本源），父親，似乎從開始就是敵體，分出了你我。希臘哲人說「認識自己」，無非把自己分別出來爲敵體，以觀察，以理解，以實踐。大白話就是朱天心說的：「我一直靠著不斷的挑戰父親，才有自己，才知道自己在哪裡。」

應對敵體，光譜兩端從弒父到肖父，沒有一個姿態是相同的。一生成就一種風格。如果說王文興現代主義的《家變》是一端，其逼視人倫關係絕不鬆手的狠勁，比後來任何寫不倫、逆倫、亂倫寫得器官體液齊飛的小說，才眞叫打破禁忌。張大春呢？他接近另一端。

引恩尼斯特・貝克的《拒絕死亡》做結語。他說：「推動我們力量的並不是戀母弒父情結，而是『肖父』的願望，從家族歷史中奪回自己，推之入不朽的願望。」

張大春其父，其子，《聆聽父親》最好的時候讓我感到，對，讓我還是引一段《拒絕死亡》云：「最終我們頂多能塑造點什麼——一樣東西，或我們自己，然後棄之於迷惑混亂之中，把它當祭品或禮物，獻給生命的長河。」

二〇〇三年八月

《學飛的盟盟》新版序

九年後重新出版《學飛的盟盟》，編輯同仁希望能有盟盟的圖畫做版面，身爲家中的倉庫管理員，我找了一些出來給編輯。說是美編看了驚爲天人，要我再拿一些，結果擴充成目前這個樣子，一半文字，一半盟盟的圖畫，看起來像是一本新書了。

這些美編驚爲天人的圖畫，多年前，也一樣驚到我。事實上只要任何一個有小小孩的家庭裡，到處，到處都可見這種塗鴉，一筆成讖的塗鴉。

成讖，因爲它們平空而來，平空而走。那些線條，絕無僅有只此一回的，畫出來的同時，畫也消亡了。其線條，我觀之不盡，覺得可跟好幾位大師畫家活到八九十歲時候畫出的線條媲美。只是小小孩子長大了，他們的線條就也沒有了。

所以盟盟開始會拿畫筆在各種材質上塗鴉以來，隨便一張破爛紙片，譬如沾了蕃茄醬的餐巾紙上面一幅橫橫豎豎圈圈（據稱是盟盟跟爸爸下圍棋），我都不放過收藏起來，覺得那是時間化身爲飛鳥走獸忽一瞥留下的毛羽和足跡。如此收有一箱子。

譬如盟盟外婆掃地撿到一張塗鴉在上頭記下「盟四歲半」，盟盟告知是「媽媽帶三胞胎過斑馬線」，大人聞言好稀奇的繫之以文字。盟盟外公亦在幾張類似米羅構圖的線條旁繫字，始知是細胞與細菌大戰圖。盟盟不會注音符號之前，四處托缽大人幫她筆錄口述，有美國蒙大那州的鴨嘴龍被三隻暴龍吃掉圖，有她廢稿紙歪歪扭扭裁製好的一冊冊小簿子是圖畫故事書，「我是多魚港」，「被綁架的小綿羊」。五歲時盟盟突然畫了無數大麥町狗狗。美勞課教版畫製作，回家來盟盟就癡狂刷印出一條又一條斑爛的魚。盟盟十歲畫的那張神氣大黑貓是失蹤的墨墨。

由此我不免懷疑，就像人人家中有幾冊家族紀念照，人人家中也一箱子小小孩塗鴉，除了對自家人充滿回憶和意義，對別人呢？

我想起九年前天心寫此書時，讀者反應的一個有趣現象。兩種讀者，有小孩的，跟沒有小孩的。

有小孩的父母親，差不多是，禮貌保持著沉默。眞所謂事不關己，關己者痛，這禮貌沉默裡是關己者的一肚子意見感想。小說家朱天心如何也寫起了媽媽經？那麼媽媽經，對不起，可是人人有一本說也說不完的。

沒有小孩的讀者呢？倒是他們，覺得好看極了。

記得那年櫻花季，我與一位妙齡新人類坐在東京御苑那棵垂櫻前，從頭到尾新人類不看花就跟我講《學飛的盟盟》，講得我爆笑連連懷疑那是一本笑話集。而同為小說業者，我怎麼看還以爲，此書是小說家有一次機會對一個人類初生小孩的田野觀察。被觀察者盟盟，和盟盟的塗鴉，好幸運被記錄保存了下來。

二〇〇三年六月四日

輯三

蜚長流短

編按：〈蜚長流短〉為一九八五年《時報周刊》專欄題目，只寫了七期。

賴聲川的戲

觀賞賴聲川的戲，最好的地方是觀眾充分得到娛樂的滿足。

把戲劇說成具有娛樂效果，恐怕要被許多嚴肅的正統人士認爲大不敬。其實不必，戲者遊戲也，玩得起來的人，基本上夠從容、夠廣大，心是開的，能讓觀眾馬上感受到他的親和力。視娛樂爲不屑多半是不把觀眾放眼裡，容或有藝術崇高的內容，他也是傲慢的，至少做爲觀眾的我就不愛坐在台下接受這種壓力。而如果一面低估大眾，一面又要迎合大眾的趣味，結果是只有大眾的淺薄，沒有他們的眞心，觀眾不是傻子，誰又願意自己是那樣被諂媚著的呢。

看過賴聲川編導的《摘星》和《過客》，很可惜《我們都是這樣長大的》沒有看。看《摘星》，讓我看見編導這個人的心地是非常健康寬厚的。因爲以智能殘障者爲戲劇題材表演，要不變成宣揚愛心的慈善事業也罷，最怕就是演繹殘障本身，將之誇張爲探討殘障者的內心世界，甚或誇張爲哲學命題諸如「誰才是眞正的智能殘障者」之類。然而賴聲川處理得平正而明朗，呈現給觀眾是生活當中的事實，那些殘障者家屬的困難悲苦或是小小的喜樂，都讓我們看到自己也同樣有著的個性脾氣、煩惱、好處和壞處。平常看不見自己的這時候都看見了，畢竟自己是比戲中那些人幸運得多，想著要活得更足夠一些吧。全場笑聲不斷，卻彷彿滿清酸似的。

看《過客》，則見賴聲川的才華滿場飛揚。我在藝術館欣賞過的演出，台上台下能這樣打成一片的熱烈場面，恐怕唯有蘭陵劇坊的《荷珠新配》可以比得。《過客》是藝術學院二年級學生的期末公演，一掃學生遊藝會表演式的幼稚貧乏，相反的，賴聲川要說的東西那麼多，俯首拾來皆是珍寶。膨脹的內容駕馭了形式，舞台上可出可入，可寫實可抽象，大膽淋漓，看得過癮。

戲，應該還是要讓人覺得好看吧。Brecht 的劇場有意造成與觀眾疏離，不要觀眾陷入劇情人物的悲喜哀怒中，而要觀眾思考和評判。Brecht 這種說話方式，清潔了通俗劇的贅辭濫情，使人耳目一爽。國內多年來許多實驗劇團排出的新戲，往往取其疏離的形式，然而因爲內容困薄，變得自絕於觀眾，就很難冀望它的發展性了。賴聲川所編導的幾齣戲，也是要觀眾思考判斷，但是他不小題大作，亦不作空洞的觀念，或冥想式的囈語呢喃。他的材料取自於現實生活，用豐富敏銳的眾多事件連綴起來，潑灑在舞台上，讓觀眾看到具體的人物，人物在各種狀況裡各種情態所引發出來的可笑可哀，賴聲川將之安排得很好看，完全沒有實驗劇的辭不達意和尷尬扭捏。所以我會特別喜歡賴聲川的戲，即使不爲思考來看他的戲，他也有太多其它的東西可以觀，可以樂，可以群。

然後看了正在排練中的《那一夜，我們說相聲》。李立群、李國修表演兩位在西餐廳做秀的小人物，那一夜不知什麼原因，兩位相聲大師突告失蹤，二李只好硬硬頭皮冒充上場，假戲眞作，竟成了眞正的相聲大師。從假戲到眞作之間，就是一場妙戲，荒謬好笑得很。

二李頂替眞作之後，第一節相聲劇本我看時尚未完成，是以西門町咖啡館一段愛情邂逅爲題，觀眾看著李國修的戀愛如何在「談」，用瓊瑤的、無名氏的、文藝青年的造詞遣句在談，徹頭尾煞有其事的鄭重狀，笑柄像氣球吹到某個限度，忽然將它一針戳破，眞相登時自露，大家都笑了。本身這段經過就形成了辯證考察的經過。

第二節民國五十年時期，藉新購電視機一事，鮮活反映出那時候台灣人民的生活，最得到在場眾人的共鳴與感慨。第三節抗戰時期，重慶的一個防空洞裡。戰爭儘管打著，人總還是要過活的，活得多麼謙卑委屈，至少是在這個世上，跟人在一起的。記不清是否楚浮講過的話，說：「人生並非如人們想像中的那麼悲劇過不下去，但也並非那麼快樂好過，這就是我的電影。」此節帶給我深沉的滑稽之感，幾乎是悲哀了。第四節民國初期，戲謔西風東漸下的新派舊派，從人類記憶學扯到秦始皇，乃至生與死，最後喊出「和平奮鬥救中國」，賴聲川奔騰得簡直不可收韁了。

一般人表達題旨，用正話講正話，講得又笨又費氣力。賴聲川這次選擇相聲的形式，反話講正話，講得漂亮而裕如。

相聲的機鋒相逼，正反相生，都是中國人的性情。相聲又言語聰明，單聽其口齒爽脆也沒有不足。賴聲川李立群李國修他們開始創作這齣戲時，認爲相聲隨進隨出，要假要眞，最自由簡單不過了，後來發現越走進相聲裡面，越不是那麼一回事。相聲有相聲的規矩和分寸，竟然是動它不得。他們以爲選擇了容易的道路，結果發現更難。賴聲川說：「好比是一個包袱，東西都在裡面，難在你怎麼抖開它。」

大家喊賴聲川 Stan，偶爾也喊賴桑。他的相貌像唐畫裡的官仕，吊細鳳眼，白皙容長臉，留著鬍鬚。研究的心得，他的確必須留鬍鬚來掩住他實在太精小的嘴巴，撤去鬍鬚，他將幼稚如一初出茅廬的少年，難以取信這樣的少年會做出什麼戲來。去年賴聲川才渡過三十歲生日，眞是年輕。

一九八五年二月十六日

我們能・大陸也能

去年十二月我參加夏威夷影展，遇見大陸來的導演吳天明，他參展的片子《沒有航標的河流》不怎麼樣，卻是新作《人生》著實令我刮目相看，令我興起比鬥之心。

這層比鬥之心，除了影片本身硬碰硬的較量之外，還夾纏著太多此時此代中國知識份子的複雜心情。

第一，吳天明是西安製片廠廠長，陪同吳天明到夏威夷擔任翻譯的張先生，是北平「電影局」一名官員，來頭眞大。他們的夏威夷之行，不比《風櫃來的人》是獨立製片公司出品，我與侯孝賢導演純粹兩個老百姓，半好玩半正式的來到夏威夷。

吳天明四十五歲，張先生三十初幾，我與侯導演佔了比他們年輕七、八歲的機先，於是我想：「論頭銜，你們有，論才情，我們大。我倒要給你們看看台灣的人物値多少，叫你們回去之後，忘也忘不了。」毫無來由的，不能克制的，頓時就自當爲樣品，一下把自己推到了某種戰爭的最前線。

第二，大陸自鄧小平四化改革以來，開放的程度到哪裡呢？對此我很悲觀，認爲除非他們放棄共產制度，從根本上改變體質和血型，否則，縱有再大的才略跟改革的誠意，亦是跳不出制度之外，到底要被制度吃掉。

事實上，幾部出色的大陸電影，皆容許以批判「文革」爲最後的開放界限，然尚無能對共產主義直接提出質詢者，因爲這是不被允許的。觀賞八〇年大陸電影，毋寧是像當年的吳季札過魯，觀樂而知政。

也因此，第三，我不知道應該是高興，歎息，還是驚心，或者三樣混合成的什麼滋味，好不難說，然而最是叫人興起鬥志。要比，就比在這點，要勝，也勝在這上。大陸電影裡的那些中國人，令我們難忘。

在那樣僵悍的制度下，很多東西被扭曲了，但是我們慶幸可感覺到，普遍中國人的性情依舊根深蒂固存在著。他們的講話方式，情感表達，生活的態度，以及人與人之間的應對相處，皆與我們非常不同。《風櫃來的人》、《青梅竹馬》裡的人物，多麼不同於《人生》裡的人物，連造型、連人身動作的線條，都不一樣。

我們是看翻譯小說、好萊塢電影，看電視，喝可樂，聽流行音樂長大的一代，負荷著開發中國家自傳統邁向現代化所遭遇的各種衝突，而今又面臨工業結構轉型時期的尷尬和困亂。

當我們以經濟建設的奇蹟立足於國際之間，大陸且不諱言以「台灣模式」爲他們改革範本的同時，已有許多有識之士指出，台灣愈成爲國際工業化的一部份，台灣便愈失去了屬於它自己的特性。

台灣的特性，亦即文化的特性，中國人的特性，在我認爲，是應當視做海峽兩岸這場競賽的最終的決勝點。因爲人活著，不光是爲了活下去就好，還要是以什麼樣的形式跟情操活著，才活得有生氣、有意思、有動力。

幾部誠實的大陸電影，讓我們驚見，畫面中那些百姓小民，他們的行事做人，不自知的人生觀、歷史觀，反而都要比我們醇厚、平正，更具古風。經過三十年大劫大難，落後而貧窮的大陸人民，比我們更多保存了中國人的本色，和那股強韌不息的生命力。

以此做爲電影的背景跟內容，我感到我們的確碰上了對手。

另外一面，我們也心酸看見，開放之後的大陸知識份子，正努力在急走那條十年二十年前我們走過的路——在面對美國化現代化時的倉皇迫促，自卑與自傲。我們應該反省，除掉驕傲的向他們宣揚台灣經濟建設的成果，我們是否還有別的東西，足使他們心嚮往之，立起志氣。我們與大陸，敵我分明，而又同時是敵我一體的切切之情啊。

中國的未來共同只有一個。志士苦心，當自問：我們能的，大陸也能；大陸不能的，我們能嗎？

一九八五年九月《時報周刊》專欄

另一種戰場

這一屆愛丁堡國際電影節，影展特刊前言有一段話說，世界電影的重心已逐漸移往東方，以前影展選片是順道經過東方，現在則是專程到東方爲了看片。

影展將「亞洲新電影」立爲本屆影展的主題，參展的中國電影，香港是《等待黎明》、《似水流年》，大陸有《黃土地》，台灣是《青梅竹馬》、《冬冬的假期》，以及來自舊金山王穎導演的《點心》，連同日本片《火祭》，都是影展的焦點作品。

民族電影日益受到重視，大勢所趨，我認爲日後能與台灣電影做一較量者，不是文化土壤貧瘠的香港電影，而是大陸電影中充沛的人文精神和憂患意識。

年初，《黃土地》在香港國際電影節放映時，引起很大的震撼，立刻爲世界各影展爭邀參展。我因爲參加過去年三月的香港「台灣電影展」和十二月的「夏威夷影展」，親身感到，電影這個媒體的魅力之力，渲染力之強，一部紮實的好電影，簡直勝過千百雄辯。

在一場最緩慢、綿長、難見成績的文化仗陣中，無疑地，電影非常直接，非常快速，令我幾乎無法心平氣和的單純就藝術論藝術，而禁不住要把電影當成一件公眾視聽來做考察。如果能夠，我也甘願以它爲矛戈，打一場轟轟烈烈的勝仗。

此處，我不得不引一段英國影評人湯尼雷恩的話——雷恩同時也大力推薦《青梅竹馬》、《冬冬的假期》參加瑞士盧卡諾影展和愛丁堡影展——他說：過去五年來的香港電影，及台灣電影近年的發展和挫折，一度使我對中國電影出現「新浪潮」的可能性感到悲觀。但《黃土地》肯定屬於某一類新的中國電影，也爲中國電影令人興奮又不可測的將來展開了新的一頁。對一個三十二歲的新導演來說，這是一項十分漂亮和了不起的成就。

《黃土地》的導演陳凱歌，畢業於北京電影學院，據聞現已被西安製片廠廠長，導演吳天明請去陝西拍片。我因此想起在夏威夷時，曾聽見吳天明批評大陸好幾個電影學院剛出來的導演，講究外功（形式技巧），走走就不成了，吳天明主張練內功（內容）最要緊。夏威夷影展至今不到一年，幾時又出來了一位陳凱歌，博得國際影評人這樣的激賞。

我們渴望看見，國內與之匹敵者有幾人？

我提出這個切身之感，是希望許多操輿論利器的報章記者和影評人，從鴕鳥的沙堆裡抬起頭來，正視一些事實，看清我們所處的環境與課題，論事議物能自大方向著眼，亦不至皇皇發出那麼輕率的，倒退短小的識見。

鐘鼎山林，人各有志。我也和大家一樣喜歡洪金寶跟成龍，在日本看見他們上片時的廣告宣傳氣勢洶洶，我也高興。雅俗共賞，叫座又叫好的片子，也是導演和製片人老闆大家夢寐以求的。然而我們也當然明白，義大利電影之所以爲電影者，是因爲義大利的費里尼；日本電影之所以為電影者，是因為日本的黑澤明和小津安二郎等人。中國電影方興未艾，鹿死誰手，何不來鬥它一鬥。

侯孝賢導演曾說：「以前拍電影是為了生計，後來拍電影是為了參展得獎，因為很多人都在注意你、期待你。可是我又不服氣，心想得獎，得他媽的再多再大獎，那也是別國人家的事。我還是要拍此時此地中國人的東西，中國人看的電影，還是要跟大家在一起才有意思。」

侯導演可以有氣概講這種話，然而目睹國內氾濫著保守心態和言論，我深感抱歉而仍然不得不「挾外人以自重」的提醒，侯孝賢是目前國內參展最多，而亦獲獎頻頻的一位年輕導演。

當世界的經濟重心，漸從昔日大西洋國家移轉到太平洋國家的同時，另一場文化仗陣亦已展開。我只是「雄劍掛壁，時時龍吟」，聞雞便要起舞了。

一九八五年十月《時報周刊》專欄

我也成了觀光客

大學教了我四年英文的王明雄老師，刻在台大和美國在華教育基金會任職。老師曾笑說，他罵人最惡毒的話是一句，「美國人！」

我聞言大笑。心想換成我，罵人最惡毒的話該算是：「觀光客！」但兩者有時候其實可成爲同義詞。而且非常不幸的，上個月，我也有機會成了一名不折不扣的觀光客。

在巴林島過境室轉機去開羅，發生了這樣一件事情。

阿拉伯聯合大公國中，兩個最大的城市是巴林和杜拜，皆很有錢。男人蓄兩撇鬍，連海關勤務人員在內，使他們看起來幾乎一個樣子，頭戴布巾，不同花樣代表不同的族落，以白色頭巾的頂普遍。很少見到女人，除了高䠷有致的空中小姐之外，少數出現的女人都胖，一人抵得我們兩三人，從頭至腳裹以黑布，由於臉前罩著密度極高的黑紗，走路遲緩，像是一座移動中的煤山。

此時就有三名這樣的女人坐在我們前面，團員中有人拿出相機拍了照片。還有一位劉先生用鉛筆在他的畫簿上素描，不料突然閃出一個阿拉伯男人，搶過劉先生的畫簿就撕，摔在地上用腳踐踏，然後扯成碎片扔進垃圾筒，指著劉先生鼻子惡罵，雖不懂他罵了些什麼，聽懂的是幾個英文單字：「American！」

我們一定是做了極爲愚蠢輕率的舉動，令這位阿拉伯人如此憤恨。甫出國境，不，或者我應該更明確的說，甫入「第三世界」界境，立刻現身說法讓我聽見，「美國人」，果然絕非善言。

然後我們到了開羅。納塞的開羅，沙達特的開羅。

暮色蒼茫中，車子開過沙達特閱兵遇刺的那條大馬路，閱兵台朝西。市區荒涼如月球。美金埃幣兌換率是一比一點三二。

抵達當天晚上，旅行社安排我們去撒哈拉帳篷看肚皮舞。所謂帳篷，是座落在一家五顆星級的豪華旅館裡，碧藍的游泳池旁邊——此地惜水如金，游泳池不但叫人怵目驚心，對於像我這樣錙銖必計的人，簡直是一種殘酷的虐待。

次日我們去看金字塔。遊覽車開到沙漠上，才下車，一群老人小孩壯漢蜂擁而上，牽駱駝的、驢子的，不分青紅皂白便把韁繩塞到我們手中，或把一塊白色布巾硬戴到頭上來，亂哄哄喊著：「Picture, one dollar.」我們的照相機拍了這個，那個又來，蒼蠅從驢子的韁繩磨破的皮肉裡飛出，埃及司機在車上喝斥他們。五分鐘不到，我們只有逃回車中，算算錢，散財散掉了十塊美金。

車子原路開離沙漠時，烈日昭昭下的三座金字塔，像田地收割後的三垛稻草堆。距今五千年前的偉大建築，與今天的埃及有什麼相干呢？

當遊覽車裡的我們這些外國人，充滿著好奇，一邊又批評著埃及人民的骯髒貧窮，和抱怨物價之高的時候，我很想知道，旅行社那位溫文有禮的埃及導遊在想什麼。當然他是聽不懂國語的，可是他必然聽得懂表情和語氣。

他已有兩個孩子，二十五歲，受過高等教育。因爲職業的關係，他會無數次看到街上的埃及小孩向觀光客要原子筆、要錢、要吃；他會前一刻鐘出入有噴泉和羊齒植物的 Siag Hotel，下一刻鐘回到他的五十燭光的家裡。如果他是個冷血無感的人，他是幸運的。然而如果他有一點點人的情感，那麼，他就非常不幸了。

當年，沙達特在看完埃及博物館之後，下令將館中的二十八具木乃伊撤收安藏。沙達特認爲，把祖先的遺體那樣陳列出來供人參觀，是多麼可笑不敬的行爲。

來到埃及馳名遐邇的超級古蹟面前，我覺得連「懷古之幽情」，都成了綺語誑言。正如近年我讀諸多海外學人所寫的大陸遊記，只覺得他們——眞是閑情！

一九八五年十一月《時報周刊》專欄

從《人間》想起

《人間》是陳映眞辦的一份雜誌，創刊號出現在台北街頭書報攤上和幾十幾百種雜誌擺在一起，因爲是陳映眞辦的，我經過看見它時，心中宛轉惻然，祝禱它能大大成功，而一路想起心事來。

日前去看史匹柏的新片《回到未來》，看到史匹柏爲我們描繪出來的那樣一位平民英雄——微電腦時代的青年，腳踏滑輪板，喝無糖汽水，帶隨身聽，看影碟，開豐田車——著實爲之嚮往。的確，好萊塢，已不僅是電影王國中的神話，亦如可口可樂和漢堡，賣的已不僅是吃，而且是賣的美國文化。其普遍滲透深入世界各地的程度，比之從前帝國主義殖民侵略更要厲害百倍。就連排斥好萊塢如我者，也終不能免俗於激賞史匹柏與盧卡斯。

我們是美國第六大貿易伙伴，我們對美國的出口市場至去年已達百分之四十八。以外貿爲導向的台灣經濟結構，我們當前致力的課題，是如何突破工業技術的瓶頸，將工業升級，才有與工業先進國家競爭的能力。然則，工業技術的升級，自然意味著，必須扎根於政治和社會制度的全面創新，一起升級。

換言之，在於如何把一個以「能源」爲基礎的工業社會，轉變爲一個以「資訊」爲基礎的電腦社會。我看見，我們唯有搭上美國、日本、西歐這班演進列車，轟轟往前直去，不可能回頭，也回不了頭了。

時代的潮流，眞是無法抗拒。我們的人生觀、世界觀和歷史觀，早已不知不覺中與美國系統認同。在這個系統之外，我們很難想像還有一種什麼樣的制度，和什麼樣的生活形態。（當然，蘇俄及其東歐衛星國是一種，他們除軍事工業外經濟凋敝，蘇俄連糧食都不能自給。）

今年九月，我們一家去埃及、土耳其、和希臘觀光，選擇這趟冷僻的旅程，倒有一句成語大約可以形容、「傷心人別有懷抱」。當天心每到一處餐廳，便把菜單價目細細看過一遍的時候，以及，她紅著臉向那位土耳其導遊探問月薪多少的時候，我太知道她又是情不自禁在考察該國國民所得若干了。

在亞斯文水庫，我們猶如遇見納塞。他把英國傀儡法魯克國王趕出埃及。他向蘇俄購買西方國家拒絕供應的武器，而因此美國停止協助興建攸關埃及前途的亞斯文水庫時，他決定從英法手中收回蘇伊士運河，利用運河的收入來建造水壩。

一九五六年夏天，他與南斯拉夫狄托元帥、印度尼赫魯總理，成爲不結盟集團。對於東方和西方的軍事對抗，他們認爲，不結盟國家避免加入任何陣營；對於工業化國家的忽視貶抑未開發國家，他們認爲，應當予以扭轉。他一直夢想，把四億回教徒結合成一體，這個偉大的歷史任務正等待一位領袖來領導，他認爲他是。

第三世界的「積極性中立主義」主張，東——西對峙，應代以南——北對談。

在甘迺迪和詹森時期擔任國防部長的麥納馬拉，曾經提出嚴重警告：「富有國家不去塡補繁榮的北半球與饑餓的南半球之間的鴻溝，就不會有任何一個國家可以得到長期的安全。」

首先採取行動，逼使進行南——北對談的人物，是格達費，他從西方手裡奪回石油控制權。然後，一九七三年石油禁運，油國組織屈服了日本和西歐，並也縮小了美國的世界霸權範圍。格達費與費瑟，全然不同的兩個人，卻在伊斯蘭教義和阿拉伯主義中，結合了。不是單爲利害生存，而且爲了一個信念：阿拉伯的文藝復興。

檢點史實，最終爲了省照自己。

萬里歸來，我不生此地生何地。

我們不同於阿拉伯國家，甚至亦有別於第三世界。我們身在台灣，而永遠有一個江山一統的大願。舉世淘淘競相馳奔於超工業的微處理機時代，我不選擇東，便只有投向西，然而兩者又皆非我所願。中國，中國，中國，我們能有自己的選擇嗎？

那個秋天下午，武昌街口一本《人間》，令我作如是想。

一九八五年十二月《時報周刊》專欄

廣	告	回	信
板橋郵局登記證			
板橋廣字第83號			
免	貼	郵	票

235-62

新北市中和區中正路800號13樓之3

印刻文學生活雜誌出版有限公司　收

讀者服務部

姓名：________________ 性別：□男　□女

郵遞區號：________________

地址：________________

電話：（日）________________ （夜）________________

傳真：________________

e-mail：________________

INK

NK
LISHING

讀者服務卡

買的書是：______________________

日：　　年　　月　　日

歷：□國中　□高中　□大專　□研究所（含以上）

業：□學生　□軍警公教　□服務業
□工　□商　□大眾傳播
□SOHO族　□學生　□其他 ______________

書方式：□門市______書店　□網路書店　□親友贈送　□其他______

書原因：□題材吸引　□價格實在　□力挺作者　□設計新穎
□就愛印刻　□其他 ______________（可複選）

買日期：________年________月________日

從哪裡得知本書：□書店　□報紙　□雜誌　□網路　□親友介紹
□DM傳單　□廣播　□電視　□其他

對本書的評價：（請填代號　1.非常滿意　2.滿意　3.普通　4.不滿意）
書名______ 內容______封面設計______版面設計______

完本書後您覺得：
□非常喜歡　2.□喜歡　3.□普通　4.□不喜歡　5.□非常不喜歡

您對於本書建議：

謝您的惠顧，為了提供更好的服務，請填妥各欄資料，將讀者服務卡直接寄回或
真本社，我們將隨時提供最新的出版、活動等相關訊息。
者服務專線：（02）2228-1626　讀者傳真專線：（02）2228-1598

馬尼拉的落日

菲律賓的大選前夕，我來到馬尼拉。

是應新疆書店老闆陳國全先生之邀，來參加第二屆馬尼拉中文書展的活動。

在馬尼拉最後一晚，與十數位華文作家聚餐，當中一位編輯傳給我們各一張紙條，提出兩個問題要我們抒寫。一問此行對馬尼拉的印象，二問對華文文藝界的觀感。

關於後者，我心裡想，文藝算什麼東西，等我們國家強盛起來，華文通行全世界的時候吧。至少再像今天這樣坐下來面對面互相望見的時候，我們不會感到羞愧。

關於前者，如果不是有陳國全先生，以及許多像陳先生這樣的華僑長輩，我是絕對不會想要再來馬尼拉。

來做什麼呢？來渡假嗎？人家說百勝灘刺激，宿霧曬日光浴最好。團部的瑞時兄特別帶我們去 Plaza Hotel，爲看馬尼拉的落日。

Plaza 屬馬可仕夫人經營，臨馬尼拉灣，是看落日最佳之地。我們坐在艷藍游泳池旁邊的籐椅上喝檸檬紅茶，茶具精麗。池外茵綠如高爾夫球場的廣闊草坪，椰子樹列植其間。瑞時指給我們看那片海灘，馬可仕夫人曾爲了把它改造成鹽白色的沙灘，花掉三百萬美金，終因海水污濁而告失敗。菲律賓人稱馬可仕夫人爲 Ten Per Cent Lady ，意指國家各種企業，她都要抽百分之十利潤。幾個月前，馬尼拉市的小偷，因爲與警察發生分贓不公的齟齬，而導致小偷全部罷工這件奇聞。馬尼拉市並不很多的公用電話，因爲電話公司經常自動破壞電話以收取修護費，故而形同虛設。

菲幣披索於大選後將大貶值，民眾除了收積美金，亦喜台幣。每天付旅館小費二十元台幣可以，約值十披索。警察月薪是一千披索。

「吉甫尼」充斥通衢大街，是美軍撤退後，吉甫車全部賣給菲律賓政府，民眾租來將之改裝成四分之三，鐵皮車身畫著黃的、藍的、紫的、紅的、綠的各種圖案，有的還釘上亮晃晃的銅片，飾以旗幟繽紛。每輛吉甫尼有各自固定的路線，站牌則無，可以隨地開停，乘客從車子後面跳進跳下，票價低廉，是市區內的主要交通工具。

吉甫尼司機必須付給該路線管轄區的警察，每趟一或二披索過路費，警察與層層官僚共分。有時看見路邊站的警察，菲律賓導遊笑說：「這位是剛上任的警察，你們看，他多麼瘦。」「啊，這位警察先生的肚子，多麼肥，他一定當了十年。」

菲律賓人，窮的赤窮，富的極富。當我看見滿街菲律賓男人跟孩子，捧著小紙盒穿梭在吉甫尼、汽車、馬車、巴士之間，論枝計顆的販售香菸和糖果，而同時「日落大道」上各家觀光大飯店，燈火通明，一棟棟璀璨聳立在黯淡沉澱的城市之中。我知道，我那無可救藥的小知識份子的溫情主義，又氾濫得不可收拾。

坐在 **Plaza** 看落日，我還更願意聽瑞時兄講他的家人、妻子小孩，他十八歲時去台北比賽籃球，被女孩子倒追的事。這裡的落日只是於我不適宜。我尚且連走在夏威夷的威基基海灘上，看見那些蜂擁來渡假曬太陽的人，也快要露出諷刺的意思來。

我沒有機會讀到菲律賓的文學，電影《進步修女》可惜也沒有看到。在這塊本土文化而蝕魂入骨被美國物質文明影響的島嶼上，我沒有機會知道菲律賓人的心靈在哪裡。

十二月八日，去看聖地牙哥堡途中，正逢慶祝聖母瑪利亞兩千年生日的崇拜活動，交通管制，遙見利薩國家公園廣場那裡，人潮波湧，一片如花似錦。或者，這才是眞正的菲律賓嗎？

雖然我在那份問卷調查上寫道，對馬尼拉的印象，一個南方多情多熱的島國，到處有椰子樹和茉莉花，午後常常下一陣大雨。有馬車和吉甫尼，吃到台灣沒有的人心果、山竹、紅毛丹、和仙人果，哈囉哈囉也好吃。

我十分明白，這是謊言，也是廢話。

一九八六年一月《時報周刊》專欄

陳先生和他的書店

新疆書店，開在馬尼拉的中國城內，有四十年歷史，小小一爿店面，還沒有重慶南路上最小的老書店大，卻已是馬尼拉最大的一家華文書店了。

書店老闆陳國全先生，年已七十，福州人，但凡台灣來的文化人，他都視如鄉親遠來，打從心裡熱絡的招呼。他自己開有農場，不靠書店賺錢，事實上，華文程度日益跌落的馬尼拉，書店也賺不了錢，新疆書店的存在，毋寧是陳先生熱心，與他的理想之夢。這次也是因爲陳先生舉辦第二屆馬尼拉中文書展，我才有機會來到菲律賓。

陳先生的夫人去年過世，陳先生和我說起，「農場事情太多，我內人就是太辛苦了。」陳先生的諸子女皆成家立業，身邊唯剩一位小女兒，幫忙經營書店，他現在只怕小女兒也出嫁了，要她答應，嫁人以後還得幫他看店。小女兒很管事，很漂亮，陳先生說：「她國語都講不好，管書也不行，管前面那些文具卡片可以啦。她就喜歡跳舞，馬尼拉很多地方跳狄斯可，你會跳嗎，跟她一起去跳，她頂高興。」

到馬尼拉的第一天，晚飯陳先生本來要請，自助餐一份一百五十披索，因旅行社已安排了觀賞民俗夜總會，晚宴取消，陳先生便鼓動大家，不妨去看看馬可仕夫人開的大賭場，他發給我們一人一百披索籌碼去賭，笑嘻嘻說：「這樣我還每人省掉五十披索。」我們賭吃角子老虎，不管輸贏——其實是大家都輸光了——大家開心，陳先生也眞的開心。

書展場地借用「菲華嫣汭五姓聯宗總會」的五樓大禮堂舉行，我們參加了頭日的剪綵活動，簽名賣書。晚間劉大使請吃飯，宴上陳先生歎氣說：「這個下午，我就賠掉三千披索、台幣六千二百元啦。」因他登報招雇來的賣書小姐，將三千披索的《錦繡河山》套書，賣成了一千五披索，賣出兩套，賠雙倍。他的小女兒主張打電話去追討，他又不准，說：「書出去就出去了，錯在我們，哪有討回的道理。」爲此父女二人蠻不高興。

我想著陳先生的人，像海外許多華僑，他們的勤奮和財富，和他們的慷慨，使他們立足於異國的社會之中不倒，這樣過了一生。他們的下一代，也像陳先生的小女兒，與陳先生是多麼不同的一代。

遊覽車載我們上「華僑義山」參觀時，墳墓夾道，蓋成千奇百樣的洋房花園，街名門牌一一俱全，由於蓋得太擬眞，太像活人居住的房子了，我心底有一種難受。二十年前，義山不過十數家房子。二十年後，已擁擠到必須另購義山，以及菲律賓政府訂出新法，明令每戶佔地的使用期爲二十五年，期滿後除非付給政府地租，否則便要遷出，而讓新戶住進。

我的難受，還包括在書展現場。目睹文學書籍乏人問津，可是黎明公司替陳先生配來的不合時宜之書，一箱箱從國內運到，所爲何來?陳先生說：「反正再怎麼賣，也是賠錢。」

難道陳先生僅僅是爲中共曾經在此地辦過兩次中文書展，所以他也要辦？陳先生說：「我這麼老了，錢不想賺啦。」今春四月，陳先生將攜這些書再去南島岷達那峨展售。我不禁悲觀，多麼偏遠荒蠻的地方啊，那些書籍，是一樁怵目的諷刺。

我因此一邊恨起資訊遲緩的黎明公司，覺得他們不做市場分析，他們應該運來更多更好的食譜、保健、命相、種植、養殖、美勞等等的工具書，卻並非席慕蓉或蘇偉貞——何況其他的散文與小說。

我一邊又恨，華文不振。恨，根本「文字」這樣東西，就正在以驚人的速度，從世界文明史中消失。

一天中午，我們在和平飯店吃過飯，陳先生點了「哈囉哈囉」給我們嚐新，一杯剉冰埋著八寶七珍，很像台灣的蜜豆冰。窗外的馬路比飯館高出一截，午後忽然下起暴雨，數輛馬車疾疾往來奔跑，泥末飛濺，水流成湍，屋裡的冷氣很冷，吃著冰更冷。坐談相對，大家彷彿有些疲倦。唐人街，眞是破落了。

陳先生年紀已大，我正當年輕，然而中國的一代時教不立，我覺得就都是自己的責任。

但是無法向陳先生表白這份心跡，雨停後，穿過馬糞和垃圾的街道走回書展場，心中壅塞難解。希望有一枝大掃巴，把壅塞、垃圾、馬糞，給掃得一乾二淨！聽說是，哈雷彗星帶著它的大掃巴，來了。

抓住字

我曾經在〈陳先生和他的書店〉一文中，提到三恨。陳先生的新疆書店是第二屆馬尼拉中文書展的主辦者。

我一恨資訊遲緩的黎明公司，責備他們不做市場分析，他們負責爲書展選書、配書，應該運來更多更好的食譜、保健、命相、種植、養殖、美勞等等的工具書，卻並非席慕蓉和蘇偉貞——何況其他散文跟小說。

二恨華文不振。

三恨根本「文字」這樣東西，就正在以驚人的速度，從世界文明史中消失。

吳魯芹先生說的比我心平氣和，「我有時候覺得這個時代的大罪惡之一，就是糟蹋文字，蹂躪文字。」吳先生寫道：

前兩年一位電視廣播記者紐曼（Edwin Newman）寫了一本小書叫做《嚴格地來說》（*Strictly Speaking*），用幽默的筆調寫出今天英文被糟蹋蹂躪到體無完膚的情形。書的副題是：「難道美國將成爲英文的葬身之地嗎？」（Will America be the Death of English？）可見我們這個時代對文字的爲害，無論是方塊字，還是蟹形文字，倒是一視同仁，不分彼此的。

吳先生引用一位社會學家的名詞，形容我們今天所處的時代是「聳人聽聞的時代」（the Age of Sensation），感歎純正的文字將要逐漸絕跡，取而代之的，是好萊塢宣傳稿式的一味誇張，文字的純正奄奄一息，好文章的大去之期就不遠了。

吳先生的文章最有一種雍容閒雅的氣度，當下照見我的動輒說恨，實已犯下「聳人聽聞」的大病而不自知，在此反省，修正。

日前讀到一篇報導，日本有所謂「食精米的一代」，意指終戰二十年後在富庶安逸的環境下長大的年輕一代，以別於食糙米的上一代。與此相似不相似的，我想吳先生是屬於「讀文字的一代」，而我則不幸跨入「看圖片的一代」。

看圖片的一代，或者是我杜撰的名詞，但這個想法，我深刻記得是大三散文課，王明雄老師爲我們選讀一篇〈奮戰電視的禁忌〉（Our Fight Against TV Taboos）時，所提出的。王老師說，現今美國大學生的英文程度之差，罪魁禍首，非「電視文化」莫屬。

因爲電視普及深入每個家庭，孩子從兩、三歲會看東西開始，在家裡的絕大部份時間，幾乎便在電視機前面度過，不知覺中，養成他對於周圍環境的吸收和表達，是用「圖」的方式來看、來說。他與這個世界的事物與人的溝通，其媒介養成了依賴圖片，而非語言。

換言之，他的思考方式是圖片，而非文字；他的傳達工具是符號，而非語言。至此，字與字的關連，字與句、句與句、句與章的關連，章與通篇思維的關連，全部瓦解，退化到文字以前，象形結繩記事的時代。

我們不難想見，以此做爲溝通物際、人際關係的一個團體構成，將是多麼趨向於簡單化、平庸化、粗劣化。凡屬文字系統所攜帶的種種美德，諸如宇宙觀、歷史感、人文情操，一切深邃、細膩、幽微的個性差別和感情表現，皆將蕩然無存。

據教育專家的研究指出，何以世界人種中以中國人和猶太人最聰明，這是因爲中國人自小都讀「聖賢書」（Great Books），猶太人小時皆須習誦聖典經文之故。當然，今天新派的父母也都懂「○歲教育」的重要性，主張教育應當從胎兒時期開始。

然而，電視文化的胞兄胞妹們是如此橫行！包括學校教育的課程設計，越讀越狹，甚或從頭就自狹字入手，其實已不是教，不是育，充其量只可算知識工廠，每年夏季出爐一批「狹士」（吳先生語）應市。

吳先生是讀文字的一代，他們受過通才的人文教育，既人，又文，且通，他們才是眞正的「博士」。

對於看圖片的一代，我是這樣充滿了悲觀，以至於有朝一日，如果你不幸看見一個人在街上聲嘶力竭的喊叫著，「抓住字！抓住字！」親愛的朋友，請你不要把她當成了瘋子，好嗎？

一九八六年二月《時報周刊》專欄

關於「台北的銀座」

首先，但願我並沒有犯了「中原心態」的編狹症。

所以與我同在台灣長大，而稍具一點點歷史感和使命感的知識份子，當我們讀到諸如以下的文字時，會是這樣生氣、詫異、好笑了。

這位海外人士於文章結束時寫道：

下次回台北，如果還住在忠孝東路四段的話，希望能以「大而化之」的情懷，認清自己只是短期作客，切勿過於認眞的事實，對一切輕描淡寫或視如不見；要不然，就多待在士林外雙溪的洞天山堂，去看山，讓靈氣洗滌我的身心，重新得到跟紮根千尺的老樹般的定靜！但願如此。

因爲幾乎不能相信我所看到的字句，心想，也許作者是像劉大任的講反話，抑或吳魯芹的幽默譏刺罷——兩位先生的行事爲人我都敬佩，他們身在海外，而何時何地有一種家國憂患之思，他們爲文針砭國內諸般現狀，或以鞭撻，或以微言宛轉，皆令我們反省、立志。

但是這位海外人士的文章，顯然都不是。

我們看不見他立足於何地，他既不是台灣的中國人，也不是大陸的中國人，那麼他總該是海外的中國人嘍？卻又不是。我想他更近於八十年代的「臥房社區」人（流行慢跑、節食、健身操，講究烹飪藝術、居住空間和衣著的質感等等，是其特性）。

本來台北市就有越來越多的臥房社區人，不幸遇見，頂多在心裡像吳念眞從「舊情綿綿」咖啡屋走出時，痛罵一聲：「他媽的！」可是看見他們也提筆爲文，論人議物一番的時候，便令人不能不出來講些話了。

這位海外人士因聽說台北人把忠孝東路四段一帶作爲誇顯市容繁華的代表，甚至有人自詡爲「台北的銀座」，遂據此以爲，忠孝東路四段的不論景物或人品，距離現代化的國際大都市還太遠，勸告我們不該以台北的銀座自滿，要有志氣和信心把忠孝東路四段營造得遠遠超過東京的銀座，要以「台北的忠孝東路」昂首在國際上打響知名度。然後一一陳述舉證，其不合格於現代國際都市的種種，推翻了「台北的銀座」這個說法。最後以客卿身分，撇得輕鬆灑然。

在此我要指出的是，譬如「台北的銀座」一詞，對於舉凡有一點敏感度的知識份子而言，早已是一句貶抑的語彙，其嘲諷意象之明顯，就如我們說某某人是香蕉皮——外黃內白，同出一轍。

這個語彙中包涵了不滿與反叛。不滿台北市的越來越國際化、商業化、物質化，套首流行歌的歌詞，就是不滿於現代人的忙忙忙，盲盲盲，亡失了眼睛，亡失了心。這個最粗淺起碼的反叛意識，老早就被羅大佑用在他的歌曲裡了。

我們應還記得，羅氏並不要國際大都市，他要鹿港小鎮。我不知道是哪些台北人，天哪他們居然連這個時髦也沒趕上，會如此孤陋到以忠孝東路四段誇顯，自滿！

當我們說「台北的銀座」，說「原宿西門町」、「中山北路的舊情綿綿」、「東區的元禨」時，其實是反映了知識份子對台北市日本化、雅皮化的諷刺心態。探究此心態的背後，一邊也反映了面對台灣經濟的如何自存、自保、自主、自強這個課題時，我們渴求賦予歷史的背景，和文化的根基。

然則海外人士的這篇文章是寫給誰看的呢？如果是知識份子們，海外人士便太與此地的空氣違隔了。

此外，百姓不看的，百姓看電視和《時報周刊》。政府不看的，因爲若是建言，政府更願意看《天下雜誌》。所以唯一的讀者群，應當是把忠孝東路四段自詡爲「台北的銀座」的那些台北人，台北的臥房社區人。

一九八六年三月《時報周刊》專欄

一個舞臺兩齣戲

近三年來賴聲川編導的幾部戲，以及以蘭陵坊成員爲表演者演出的劇碼，觀眾反應之熱烈蓬勃，實在可以當做一個社會現象來觀察。

在台灣，除了平劇歌仔戲有它的傳統，和長期固定的觀眾層面外，其他的劇種，譬如話劇，總是叫我們尷尬發笑。莎士比亞的歷史劇，或易卜生的寫實劇，當做戲劇系學生的畢業公演還可以，眞的搬上舞臺，不免叫人難堪。至於古典美人變成女高音，在舞台當中展喉舒唱的表演，差不多就成了虐待。予人以期待的是實驗劇場，由於尙在摸索階段，局面仍限於極少數喜愛戲劇同好間的相互觀摩切磋。總結一句話，台灣缺少看戲的風氣。

風氣的形成，有許多可見不可見的因素推波助瀾。經濟上，我們已從過去半開發中國家晉入已開發國家，面臨如何改革工業結構，以轉型升級到資訊工業社會的這個瓶頸突破階段。我們有大量的外匯存底，和世界排名有數的儲蓄存款率，「如何花錢」，變成當前重要的課題。飽暖無虞，政治與文化上，我們從過去的不論崇洋自卑也好，本土回歸熱也好，復健出來，在比較隱定成熟的心態中，渴求意識形態解放，向多元化價值觀的世界認同。現實裡，則要求更好的生活素質，和更普遍的精緻文化。

這些欲望的酵素，醞釀出一團尚未成形而騷動的氣流，適合迅速繁殖各種各樣的文化媒體，以及越來越多的文化人口。賴聲川的戲劇適時出現，滿足了這個青、壯年層面文化觀眾的需要。

第一，當然是戲本身好看。

它很新鮮，沒有諸如話劇或翻譯劇給人的彆扭無味感。它很容易懂，沒有實驗劇場的奧晦艱澀，令人產生自卑感或排斥感。它很專業，一批基本動作優良的演員，足以展示精確悅人的表演，加上賴聲川的學院訓練和才華，從容運舞臺於股掌之中，極自由，又極嚴謹。

第二，它是此時此地一批戲劇工作者的創作。

賴聲川執教於國立藝術學院，推出的幾部作品，都採用集體創作的方式；事前沒有劇本，由導演出題，演員依著題目去發揮表演。出題，有時像投石問路，此路通呢不通，通往哪裡，都還未知。有時像拋磚引玉，不過借個起頭，隨即廢了原題，另作文章。在這個過程當中，導演彷彿無為而治，但也同時成為一股意志，統攝全局，朝一個充滿可塑性的目的地前去，於是產生了一齣戲。

磨戲的過程，漫長而艱辛，如此形成的戲的特色，它是開放的，容納著許多人眞實的經驗素材，非常反映了這個時候大家的感情和想法。可喜的，可悲的，我們看見的是自己，哭笑一場走出劇院，縱然得不到啓示跟反省，總有一些些令我們異樣罷。

第三，它的每次公演，已逐漸成為負有社會參與感和歸屬感的社交活動。

在劇場裡，戲中充滿的時下流行的語言，拿新聞事件做文章，把眾所熟悉的典故跟感情予以翻案等等，所引起的共鳴，劇場效果驚人極了。躬逢盛會的人們，也有被戲劇感動的，也有被現場群眾氣氛感染的，都不能忘記這樣一次深刻的經驗，下次，又來了，帶著我們的朋友與期待的心情，來了。舞臺上有我們熟稔的演員，我們共通的話語，和上次連同演員、觀眾、劇場結在一起留下的記憶，所以當我們離開劇場後，回到家裡要談談它，去到學校、辦公室要談談它，搭車子坐咖啡屋要談談它，它成了大家共同的談話資料。如果在某個聚會裡，某人因爲沒有看過這次公演的戲碼，以致大家都忽然爲提到一句台詞笑不可抑的時候，想想，某人將會是多麼的尷尬。

這些談話的資料，慢慢累積起來，融入生活中成爲一般常識，就如上一輩在北平上海長大的人，大約都能談談梅蘭芳如何如何，或者新一代的年輕孩子們，楊林如何，齊秦如何，都有屬於他們那個階層共同的話題和興趣。一個人，除非他是犬儒的厭世，否則大概皆不願意自外於所屬的社會圈子的。

因此，賴聲川的新戲尚在整排階段時，我已十分心甘情願的去看了一遍——《暗戀桃花源》。

這齣戲跟以往比較不同的做法是，賴聲川先把劇本的架構搭好，再與演員們同來磨戲。架構是，兩個劇團陰差陽錯共爭一個舞臺排戲，一齣排時裝悲劇《暗戀》，一齣排古裝喜劇《桃花源》，混亂之中兩個劇團先是輪流排演，後來吵得不可開交，就各據一方硬演起來，造成無限錯綜的可能性。

〈桃花源記〉是每個中學生唸過的文章，代表著亂世之中，人們對於大一統世界的願望與追求。不過《桃花源》喜劇裡的武陵捕魚人，卻是爲了老婆跟人通姦，一氣離家出走，而逢桃花源，之後告辭回家，發現老婆跟人已結婚生子，失望之餘重返桃花源，竟迷不復得路。此與陶淵明原著對比之間造成的逆差，對我而言，不必一字言詮，已夠衝擊了。

反之，《暗戀》一戲，因著當中那個平庸的舞臺導演，可想見本來該只是一個平庸的話劇，然而那個導演，是如此執意要把自己的淒美愛情搬上舞臺，以致到後來，我們竟不能笑話他。他的那一點癡心，轉嫁爲《暗戀》戲中男主角的癡心，是那麼過於簡單和天眞——快要變成反諷通俗劇裡公式化的浪漫傷感情節——然而沒有人能笑話他。因爲戲中那個亂世流離的背景，與我們太切身了。是這切身之感，使得假戲眞作，不知覺中早已步入感情的陷阱，流下眼淚。

要問《暗戀桃花源》的主題在哪裡？架構本身，也許已是它的主題。

賴聲川的戲，往往不是打內容裡面直接訴諸觀眾的感動。而總是，在一場精采、機智的辯證過程中，誘人無法抗拒的一步一步走進他的世界，終至完全投降。

從過去台灣的戲劇發展來觀測的時候，我們會格外重視目前賴聲川所在的位置和作用，也會愛惜與他一起工作的表演者，他們所推出的每一部作品。我們樂觀其成。

一九八六年三月

《武惡》的魅力

三十五歲以後，由於切身感到時日無多（意思是，原來一個人一生，只能做一件事情，且還不見得把這件事做得好，做得完），所以就漸漸把諸多年少時的嗜好疏遠或斷絕了。此中，看戲是一個。

賞心悅目的看戲，自然是到中華路國藝中心看平劇。此外就是抱著關懷戲劇前途的做功課心情，赴南海路藝術館看各種劇團的公演。這兩種，前者已沉澱為醇美的記憶。後者，我只有承認，從逐日陌生到對小戲場之無知，到如今的完全自暴自棄了。

這期間，王小棣主持的民心劇場，邀我看戲。先是九二年五月的《瑪麗皇后》，巴西人史朵克莉絲（Devise Stoklos）編導演，一人同時飾蘇格蘭女皇瑪麗，及伊莉莎白一世，獨演到底。當時王小棣採社區劇團的做法，此劇未對外宣傳，於是史朵克莉絲驚人的爆發力，密度濃稠的劇場語言，和肢體表演所可開發之極限，僅有兩個晚上兩場次的觀眾看到，震撼了圈內多位舞臺老將。很幸運的，我是觀眾之一。

我甚至懊悔不已，早知道該帶盟盟來看的。盟盟是一位六歲小女孩，最愛看電視廣告裡金士傑的默劇表演拔河，摸牆，拉門。

九三年三月，民心劇場又邀我看戲，說是改編一則日本的狂言，《武惡》。邊看，我又悔歎了。想必愛看《三岔口》的盟盟，以及跟外公一起看《群英會》，能充分領會蔣幹的丑角效應之好笑而頻頻倒帶，反覆觀賞樂此不疲的盟盟，必定也能跟我一起享受《武惡》的有趣罷。

民心劇場當時每月推出一劇，只有這兩齣邀我看。由於王小棣的「節制」，我就爽快答應去看。但這兩次都是，未看之前多麼的勉爲其難——難道三十歲過了還要被人逼著做功課?!而總在看完之後，歎息連連，好戲、好戲。

從前我聽戲癡講，說大書（平話）一股勁，說小書（彈詞）一段情。彈詞的可貴處是聽它的細膩，所謂陳翠娥下十八層樓梯，最高紀錄走了三十五天。

不論是情，是勁，它都在一個極嚴格，簡單的形制裡，看表演者如何展現，而這展現的空間之大之精微，足夠一名藝者窮其畢生之力去追求。它建立在紮實的基本功夫上，練習，練習，練習。從功夫裡長出姿態，並悟得了意境。我以爲傳統戲曲的魅力，在這裡。

《武惡》新編新戲，卻有這種魅力。尤其與許多意念太強，技術太弱的劇場表演相對照時，這個魅力便更凸顯出來。我害怕看充塞了概念的表演，它們光禿禿的窘狀總令我觀之不忍。

飾演主人的年輕演員來自劇校，訓練有素的身段和節奏感，使得舞臺上調度變化自由，肢體語彙很豐富，準確、裕如的表達了詼諧諷刺。

此戲的靈魂人物是管家，他夾在貴族主人與平民武惡之間。一邊是禮樂射御書數皆差勁的主人，一邊是七尺堂堂各方面都超過的武惡。武惡謙抑又耿直，主人自大又小氣，一起長大的兩人又摻雜著友情。主人有錢有勢，武惡有才有能，所以各種矛盾衝突就發生在這階級森嚴的邊際上，喜劇於焉完成。

而管家，便是這場恐怖平衡裡的一個微妙支點。他消弭，或粉飾，一番又一番的張力，遂敷衍出更多荒唐笑料，推動著所有的戲感和戲肉，至劇終幕落。

我看的是王娟扮的管家，精采極了。結束後，她跟武惡主人和導演坐在地板上答客問，削瘦嬌小，我驚訝她哪來的能量那樣在舞臺上奔馳，這幾位年輕人，一幫戲癡！

現在管家改由鈕承澤飾演，我的期待依然。

一九九四年三月

輯四

單身不貴族

說明一下

——序《下午茶話題》

是這樣的。

前年十二月因爲《自立早報》增資改版，好友王宣一爲其主編半年「女性頻道」，每星期出現一次，找我們寫專欄。構想是每次一個話題兩人來談，三人輪番上陣，專欄就叫「三重唱」。

登場首日，王宣一如此介紹道，「文壇有名的朱家三姐妹，如今都已揮別青澀的少年時代，成爲思想成熟的現代女性。其中一名是單身貴族，一名是袋鼠族，一名是頂客族，三姐妹三種身份，但是在這裡，她們都藉由不同的筆調和人生經歷，來抒發她們對同一事件的不同觀點。她們的文字活潑俏皮，觀念新穎有趣，是一首好聽的三重唱。」

你看，基本上，我們只是做爲一個「供稿者」。

是的自立報系，婦女版，你會說，我們理當做一次革命、顚覆婦女版的工作。不過很抱歉，我們沒有。

沒有。因爲我們另有創作形式，譬如小說，雜文。另有發表園地，譬如副刊，雜誌。所以，我們暫時，無意在婦女版談盡切合時勢或文學本行的話題。所以我們會大言不慚的，在譬如波灣戰爭最緊張時談丈夫外遇，在獨台案時談喝咖啡，並且差點在老國代修憲台大學生絕食抗議時，談減肥。

那麼你知道了，我們不是激進派，不是保守派，我們只是，存活派。這裡，我們無意倡導任何觀念和準則，我們只是謙卑陳述一些事實，陳述此時世有人亦如此過活。

現在這些話題已結集成冊。意外發現到，出身同樣家庭同樣生活的三人，卻是對共同經驗的描繪，其殊異竟如此之大！如果從探究創作與記憶兩者間的曖昧狀態來看此書，是不是能獲得別種樂趣，則三個女人的聒噪就還可以忍受了。

一九九一年

（編按，以下十一篇短文載於一九九〇年《自立早報》專欄〈三重唱〉，朱天文、朱天心、朱天衣輪流執筆，結集出書爲《下午茶話題》。）

女人與衣服

一個紫色司迪麥廣告引起了女性主義者的憤怒。

廣告字幕說：「女性主義就是敗在衣服和愛情兩件事情上。」

現在，不談廣告和意識形態，不談愛情，過濾之後這句話剩下兩個元素，女性、衣服，以及一種關係，輸贏。這句話變成了，女人就是敗在衣服上。

是的，我要驕傲的宣佈，女人就是敗在衣服上。

爲什麼不呢，衣服，一向是女人的知己。比方說，一見鍾情互訂終身，相信絕大部份成熟的女性會笑笑把它當成是一個童話。但是，與衣服，那可不了，我們會跟各種不同的衣服一次又一次的一見鍾情。買衣服的經驗是，千千萬萬裡，一看就看到了它，沒錯，就是它。這次不買它，下次也不買它，最後還是買了它。

其過程中之驚艷，狂喜，滿足，很抱歉，男人是完全無份的。

這是女人的天分，和權利。而因此是失敗的話，我願意放棄一切跟男人爭平等的機會，我心甘情願選擇這種失敗。

女爲「己悅」而衣，本來是天性如此。把「己悅」強調到李明依呼喊的「只要我喜歡，有什麼不可以」，當然可以，不算稀有。

女爲「己悅者」衣，女人爲自己喜歡的人穿衣，那是有了可以對話的彼方，值得祝福。至於士爲知己者死，女爲悅己者衣，女人爲喜歡自己的人穿衣，這個嘛，在今天，恐怕是需要訴諸謙遜和包容的美德了。

然後我要說，時代若有變動，一定是音樂先變，女人先變，衣服先變，舉瑪丹娜爲證。

關於吃醋

唉，說到吃醋，是件挺麻煩的事。

讓我們來想想有什麼辦法。

首先，食色性也，吃醋，也是不分男女的。不過男人可能掩護得比較好，日語說角長出來了，是指女人吃醋。新婦婚禮時戴的蒙頭絹叫做「角隱」，把角隱藏起來，象徵婦德。而另一方面，日本人也認爲嫉妒是美人之德，對此日本男人並無異議，枉爲了輸入儒教的七出之條。

我要說的是，食與色，尙且可以昇華爲美學，那麼吃醋，何以就不能把它變成藝術。譬如像那副白面紅裡、巍巍峨峨的蒙頭絹。

好，現在，吃醋至少不是遜。吃醋是另一種形式的溝通。溝通什麼呢？也許只有一個最基本的意念，就是，「我眞的非常非常在乎你。」

意念有了，剩下是技藝的事情。天啊技藝，那就太可以發揮了，激越的、哀婉的、迂迴的、直接的、燜燒的、渲染的、百家各展其長。要訣是切莫忘記，我們的目的在溝通，透過表達（或表演），使得受到衝擊的對方終於瞭解你的深意，而因此感召成器，那是你的功力。

不幸失敗的例子也很多。但是親愛的吃醋人啊，請你莫要灰心，技藝不是一天造成的。每當吃醋的機會降臨時，請你把握住，操之、煉之，在一次次吃醋的過程中精益求精。

我必須再強調一遍，吃醋的基本概念，「我眞的非常非常在乎你」，這個，當然是能夠加以創作的。

旅途中的男人

旅途中的男人，我的意思是說，邂逅。先來提一下鼎鼎大名的井原西鶴的好色文學。

出版於一六八二年的《好色一代男》，描寫的是「遊里」的生活，距德川家康創立江戶幕府以來至第五代將軍，已近八十年。之後出版的《好色五人女》，描寫町人生活，皆以脫逸日常秩序的逆倫行爲做題材。在德川嚴明的倫理秩序建制下，一切日趨正統而停滯，西鶴文學的好色餘情對之是一種反動。

我要說的是，邂逅，就發生當時的男人，女人也一樣，其情境可以視做是對規矩生活的一次反動。

反動的結局必定是悲劇收場嗎？不見得。

試舉李永熾著《從江戶到東京》所言，德川幕府隔置在都市周邊地區的「惡場所」如遊里、劇院等，相對於都市中心的制度化、明確、日常性，周邊是隱晦曖昧、亂序、非日常性。兩者有其邊界線，可以互通。意指，日常世界的人在某特定時空內進入邊界，不僅可以獲得解放，也可以轉換並充實疲憊的生命——是的祭典，如眾所皆知，祭典的某一層意義豈非如此。

旅途中，如果是一場祭典，因爲之於日常固定的生活軌跡，它是歧異的，異時異地，異人異景，而且無論走得多遠多久，最終，還是要回來。

所以旅途中你所遇見的男人，原來竟可以成爲一個共同冒險犯難的最佳拍檔。然後你回到日常裡，帶著也許是美麗哀愁，也許是銘骨激情，連痛苦也成爲深刻，生活因此有了一點不同的滋味。

當然，這樣的結局必須有一個前題，抵達旅途的終站，勇敢說一聲再見。

第二代探親

朋友問我，在大陸的親戚，彼此從未見過面，會眞的有親情這回事嗎？

我想也對，「親」是先天在那裡的，「情」可不是馬上就能有，倒是後來才漸漸產生。人說見面三分情，但君不見，見面三分恨的亦比比皆是。

做爲長女，父執輩中又屬我最早出生，自幼被迫成長爲一個老氣橫秋的人，活到三十幾歲有一天，忽然跑出來三個親堂哥叫你妹妹，五個好表哥喊你表妹，符咒一樣喚得你剎時返老還童，享受著幼小完全不必負責任的驕縱的快樂。而我總是像一隻拙怯的布穀鳥，小小聲叫著姑姑，姑姑。

爲了親熱好敘舊，我與父母親住在姑姑家裡，謙卑接受一次「由奢入儉」的教育洗禮，它讓我重新溫習一遍民國五、六十年代的孩提時期。

我深刻記得那個時期的有一天，家中來了一位留耶穌頭好時髦白皙的女人，送給我們一盒巧克力糖，裝在棕黑鑲銅色邊的長方形鐵盒裡，每天吃過晚飯母親會給我們一人一塊，我們很捨不得的一點一點抿著吃，比賽誰吃得最慢誰就贏了。

那個不知名的女人與巧克力糖使我起了非常大的想像和神往，是如此難忘，以至我發現自己終於找到機會扮演當年那個女人的角色，帶來物質，也帶來外面世界的色彩和訊息。我一廂情願希望複製出那個美麗的記憶，留給這些一夕之間生出來的親友們。

我是滲透進來的資本主義共犯。我已經開始想念在台灣的一切。

第二代探親，親是有的，然而生活上共同的情緒卻好陌生疏隔。

與魚潮般的眾生擠在一起等車的時候，這裡是中國，而一切恍如異國。

從來不是上班族

我招供，我沒有當過上班族，從來沒有。

十五年前，你知道，從十五年前那個還有所謂同仁雜誌的時代開始，我不幸身爲核心份子，所以你可以儘量想像正如一切同仁雜誌那樣的，我就那樣的處在其中，並且於兩年後大學畢業時立刻變成了一個出版社的發行人。做自己的，吃自己的——不，吃我父母親的。

住家即出版社即辦公室即書庫的結果，是我這個發行人趕稿到天亮，睡眼惺忪裡被印刷廠電話吵醒，雖然我多麼渴望能睡個回籠覺卻被接二連三的公務電話吵到最後，睡衣睡褲（條紋的）忙不迭跑下床迎接裝訂廠送一批新書來，一邊且要用掃把或雨傘阻嚇七、八隻狗亂衝出門。然後花一整天把書裝箱打包，包括紙箱不夠時到巷口跟雜貨店阿珠索取，且根據經驗累積最好用的是裝水果的硬殼紙箱，而絕對不要裝長壽煙的單薄的大紙箱。如此趕在中連貨運最後一班卡車發出的時間將書送達，然後綑寄郵撥的訂書直到深夜倒斃。

你看，我是被逼上梁山的。

後來，呃，後來當然是爲了寫稿，終於把這些俗務轉交出來，我變成一個，讓我想想應該怎麼稱呼，變成一個所謂的自由撰述。

自由的意義，你知道，其實是很可怕的。它表示將無任何規條範圍你，無任何計劃推動你，無任何座標定位你，也無任何意志施加你。脫網的金魚，天啊大海覓食何其渺渺！

有業遊民，的確我承認我是。

十五年來環境已經把我造成今天這個樣子，脾氣大，耍帥，名士派，好高騖遠而又事必躬親，懶散無為卻也剛愎自用。一切的缺點和優點，總之既不能做老闆也不能當屬下，只好做自己的老闆，畢竟不害人吧。

所以可預見的將來，現在你應該明白，除了迂闊的繼續寫稿下去，實在，我也無一技之長。

髮型與心情

既然大家都在講星座，譬如那支星座咖啡廣告吧，它說處女座是邊喝咖啡邊擔心有人來勾引，我覺得需要修正一下。

處女座是喝之前努力拒絕咖啡的勾引，因爲她知道一旦喝之後，她會喝得太徹底又太挑剔以至陷入其中不可自拔。

處女座深深爲生活細節所苦。所以曾經全家人遊說我學開車並買一部車子，遭我嚴峻拒絕了。唯一的理由是，我會寫不出東西！想想，養一部車子以及有關於車子的一切，我知道我一定會被它佔據以至無法在書桌前集中精神。故而我的簡樸生活並非因爲美德，實是深恐沉淪於物質。

夠了，現在談的是髮型。但對我而言，完全可以搬過來適用，一言以蔽之，頭髮就是頭髮，此外不敢有型，否則定會爲其所役。

可能是張艾嘉說過的，出門時頭髮不對勁，心情一整天都不好。以及我有個女友，任憑一堆人等在旅館大廳搭車出發，她也非要把頭髮刮鬆自頭頂朝後翻吹得半尺高，威威鬣鬣像尊驕傲的獅子，否則她就跟沒穿衣服一樣簡直出不了門。我是乾脆棄防，從大學畢業剪短燙過一次之後至今不理它，一把長髮一年兩年剪短一次再任它長長，再剪，不囉嗦，搞定。

瞧，中性的八〇年代已經過去，久違的女性美從寬墊肩直線條下解放出來。髮型由剛硬轉爲柔和，「羽毛剪」早代替了往後翻吹誇張的法拉頭。燙髮不再用疊磚式上捲子（燙出的波浪呈橫式，波淺蓬鬆），而採直立式上捲子（由於波紋不重疊，層次柔致分明，不易變型）。短髮也不再耳上咔嚓一刀斜斜橫殺過去，鬢腳開始留長，以顯宛轉。今年則是流行往前翻吹且在髮尾處朝裡翻捲、長度到下巴的中長髮，典雅而內斂。

至於我，三十年如一日，唯只有一點小小堅持，務必刷些劉海遮住我難看的大額頭，否則，我會心情很壞很壞，出不了門的。

日本

從包裝紙說起，日本令人愛恨交加。

這個消耗全世界最多樹木的國家，十一、二年前在我住日本的兩個月期間內，完全被它雅艷繁複的包裝打掛。當時購物能力的上限單件不超過日幣一千五百圓左右，我記得那是一條緋色佈著梅枝的包袱巾，店員將它先以薄雲般的宣紙裹襯好，臥入一個美麗的盒子裡，再包上印有店名圖案的包裝紙，然後裝進一個紙提袋笑吟吟的遞給你。

像我這樣低消費額者一樣蒙受如此隆重的待遇，那就是日本，多少年前使我驚迷難忘。

五年後隨台灣電影節二度赴日，這回有了點錢，補償前次的購物情結，狠狠買了些東西，結果是東裝返台時整汰出山似的高高一疊紙袋。它們眞是太光潔了，怎忍棄之於旅館變成垃圾，便全數打包，連室友的那一份大袋裝小袋儼然也成一件行李提上飛機驗關攜回。

就我所知，吳念眞的太太也集有許多紙袋，送禮給朋友時她會鄭重介紹說：「這個紙袋很好看。」似乎送什麼東西沒關係，紙袋倒是主要的。

然而這樣心帶喜悅把集著的紙袋取出使用的速度，遠遠趕不上紙袋很快增加的速度。

一櫥櫃紙袋，伊勢丹、三越、高島屋、東急、西武、小田急、紀伊國，以及各種單品和專賣店別致如工藝品的提袋，我委實不知積增到最後該怎麼辦。

這趟四月在日本，我仍然愚儉如昔，連最通俗氾濫的伊勢丹紙袋都難以棄置，朋友阿霍歎氣說她以前也都收，到後來太多了，最後還不是扔掉，現在已不再收存。而我至少也學會每次看見服務生自各個房間清出來的包裝紙鮮麗如生物時，能夠克制感情不起波動。

包裝過剩的日本（雖然也有諸如「無印良品」的廢除包裝），我一面流連眩目於其間，一面冷冷切切的抽離於其外。看到頂大眾化的有田燒杯壺也要用木盒包裝，一隻一隻的木盒，我看到是又一片亞馬遜雨林消失了。看到隨便一塊糒糬、一瓶某某漬也要附加其身家血統書，看到遍街小巷吃食店裡成把成束的衛生筷，以及包裝那些筷子秀逸得可以在上面書寫詩句的套紙卻用後即棄，毋寧我是並不適意的。

做家事

至於做家事，是這樣的，我們家一共六口人。父母親，我，以及妹妹天心一家三口住在加蓋的樓上，沿襲了從前的慣性和後來的不成文規定，母親仍是管一日三餐和餵狗貓，天心大致負責洗碗洗衣，我則掃地擦桌椅管整潔。吃食事大，母親仍是很倒楣的做最多的家事。

早晨我坐在沙發上看報時，常看見母親打開冰箱苦惱自語：「今天吃什麼呢？」或忽然咆哮起來：「煩死了煩死了，不知道要弄什麼吃的。」或鄭重哀告說：「你們想吃什麼最好點菜，我已經變不出東西了。」或大太陽底下一臉紅通通活像腦沖血的推著籃車進門，把菜各自放進冰箱歸檔，一邊懊喪埋怨：「下去買個菜一上午又泡湯了。」

因爲若不買菜，母親就可以搶到一、兩小時在書桌前坐下，譯上一段井上靖的《孔子》。而我只不過是做了一小部份家事，已每每被這種耗時的、又重覆又看不出任何成果的勞動所激怒——想想，才清乾淨的菸灰缸不久又菸屍成堆，今天掃過的地明天依然髒，且很倒楣做事徹底些的話，就會把電話機和桌櫃搬開，爲了清掃誰也看不到的背後的積灰。

一名專業主婦固然如此包辦全部的家事，一名職業婦女卻也無法像她的男同事那樣擁有家事豁免權。雙薪家庭，但家事，還是很倒楣的女人在做。

無報酬的家庭工作，有人稱之爲「無止盡的原始累積」。也就是說，資本主義除了由商業生產獲取利潤所得的累積之外，還要加上諸如婦女這種非商業性生產的基本累積。據一份對今日跨國公司幹部的配偶所做的研究報告，婦女這種沒有報酬的角色，相當於一個高薪的業務經理。

我無意提出威脅，只是敬告各位父老兄弟，基於各位切身的利益，請以公義平等互愛之方便法門善待你們的姐妹同胞。若不，嘿嘿恐怕到時候你們是怎麼死的都不知道呢。

特殊朋友

是的，我與她們的生活交集是每天早晨七點到八點。

數目大致維持在十二、三位，平均年齡五十，照其中一位六十來歲上海籍的大姐大的說法是，「踩進棺材都一半的人了——」以她這句話爲起頭的下文不外乎如：「我怕它什麼膽固醇，要吃就吃。」或譬如：「我哪裡也不移民，共匪他來呀，我看他能把我怎麼的。」我們喊她隊長，她是創團成員之一，這個團至今有六年，人來人去，我跟母親加入約也五年，晉升爲元老級成員。是的，我們跳舞，做操，拉筋運動。

當然，還有東家長西家短。

譬如林正杰退出民進黨，有人權威說：「他被國民黨收買了。」郝柏村上台抓流氓，都說：「該！」波斯灣戰爭有人幸災樂禍，因爲某某移民在美國，布希出兵第一批就把某某他兒子徵了去。有人怒從膽邊生，道：「哈珊，打！」一旁聞言，再再使我瞠目結舌。

股票旺時走掉兩個元老級，今年又都回來了。喊我妹妹，也喊小姐，一律叫我別嫁人了，嫁不對人不如不嫁，永遠在媽媽家做女兒好不自在逍遙，萬一交了男朋友，帶來給她們看，她們都是後盾，看誰敢欺負我，大姐大說：「你跟他講，結婚，可以，只有一個條件，得住到我家來，叫我住到你們家——拉倒！」

是的，一群潑皮的女性主義者，雖然終其一生她們可能根本不知女性主義爲何物。

她們結伴夥遊，定期聚餐，不要先生參加。歲月改變了她們與男人的位置。因爲男人工作一輩子退休下來，離開了男人慣熟習知的世界之後，男人會發現，事物皆是陌生的。這個家，這個日日活動的環境，這個柴米油鹽與一時代之底層同步同呼吸的現實，女人在其中活了一輩子，而男人現在才要開始。

一夕間，男人就衰老了，她們登場。

她們指東劃西，愛這個，憎那個，議是論非，再再使我所讀所學所識的一旦遭逢之，完全瓦解，不生作用。每望之，只有不相干一句話浮出來，「水可載舟，也可覆舟。」

假如我是爲政者一旦把她們惹毛了，至少我知道，她們是翻舟像翻身，絕對不跟你講道理的。

文學的童年

也許是長女的緣故，記憶中，父親是比較有更多的新鮮好奇和耐心來「教育」這個頭生子。比方說，練毛筆字，從握筆的方法到一橫一豎一撇一捺一勾拐，父親都把著我手實實在在教過的。似乎天心天衣就沒有這麼幸運了。比方說，我坐在父親膝上和書桌之間，桌上攤著稿紙跟唐詩三百首，父親把〈長恨歌〉一句句指認講述給我聽，至今我記得父親下巴抵觸到我頭頂的實感。

小學二年級有圖畫週記，三十二開作業簿，上半畫圖，下半寫字。我寫爸媽帶我們去看電影《金錢豹》，父親就幫我畫了籠子裡一隻金錢豹。我寫爸爸本來要去金門因爲海浪太大船快翻了，還好有人拉住繩子才沒翻所以半夜又回來了，父親就幫我畫一艘軍艦。這本圖畫週記奇蹟的保存到現在。

還有一件我們父女聯手合作的成品，是家事課做枕頭套。用一種特殊彩料繪好圖案，平置在白布上拿熨斗高熱壓燙後，圖案便印在布套上。父親幫我畫了一對豔麗的熱帶魚，水草貝殼，商量怎麼配色，我上色，一齊壓印。漂亮的枕頭套，家事老師說送給她拿去展覽吧，我沒有答應。很久以後，我把它送給一位男朋友的姐姐，不知下落怎樣，想起來有點可惜呢。

父親很會寫美術字。長長的一段時間、也許持續到高中畢業，每學期開始發新書新簿子，我最愛全部抱到父親書桌上，央他在一本本上面寫好年級班級姓名。替我將光滑的月曆紙包好教科書，我癡癡的趴在書面看父親筆下生出奇逸的字體書寫著「算術」、「國語」……新書的香和簽字筆的香蕉油甜味，感覺新學期眞有希望。

住在板橋婦聯一村時候，父母親還沒有自己的臥室書房，客廳裡放著大床，傍門窗一張書桌是父親寫稿的地方。我們小孩在大床上玩著玩著大聲起來了，就被母親喝斥不要吵。星期天放假日母親總是上午把我們帶出門，到林家花園旁一座網球場玩，混一整天回家，好讓父親安靜寫稿。後來搬到內湖，窄小的客廳逢雨天便兩條竹竿橫七架八掛著濕衣服，父母親的多少文友們在那萬國旗底下談天說地。雖然我完全不懂他們的談話內容，也常常搬個小板凳坐在父親腳邊傾聽，直到瞌睡矇矓，不知東方之既白。

小學六年級暑假，父親是否看我太無聊了，從他們臥房門後的櫥櫃裡取出一書給我，說這本書好，可以看。那是一本民國五十七年七月初版定價新台幣貳拾圓港幣肆圓的《張愛玲短篇小說集》，封面綠色底一輪大黃月亮。扉頁有張愛玲的黑墨水鋼筆題字，「給西甯——在我心目中永遠是沈從文最好的故事裡的小兵」。

當時我並不知道誰是張愛玲，誰是沈從文。

租屋今昔

十八年前，天啊有這麼久了嗎，照現在的速度三年爲一代的話，那已經是六代以前的事了。請容許我這名祖先級老人類亦出土說明一下，當年我們在外租屋生活的情況。

淡江一年級上學期，我住水源街（如今叫麻將街還是墮落街）親親麵包店樓上一格小房間，小得僅夠放一張鐵架床，一張書桌跟椅子，一個塑膠衣櫥。若有朋友來，而此友又比較高大的話，就只好把房間門打開，將椅子借走廊的一點空間請坐，我挨著牀沿正襟危坐，小心不要碰到此友的長腿和鞋子。

房租一學期一千五百塊，三餐則每頓只花五塊錢，吃法是一碗飯一塊錢，兩樣素菜（包含半葷的蛋類）共四塊錢，然後大肆打撈免費湯裡的沉澱物，由於技術高超，通常可裝得一尖碗，吃完再裝。如此渡過一星期，待週末回台北家中補充營養，見啥吃啥，被家人封爲「大陸同胞」（當年的水深火熱中的同胞）。

建築系友人租的宿舍是家四合院，叫動物園，房客皆學生，每人有一個動物綽號。他的那一大間足以分割成我的好幾間，卻不區隔，全間一棟供睡，供吃，供招待來客，工作，和畫畫。牆角堆著數打可口可樂跟啤酒，朋友很多。作畫時永遠忘了吃，一個饅頭當三餐。一面牆壁掛著黑白攝影，白的天空黑的枯凋大樹，枝枝椏椏向上探索，是他的作品，在紅毛城照的。一次文社舉辦觀賞徐進良的實驗電影《大寂之劍》（也許今人更記得他製作的《郵差總是按錯鈴》和《郵差再度來按鈴》），散會後，大家呼嘯至動物園喝不知哪裡弄來的羊奶。席地而坐，一口缸杯裝滿羊奶傳著喝（當年弄不到大麻，否則是傳著呼），友人的女友幫大家在蘇打餅乾上塗契司分吃。

如此波西米亞式的生活曾令我驚爲天堂。友人在女友懷孕之後未畢業即結了婚，搬到學校山腳下租房子住，我下山看電影，路過就去他們家，小鍋小灶像扮家家，一張雙人牀也是自己搭的。友人在看《三國演義》，地圖攤得一桌几。

是啊，正如今天日本年輕一代，已定型爲喜歡坐在模仿紐約倉庫改裝成的住宅地板上的地板生活，我不知道從什麼時候起，矮化的家具也早已在此地普遍了。

一九九二年二月廿日

小說獎

民國六十五年我讀大學二年級時的事了。第一屆《聯合報》小說獎徵文比賽，首獎從缺，二獎兩名，三獎兩名，我是三獎中的一名。兩年後夏志清擔任決審的那一屆小說獎，父親被推薦得到貢獻獎，頒獎典禮上需要一條歌，叫我作詞，作的是「爸爸的白髮不是老」，由許常惠譜曲。這是我與《聯合報》小說獎發生關係的僅有兩次，至今不覺已十五年過去。

當時的主編駱學良先生，爭取成立了一件專案，與十位年輕作者簽訂基本作家約，月給五千，作者則至少每月要交副刊一篇小說。我與妹妹朱天心自忖產量不足，就合簽一份約，輪流交稿，這個計劃執行了四年之後停止。副刊大篇幅刊載小說的那個年代，已一去不復返矣。

我不知道是否小說已死，我只知道突然有一天也被邀席列為小說獎複審委員的時候，我對自己說：「是了，你也差不多了。」從第一屆小說獎參加競賽的新秀，到現在擔任評審，固然意味著成就和地位，但也一樣意味著邁向老賊和腐朽的顚峰。所以聯副要我們來一表淵源，我怕是驚覺之餘，感慨竟無，牢騷倒多過頌辭的。

單身不貴族

「年老並不使我們變得更好或更壞，我們只是變得更像自己。」瑪麗・藍伯頓・貝克這樣說。不錯，我想我只是變得更像自己罷了。

好比我堅持不買車，不開車，不學車。如此頑固的堅持著一件事，是不是有什麼哲學思辨在支撐，在實踐呢？有的。也沒有的。

沒有的理由是，它符合我的本能跟最大利益。

幾年前因爲編劇工作的緣故，跑東跑西，家人擔心我常常隻身坐計程車夜歸，遊說我去學開車買部車子，卻每次被我一口回絕。每次的理由只有一個：「我會寫不出東西！」

開車，跟寫不出東西，有什麼關係嗎？最偷懶的推理是歸給——星座。沒錯，星座。

好吧我只好招供了，我是處女座。更嚴密的說法應該是，我的太陽是處女，我的月亮是雙魚。

如眾所皆知，處女座深深爲生活細節所苦。說實話，我懷疑處女座的眼睛是某種高敏感度掃描器，專門收納別人看不見也不以爲意的各種微枝末節（這是其潔癖之由來），他常常走進一個見樹不見林的困境裡。十二星座中，處女座是最易「爲物所役」的一顆星座。任何物品到了他手上，不知何故，就質量變能量的衍生出一堆完全不必要的感情負擔。處女座浮現的圖像是，一名披披掛掛著千百種感情負擔的可憐人在生活中蹣跚舉步。

爲了擺脫這種無可藥救的困境，結果，他採取了一項絕裂的方式——與物隔離。

此時，那圖像變了。變成，不錯，變成金庸筆下的那位小龍女。身無一物，長居墓窟，白衣白裙，睡時臥在一根懸繩上。

通常，人們看見小龍女般的處女座，不知其清堅理智的形象背後，其實是個狼狽的處境。人們總看見那麼多處女座的單身漢，單身女，修士修女般過著宛如無慾的生活。處女座的簡樸處世，處人，自處，並非因爲美德，而是因爲趨吉避凶——他太恐懼沉淪於物件之中不可自拔了。

所以我不開車。想想，養一部車子像養一個孩子，以及有關於車子的一切，我會被它盤據迷惑住，以至將有很長很長的時日，我會根本無法坐到書桌前面，把心從那裡搬回到這裡。我會根本寫不出東西！

不開車，就有時候坐計程車，有時候搭公車。不過搭公車，首先得放棄掉時裝和化妝。夏天，沒有空調的車內會把妝溶掉，吹進來的風會把頭髮毀型。若估計人擠，索性一身短打出門了。坐在公車裡，我比任何時候都明確感受到「市民」二字，所謂民眾，都在這裡。我也是民眾。

做爲非上班族，我得以幸運錯開尖峰時間出入，得以使用空蕩的公車，寬鬆的路況。我卻慚皇發現，這個非主流時段出現於路上車上的市民可以冠上四字，老弱婦孺。而我，竟如此年輕力壯的間雜其中，顯得如此之不宜，之可恥。

單身，不貴族。

隨著年歲日增，我非常明白，這樣的生活型態只有越趨向深化。而越不可能變動的結果，它將變成我身體的一部份，像貝類帶著它們的殼。最終，也許我只需要一張書桌，一個維吉尼亞・吳爾芙的「自己的房間」。

我將縱容自己星座見樹不見林的毛病，極力看盡物之所異，迷失於一切細節之中。我將成爲我的日月星座的一幅描摹，像處女座的簡居於屋形同隱士，像南魚座的夢想在空宛如癡人。也許有一天人們會說：「看哪，他把生活裡的挫折和失敗，化成了藝術上的勝利。」

一九九二年九月卅日

輯五

站在左邊

上言加餐飯

南京市上空一片黑，望下去幾點燈星。踏出機艙，濕雨薄涼裡有花香，也許是梔子花。接機的比被接的還多，兩部麵包車載滿大人小孩，經秦淮河入城。

姑姑的家，姑姑在樓梯口等好久了，拿著一支手電筒照路迎我們進屋。夜裡已十二點，仍準備了雞湯麵吃，佐麵的有春蘿蔔，醋是得過獎的鎮江醋，有豆苗、小白菜、蘆蒿炒肉絲。探親的第一餐，三表哥掌廚，眾皆在說蘆蒿過市，市價多少，長江的刀魚也給買到了，拎出來看，薄長銀亮，明天吃。江水汙染，鰣魚差不多快絕種，有價無市，素來稱人生三恨，一恨鰣魚多刺，二恨海棠無香，三恨——據張愛玲說法是，三恨《紅樓夢》未完。涼拌春蘿蔔，薺菜餃，爆醃香椿，已是父親的鄉愁夢寐，姑姑全準備了。春蘿蔔能發到像乒乓球大，入口鬆脆嚼不出一絲纖維渣子，雪白肉，胭脂皮，我吃的比父親還多幾倍。重逢的一刻，可都在吃上。後來一個月的探親之旅，亦無不是吃，做吃，敘吃，議論物價上漲。

是我們的幸運。姑姑五個男孩，老大在西安，四個在南京。老三住得稍遠，從下關騎車來要五十分鐘，老五近些，老二跟老四則住一棟，分佔了六樓跟三樓，我們眠居三樓，吃到六樓。三表哥日日騎車來做菜，拎一條白魚，中午吃頭尾紅燒，晚上吃中段清蒸，他是姑姑烹飪藝術的嫡脈傳人。四兄弟師出一門。二表哥刀工極細，正如他幹中學總務，錙銖必計，工作狂，去年替學校省下了四、五萬人民幣，切肉絲像繡花。四表哥粗一點，一頓中飯他主持，菊花腦鴨蛋湯，他煮開的水，表嫂去的菜，姑姑打蛋，墨翠配鵝黃，端上來一吃沒放鹽，他的心思許是用到集郵和自己動手打造家具上去了。過完冬天總要喝菊花腦鴨蛋湯，最清火，消一消寒冬下來的炭烤火氣。四月泡桐灰紫的花正開，我們趕上最後一批菊花腦，教姑姑十分開心。菊花腦亦唯南京有，上海來的親戚但聞其名，福建親戚而不知有此物。五表哥每次來，上有三位師兄，輪不到他主廚，做些弟子服其勞的零工，他岳家請客時，就一定要抓他去辦菜。

六樓的陽臺砌上窗牆當做廚房，容兩人在裡面切煮炒，洗還不成，再沒有空間了。挖空心思每天變吃的，韭菜合子，三表哥炕的皮薄焦似箔紙，跟紅糯米粥吃。烙餅，包酥炸小蝦或徐州饊子，配豇豆稀飯。鯽魚湯，熬得白稠若奶。雞油蔥油餅吃小米粥。親友多時，四男到齊幹活，女眷礙事，遜位去隔壁大間聊天等吃。揉麵的，擀皮的，包餡的，至少都超過一七二公分身高的四個大男人，圍在方桌前，爲五斗米折腰，桌小得不見了，屋頂顯得特別低，燈泡熱鬨鬨在眉前。白晝時，四人擋住了天光，我探頭張望，剪影們朝我咧開嘴笑，道：「表妹餓啦。」天光外面有巍巍峨峨的金陵飯店，下班了，自行車陣大江東去，揿鈴聲沸騰上雲霄。

表哥表嫂們放接待台胞假，多久都行，工資照領。男人在灶下忙碌，女眷上席，操作洗衣機洗晾衣服亦多是男人，現象挺奇特。當然也是姑姑這幾個男孩格外能幹。妯娌們聚一起談論先生，都說毛病是凡事太要求做到，事必躬親，難免愛叮嚀，怪瑣碎的。可他們兄弟吃苦肯幹的長處比起這個缺點來，折掉之後長處還多一點，索性讓他們去做，樂得清閒好。不止表哥家，大多數知識份子們的雙職家庭是這樣，夫婦各自有單位，回家來，家事漸漸多由先生做了。娶妻不易。台灣留學生在海外成家立業，家事亦均攤，財產亦分開。

早晨上六樓吃早點，燒餅油條。一種叫朝牌餅，像上朝持在手中的牙笏，方方長長的，又叫笨餅。母親愛吃麵，專給她開小灶下麵條，拌臭醬豆，南面王不換。去年風行起來吃鵪鶉蛋，個體戶好多去養鵪鶉，今年風氣卻減了。姑姑每買幾瓶鮮奶倒耳鍋裡煮滾，盛一大碗，加幾顆鵪鶉蛋，我把它跟兩片高單位天然維他命B和C一起吞下肚，那是上來之前在香港屈臣氏買的，貴得很，唯恐營養缺乏，水土不服。很久沒有看到帶殼的鵪鶉蛋了，可見不是台北超級市場那種人工產品。剝掉青灰褐斑殼，磁白的蛋珠玲瓏滑俏，在蜜奶中載浮載沉。

知道我愛吃青菜，滿滿也搞來一桌。蘇東坡詩、「久聞蔞蒿美，初見新芽赤」，我愛的亦是認識各種沒見過的菜。涼拌特多，和日本料理的生吃原味又不同，許多眞像《詩經》裡的植物，吃它們名字的新鮮。茨菇、茭兒菜、馬藍頭。茼蒿的蒿味夠勁。枸杞加糖炒食，味苦而帶甘，明目益肝清內熱。莧菜嫣紅，像盆花菜，紅汁染透一碗白米飯，賈寶玉吃胭脂。

四面八方請出去吃飯，一擺都是酒席，寧可剩滿桌，怕給人說寒酸。我們每次可惜剩菜，想包回家去，表哥道浪費太多，電視也在宣導了，喊出口號「吃不了兜著走」。多年以前台灣厲行節約，禁止大拜拜，後來推行梅花餐，五菜一湯，公車兩面的廣告欄插上招貼，諄諄告誡百姓：

「台灣一年要吃掉一條高速公路。」十大建設之一的高速公路，正被一口張大的嘴巴吞噬入肚，宣傳畫到處可見，電視上，以及電影放映前唱完國歌之後。我們家食指浩繁，重吃不重穿，便吃掉了台北到泰安收費站一段。如今在討論電影院免唱國歌的時候，吃也要量化變質化，天然健康食物大行其道，名館子要有幾樣私房菜，只此一家，即使小街窄巷養在深閨，好食者亦趨之若鶩。

吃不膩的也許只有家常菜，表哥們的手藝更把我們嘴養刁了。請吃飯，陪客常佔去四分之三桌，早早把客人接到地方，先在洞敞大廳裡喝茶，紅氈舖地，每張矮几前一盆亮白搪磁痰盂。喝茶談話，互相介紹，一會兒來了人，大家復起立寒暄。有時也並不在等誰，抽著久久的菸，長閑耗日的，在那暈黃光彩裡的許多人。隨後才走去吃飯的房間開始用餐，先上八道冷盤，台灣的是四道。

離開都市，過蘇北來到老家，愈是高級的單位，所置痰盂愈多，可供一人一隻用。牆上有一幅公告欄密麻書寫著文字，是爲國際禁菸日宣傳，中共十三全在開，全世界記者集中到北京，務求做好文明形象。會議上鄧小平拿出菸正抽著，底下附耳傳上來話，立刻熄了。這裡當然還沒有拒抽二手菸的保健意識。幹部來家裡相邀去招待所吃晚飯，推拉甚夥，最後答應去喝杯茶即回，到招待所，看那陣勢，飯桌都擺出來了。父親敬眾三五牌，午飯才吃過未久，一室蒼蒼的斜西黃陽，對排沙發散置坐人，吐著雲煙。雲煙連人皆渾渾沒入光束裡，時間的浮雕，一尊一尊，那個喊父親三爺的書記，腳支在椅上，盹著了。我跟母親亦瞌睡不支，開了房間讓我們歪躺，大操場捲著風沙的陽光仍刺眼，木板隔間霉涼，一拍被褥揚起尺高飛灰，北方的沙眞是大，兩人倒床呼呼睡起來。給打門聲叫醒，想必叫了很久，回吃飯處，沙發坐長了，椅背上鋪飾的毛巾搭子狼藉披紛。來時走路，酒席吃過，天還是亮的，一位年輕人堅持開車送回村口。他是大市縣來的幹部，開兩小時車，共來三人，邀我們回去南京過境時打個尖歇歇。席間他替父親擋了幾次酒，車上他解釋上面其實有交代，接待台胞要適意，不可儘灌酒或吃不下亦強教吃。他說著語焉不詳懊惱的，顯見仍是生手，雪青的腮幫像剛剃過鬍子，爲這整個他自己也不明瞭的什麼，向我們抱歉著。

到鄉下頭天，跟日常一樣配電，八、九點上菜時燈熄了，點上蠟燭。甜膩夾一絲酸味的山楂糕，近似果凍，不摻粉，凝固的紫紅色，像玉石。高檔酒席才吃得到水晶山楂糕，切成菱形，堆疊如寶山。鄉下的鳳凰泉啤酒極好，勝過青島啤酒，聽說油脂的更佳。每人前面塞一疊煎餅勸吃，配大蔥臭醬豆，煎餅既硬且韌，難搞，吃相眞像拔牙。忽然日光燈放亮，是二哥哥騎車去城裡，講了家裡有台胞，電復來。知父親想念家鄉味，門前已曬好一籮筐乾臭豆，全要給我們帶回台北，泡麻油裡即可食。

煎餅用鏊子烙，現老家吃米飯，少吃這個了，當做稀物招待。麵漿倒鏊子上，用耙子勻開，直徑兩尺，平平一大面比圓桌。從前祖母是煎餅好手，就好在耙得勻，耙得薄，出爐時舉空一望，透明似帛。烙畢一張張疊成方形收起，包菜料捲成一條長筒，跟小米稀飯吃，小孩捲了一筒邊吃著跑出去玩，常常把料掏光，剩張空餅。我們是吃小麥磨的，以前這個只有曾祖母吃得，算細食，父親他們都吃玉米磨的粗食，早一晚先把玉米浸水裡，浸軟了磨出來不會有綵子。今家裡自個兒亦不磨了，拿去縣城叫店裡磨。

四個表哥伙頭軍，很快篡了老家三位嫂嫂的位。一天大清早，三表哥且被康表哥借去新沂辦菜。我們下午出發去新沂，一小時多車程，路經落馬湖，是父親的小說〈我的麥稭蝸螺〉裡那個落馬湖。咸豐六年，黃河改走了利津道進渤海，這兒滿湖大水的老河道就乾了，湖底浮上來，至同治年間，開出三千頃良田。一年一回下落馬湖拾麥，學校且放麥假。湖裡收麥不用鐮刀，亦非貼住麥根蹲割，使的是兩三尺長大潑刀，左甩一刀，右撇一刀，大步大步往前邁，只斬麥頭，留下半人高麥棵，另二人就拖著柳編長栲籃，緊跟後頭掠麥穗。隨後是拾麥的婦老孩子，但見斬飛起來的麥穗，一波揚一波，掀起潑天水花。沿小河崖，拾麥的蘆蓆篷一個連一個，天還沒亮，到處燎火燒飯，冒著煙，那邊大場上噪噪喝喝，驢喊馬叫。此時梨樹白花，雜著綠葉抽拔，白得疏疏淡淡，也有農舍前一二株桃花，淨紅無葉。過嶂山橋閘，入新沂縣境，馬路修得好，兩行白楊不見盡頭，到康表哥家，一桌色香味俱在，三表哥還燒了冰糖豬腳，菜上完，吃血糯稀飯。

離開老家前夜，上海星表哥兄弟倆，和揚州慈表哥合夥做東請吃，各秀兩件小菜。星表嫂廣東人，嫁到上海，做了一樣鯽魚塞肉，不知上海菜廣東菜，湯汁極鮮，直逼香港清蒸青衣。酒喝窰灣名酒綠豆燒，也有湯溝大麯，鳳凰泉啤酒，各取所愛。姑姑說逢三必亂，叫三表哥三亂子，又偏喜歡他講話逗趣。三表哥綵衣娛親，連二伯母的三個媳婦也亂上了，鬧吃酒。妯娌仨這輩子沒上過桌，藍布襖，套著護袖和圍裙，一溜站門前遞湯進菜，四、五隻塑膠暖水瓶供應熱水不絕。三人香桌上拚酒，傻了，呵呵笑著。三表哥矛頭一轉，扯大嫂嫂出來乾杯。開始還怯場，說說笑笑推辭，可眞厲害，手上一杯酒，磨半天，三表哥也沒佔到便宜，大嫂嫂也不肯乾杯。鬧下去，婦人的潑勁出來了，一杯大麴乾盡，三表哥慘哉。二嫂三嫂齊上場助陣，直喊老三最壞，險不架倒他，掀開嘴巴灌酒，一屋人鼓掌喝采。二嫂嫂是結婚那天見過這種熱鬧，以後再不曾有過，這輩子她們還沒喝過酒呢。三表哥說是為提高婦女地位，又在瞎謅了。

從東吃到西，打長江三峽回南京。蒜苗切丁，生拌麻油，辣刺刺的釘在舌根上，嬲出淚花。我們叫蒜苔，台灣在大陸人來之後才吃，它如香椿拌豆腐、香椿炒蛋，都是。或者從香港進口，或者種的太少，頗貴，今都普遍了，母親拿蒜苔炒肉絲，不知可以涼拌。銀耳、蘑菇亦可涼拌。萵苣撕條曬成乾，叫苔乾，涼拌蝦米，這裡的蝦米很小，母親後悔沒帶蝦米來。春天吃薺菜煮蛋，防頭暈。髮菜，諧音發財，香港人過年必吃的，竟是產在甘肅的山珍，一直以為是藻類海味。母親帶來三包新竹米粉，準備亮一手台灣料理，到走之前仍沒有做成，口傳心授，教給了三表哥。

二哥哥從老家來送行，巴士坐八小時，肩上揹著一個大包袱，打開來，一張張折疊整齊的煎餅。慈表哥回揚州偕妻兒復來，扛一袋蕎麥，他算個體戶，發了。下午三點的中國民航飛香港，中午表哥們攤開煎餅，鋪上一層韭菜碎末，包起來烙，跟蕎麥粥一起吃了。

「上言加餐飯，下言長相憶。」他們都是平常人，未必知道的。

一九八八年七月五日

秭歸

「我在巴東三峽時，西看明月憶峨嵋。」船過巴東，江北岸斜斜上山有一座縣城，叫做秭歸。

原來屈原有一位姊姊女嬃，知道弟弟被流放到這裡後，特為趕來此地安慰弟弟，後人就稱這個地方叫秭歸，前可望見西陵峽。

這一程船上，三表哥談著姑姑計劃買下一間房子，未來父親返鄉定居，姊弟兩家都住在南京，親人往來很熱鬧。玄武飯店前中央路是抗戰以後才開的，新興區，許多高樓正建，姑姑想在那裡買一層，新建的有電梯，居高清曠可供父親寫稿。

姑姑是很興頭的來找三表哥商量。三表哥潑了姑姑一盆冷水，人家在台灣住公寓樓房都住煩了，喜歡有樹有花接近大自然的，別以為這兒當寶的人家也當寶。

考慮良久，姑姑想起中山陵附近有許多單家獨院，能不能找到一家，的確那一帶空氣好，更適於寫作思考。三表哥倒笑了，那邊的房子輪得到我們嗎，早給高級幹部分配住了。姑姑卻說咱們有台胞，何況還是聞名的小說家呢，應當爭取。

父親聽著笑起來，他這個姊姊把弟弟當成也不知多麼了不起的人物了。

三表哥叮囑姑姑先別急著提此事，待我們探親一個月完，實際看了這邊的生活條件和氣氛，心裡什麼想法還難講，再談。姑姑七十一歲，三表哥四十初，兩代人，兩樣觀念，兩樣行事了。

來大陸之前，我們住了十五年的家，後山給剷平了，準備蓋別墅住宅，一家人討論著是否需要訂一棟新屋，父親忽然很感慨，說這幾天正在想，日後如有統一的一天，到底是回去住的嗎？老家或是南京？或不論哪一個地方？好像都不成。從此今生，該就是住在台灣了罷，沒想到自己就成了台灣人。

多少年前我們還住眷村的時候，父親連存錢購屋的意欲也不願有，後來是三個女孩長大了，擠一間上下鋪，家裡的叔伯客人又多，才開始算計搬遷大房子。不覺間，當時的新家亦成了舊屋，暫居之地已是基業所在，對於姑姑熱切而美麗的遠景，父親竟是難以答報。姊弟二人，皆已白髮似雪。

江南岸距秭歸縣城不遠，有個屈原沱。傳說屈原投汨羅江死後，女嬃夢見弟弟乘龍舟回來。次日她到江邊等候，見一條大紅魚溯江而上，頭若艨艟，背鰭如帆，游到這個沱灣，向她點頭三下，巨口一張，將屈原吐出浮在江上，容貌宛然如生。

我們的船頃刻便過了沱岸，回望秭歸，猶覺當年之事都是今天的。

一九八八年十月

走吃千里

去新華路小濱樓吃黃昏飯，面街的窗上大書紅字、「吃在四川味在重慶」，東西都賣光，只吃了擔擔麵和蠶豆。

五月二日來到重慶，碰上重慶十數年來最高的氣溫，攝氏三十九度，山城一片煤灰，霧煙不散。街人活動的節奏比成都快，時尚敏感度亦可與廣州同步。天驟熱，新裝紛紛出籠，女人透亮的裙衫裡不著襯，衣褲畢現是一種時髦。我們從春寒的四月打南京、蘇北、西安到這裡，最薄的衣服也是厚重牛仔褲和一件春秋長袖衫。在這種情況下，當然大名遠播的重慶麻辣火鍋還是要吃的，時間倉促湊和的結果，安排在正午一點鐘，店名是名店，叫做「一把火」。

一排鐵皮搭房子，屋基低於路面，矮矮的，站路上約莫可與房屋齊高。「一把火」店裡兩口炭爐，嵌在兩張水泥磁磚桌裡。一口給我們台灣來的輕量級，坐放一海缸炒菜鍋，麻褐色油封住鍋面，沸時也不見動，滾騰急了才逼出低低濃煙，在鍋上滯迴。另一口海鍋用井字形鐵架隔成九格，平常可供九人吃，一人涮一格，重量級麻辣，現在給陪我們來吃的本地鄉親。

嚇那些涮料——先講講我們家的火鍋。鍋是那種民國五、六十年眷村日子用來燒洗澡水的盆鍋，寒冬盛況，少年壯漢十幾人，站吃，一圈涮過後退下捧食，換第二圈人上涮，退去再輪上，稱之爲拿破崙方陣。站吃，容積大，飽暖得下至腳板底，上至胸脯口，丟下一句麥克阿瑟離開菲律賓時的名言，「我將再回」，退到旁邊跺跺地，頓頓身，不久果然再回來又吃。眼前的麻辣鍋，大刀闊斧，羊肚哪裡像台灣的切絲條，一塊塊巴掌大。鴨腸，魷魚，及來自東北長白山有象耳朵大的木耳，終於叫我跟爸爸媽媽喊輸。

媽媽獨自佔坐電扇前面凳子，與輪胎大嘩嘩轉動的立扇臉貼臉吃，吃不了兩筷子，朝電扇伸出舌頭滋滋散辣。一片哀救聲，夾雜可口可樂劈劈叭叭的開罐響，刺洌洌澆熄舌腔大火。洗了趟蒸汽浴。

吃完回小巴士，燙車不能沾座，胃給辣得疼起來。去大陽溝市場，買花椒四兩帶回台灣，台北「紅坊」的麻辣火鍋只辣不麻，此地可麻得人嘴唇腫癡，四肢微痺。走去「人道美」買乾貨，黃昏太陽正烈呢，店已關門，到隔壁買雪糕消渴，卻說時間已過不賣，不賣就是不賣。娃娃雪糕一枝三角五分。

在西安，自然要吃羊肉泡饃。我們的伙頭軍三表哥早一天先搭硬臥到西安張羅吃，他的烹飪技藝是江南派，一樣菜一種滋味，用醬醋油鹽之間幽微細緻的搭配襯出每一種不同菜料的特質，複雜而多感。來到西北，一概只有二味，酸跟辣。三表哥頗看不上眼，但第一餐也應景做了涼粉拌酸辣醬，算入境隨俗。

次日早晨吃豆奶，圓餅是粗麵做的，略帶鹹味好吃，三表哥答應明天叫我一大早起去市場看做圓餅。小妮領我們走路到大雁塔，居所郵電部第四研究所宿舍，轉彎是小寨東路，長安大道直，再轉彎便見大雁塔。路兩旁仿唐建築全賣吃，涮羊肉，泡饃，北京佳味木爆肚不知是啥。爲觀光客在興修的建築物馬路，揚起半天沙，蒙蔽初吐芽的法國梧桐和白楊，灰灰渺渺。大雁塔就在那裡，初建於西元六五二年，與今日何曾相干。不如看吃，鄉人擔籮裡的香椿一把一把，油碧似肥蟲。

那幅佔據了一面牆的寶藍色大招牌，代表浩瀚星空，一對年輕父母伸出雙手，自宇宙光環中迎接一個白胖濃髮的新生兒，底下一行標語寫著、「爲了實現四個現代化一對夫婦只生一個孩兒」。光環頂上有一顆原子軌道圖案，把一彎弧美術體英文字母截開分在兩側，一側是 YI DUI FU FU ZHI（一對夫婦只），一側是 SHENG YI GE HAI HRO（生一個孩兒）。這些毫無內容的拼音字母，是僅供外國人依音索字唸出一串奇怪發音的中國話嗎？搭二十七路去炭市街自選市場，經過招牌底下，令我十分困惑。

自選市場一樓賣蔬菜副食，特擠。二樓即我們的超級市場，空空落落很荒涼，去年開設的，雀巢咖啡和整排架可口可樂積著灰。買了四包貢珍米，即黑糯又叫血糯，恐怖的名字，摻米煮成粥，好吃透了。離開時，回首一望簇新的五層樓，橫幅書寫著招牌大字、「炭市街蔬菜副食自選商場」，每個粉白國字底下附朱紅色英文字母拼音，TAN SHI JIE SHU CAI FU SHI ZI XUAN SHANG CHANG，是譯給誰看的呢？

吳天明遂請我們在人民大廈吃全套。當天先至西影廠，貴賓室牆上掛的兩條幅字、「樵客出來山帶雨，漁舟過去水生風」，好像說的是吳天明，其行事爲人，其幾年來掀起的瀟湘風雨。

因爲看過《紅高粱》，放映時自己去逛廠。西安名勝古蹟繡成堆，時人有吳天明和他底下一幫子新導演，就激起我較量的反叛心。南北朝時代，南朝款待北朝使臣，請其賦詩，有「人歸落雁後，思發在花前」句，南人始不敢輕之。臨對泱泱大陸，竟萌生自己未曾預料到的台灣意識，要叫你們不敢輕之，叫你們忘也忘不了。

映完《紅高粱》，小巴士先開到廠宿舍，吳天明家去取照相機，邀我上二樓參觀。廠長住家，一廳，二臥，一廚，無浴室。有漆白色的長書架和長衣櫃，是張藝謀給設計做的。女兒十八歲，臥房牆上貼滿日本的廣告海報和青春歌手。跑下樓時，吳天明說想送我一件貴重東西，六千年前古董，然恐怕不能帶走，想辦法以後帶。他是會人來瘋，赤膽熱忱，但也假也眞。

人民大廈一九五四年改建爲賓館，五樓一間廳房裡，舖地毯，蕩蕩綽綽足可放兩枱乒乓桌比賽，唯置一張旋轉大圓桌，正中插盆牡丹，四、五枝。派頭闊，排場大，叫我對吳天明好生失望。這也是因爲在座還有李嘉夫婦，及陪伴其夫婦自北京南遊來的全國記者協會誰誰，擺給他們的排場罷。

全套陝西風味小吃——怎麼能在這種瓷碟瓷盅的地方吃。果然，五星級的服務，粗菜細吃，陝西風味盡失。八涼碟，駝蹄羹，葫蘆雞，辣子蒜羊血，炒涼粉，羊肉煮饃，米面皮，酸湯水餃，箸頭麵，蕎麵餄餎，小籠包子，黑米稀飯，酒喝桂花稠酒。

吳天明三原人，出外景常常曬得黧黑，人喊他三原黑太郎。三原名產，蓼花糖，芝蔴古洞。

離開西安前一晚，他來住所談話，提到他電影的粗獷風格，所以想跟我合作看看，會弄出個什麼東西，《老井》即他跟張藝謀的合作而又完全是他個人的。他說：「想和你合作一部電影，到將來很久以後咱們都不在的時候，咱們的名字留在那裡。」

所以像我那樣誹謗他，他自然是笑看。

廠裡一棟紅磚倉房門口，上掛標示嚴禁煙火，樹籬前立著一面牆大的看板，勾漆黃色邊，白底黑字標語，童兒體寫著、「爸爸，您工作時千萬要小心點，您的安全就是我和媽媽的幸福。」

四月二十四日入豫。清晨被火車上的播音鬧醒，前面是開封，音樂播放出台語歌〈望春風〉，我們吃著姑姑做的乾糧，五香蛋，鵪鶉蛋，和年糕。過鄭州以後，漸漸出現黃土高原窰洞，泡桐灰紫色花一樹樹舊舊的開著，小麥和白楊的綠意遂是如此可喜了。到洛陽站，下車搶燒雞。女販大姐活像夜叉把關，大喉嚨連喝連罵打殺人，居然賣了我們六隻雞。燒雞按重量已拴上標價，很奇怪她大姐不會把六隻雞加在一起算，非要兩隻加一次算，給錢，找錢，便這樣給三次，找三次。一團亂仗中倉皇爬回車廂，細算算，少找了我們兩元三角，已是手下留情啦。下午入陝，經三門峽，人門鬼門神門，吃掉一隻雞，粗勁透味。潼關站，華山在望，走遠了，漸變成淺淺一點蛾眉在荒天荒地裡。

到南京，必然要吃夫子廟。市台辦請在晚晴樓吃秦淮六絕，意思是把附近分散的各種有名風味小吃集中做一處，省得東一家西一家跑，其實這已掃興。

晚晴樓下面是朱雀商場，樓上只有我們一桌七人，因為除了官請一般人不能進來。偌大空廳，半邊在陽光裡飛舞著細塵，半邊在陰影寒涼裡，兩旁玻璃櫥櫃和架子賣煙酒瓷藝品，好像貨剛到，拆箱拆紙的四處散置。望出去是層層疊疊飛簷亭閣，夫子廟大成殿，橋那邊正修建仿明街樓，開闢觀光區。六絕之前先來冰糖葫蘆，竹枝上串著山楂橘瓣裹糖，紅棗，冬瓜糖，綠軟糖，色澤繽紛。應當開向百姓萬民，呼來吃，銀錢叮噹亂響，才是風光。

女侍上一道絕，吆喝一聲介紹，乾濕配套，雨花茶配五香蛋五香豆。二絕、配套開洋干絲，奎光閣細沙燒餅薺菜燒餅。三絕、配套六鳳居豆腐澇，蔥油脆餅。四絕、奇芳閣什錦菜包，回滷干。五絕、配套牛肉湯，蔣有記牛肉鍋貼。六絕、配套四喜糕，桂花小元宵。

晚晴樓隔街是奇芳閣，掛一條幡布寫著「百年老店」。最早是回教人開，清眞茶樓，奎光閣也是。後者在科舉時代專做來南京趕考的生員們的生意，科舉廢後，清早的茶客是生意人談買賣講行情，晚半天的則多爲聽書閑人。前者似乎常常供調解是非，請出青幫老頭子拉場，三五桌，給對方賠不是，老頭子亦只消在飯飽之後說一聲「諸位茶資，某某惠過了」，就算完事。茶客不同，俗諺謂，奇芳閣、奎光閣，我們各吃各。

蔣有記是一家清眞館子，抗戰勝利後跟六鳳居、小巴黎合稱夫子廟三家。小巴黎是酒吧間。當年蔣有記的牛肉鍋貼，師傅自己說有十好，一是牛肉新鮮料子好，二餡子切得細碎好，三小佐料保證口味配得好，四餡子拌得匀當好，五皮薄不破包得好，六煎得不生不過火好，七火工香脆不焦好，八油放得多而匀好，九帶滷汁吃來嬌嫩好，十不敢說好，恐怕人家講是吹牛。

當年南京的大小茶館，無不兼營干絲和燒餅，上茶館無不先吃干絲。燒餅以蟹殼黃著名，形如螃蟹，色似煮熟的蟹殼，這在敦化南路名人巷裡一家蘇杭小館也有的賣。回滷干是薄片的炸豆腐用水回煮後吃，以去殼清漿壓製成的豆腐爲好，點漿最要緊，過濃食後感到澀嘴，過淡豆腐軟塌，炸煮後沒韌勁。

吃包子就要去揚州富春茶社，光緒十一年庶民陳步雲所創。煙花三月下揚州，有三丁包子雞丁肉丁菜丁，洗沙包，肉包，翡翠燒賣。什錦菜包是菠菜用沸水燙至八分熟，刀剁碎，摻和芝麻屑木耳豆腐干跟貼爐麵筋，加糖加鹽，拌小磨麻油做成的素餡，上桌揭開籠蓋，煙霧蒸漫中出現碧綠點點。

五香蛋最講究是用頭生蛋。經過金陵飯店背後的個體市場，有人賣旺蛋，即快要孵成小雞的蛋，頂補。旺蛋對面是家戲院，正上映胡慧中主演的《歡顏》。我們的淡水渡船口有一家賣鐵蛋，全省馳名，現已企業化打入超級市場，搭公車一站便可買到。

不屑於做觀光客的我們，可如今完全是觀光客的在這個夫子廟櫥窗裡做高檔享受。當年普遍民間高水準的吃藝，如今已抽離獨外，一般餐館家庭，連麵粉也劣質，豆腐也粗老，何至於如此。爲了觀光業，污塞的秦淮河正在疏清中。

在台胞接待站玄武飯店吃到鰣魚，是李杭育小說《最後一個漁佬兒》裡，捕到的卻寧願給貓吃了也不給人吃的長江鰣魚。初夏時有，踰月則無，故名鰣魚。但這條必是冰凍很久的過時老魚，貴且味差。主人搞不清楚是什麼官，皮膚白潤，一些海外資訊都知道。蘇北老家的官，便像瓦崗寨莽雄，疑心我那隻隨身揹著的黑色大揹袋裡是黃金，要我們投資鄉里，不然捐錢搞部車，待知悉我們只不過是寫讀之人後，那麼搞幅字來也行，宴前擺出了紙墨請父親寫字。

返台前兩晚，江蘇海外聯誼會會長接去丁山賓館吃飯。會長本身是學農業科技，多少年前與陳若曦夫婦同在南京大學裡一個院落。他談起六六年陳氏一腔熱情回國，七四年離開，當時國內的知識份子，包括他，都是這樣的。不迴避，正是那幾句，不多不少，也坦誠，也淡化。各種話題都能談，而且是美食家，上來的菜，一一講評。活捉鳳尾笋，活捉是一種做法，滾水中燙一下撈起，鳳尾即青江菜，鋪一疊筍片，綠的綠，白的白，沃沃一盤。越接近回台灣的日子，似乎新一代科技官僚明朗作風的氣習也跨海吹過來，開始聞得見了。

拿破崙說，「離心最近的是胃」。管住一個男人，要管住他的胃。

在這裡，我們會開兩個小時的車子去澳底僅僅爲了吃黑毛或石斑，會九彎十八拐爬上山仔后僅僅爲了採幾棵高冷蔬菜回來素炒。所以三民主義統一中國，吃先去統一吧。

一九八八年十二月十八日

陸沉之都

清晨的田野有浮在草上的霜煙，這是八七年深秋從都靈到威尼斯的早班火車上。

當時我還不知，此後將再次三次來訪威尼斯，踏遍其間迷宮小徑，熟到天心託我買木漆盤和皮製浮凸雕紋書夾時說「就是橋下去第二家」，彷彿自家居住的這個台北市。事實上，台北居大不易，太多街道也許我一輩子都不會經過，卻在迢迢千里之外短促時間內走爛異城的巷弄，令我百思不得其解。

因爲旅遊每到一地，頓生悲觀無常之感，認定此地必是最初的也是最後的一次看見，從此今生再沒有第二次機會再來了——譬如若不是腦筋秀逗的馬克穆勒先生辦了一個台灣電影展，誰會光顧一座義大利東北濱亞得里亞海的、永遠不出現在觀光地圖上的美麗小城貝薩洛呢。譬如若不是都靈影展邀請，食宿飛機免費，誰會來到這個飛雅特汽車總部所在地，並且臨時起意利用空檔無事的三天東遊威尼斯。所以每到一地，我竟完全無法享受悠閑渡假的樂趣，焦灼而激情恨不能秉燭夜遊，以有涯追無涯的慌亂在市街上掃蕩目中景物。

*

當時我不知道還會再來威尼斯。也無任何導遊指南和心理預期，穆勒先生只給了兩條線索，一是下了火車搭二路船在第三站下船即所訂旅館，一是麗多島值得去看。除了威尼斯這個超級大名牌如雷貫耳不得不隨俗到它跟前蓋章留記以示一遊之外，再沒有其它動機。如此一行三人上路，月旦都靈影展所放影片，拜戈巴契夫開放政策之賜才有的蘇聯六〇年代電影回顧展，我們深深被 Sergei Paradzanov 的《被遺忘的祖先的身影》所打動，而頗失望於陳凱歌的新片《大閱兵》。蘇聯電影裡的碩大景觀，地平線高與天齊，人隊在天傾西北銀幕一角踽踽獨行，雪地的雪使人目盲，迴環十萬八千里不見狼煙……

把視覺領域打通一塊。

是的，視覺領域是一片黑暗沉睡大陸。被開發的，警醒著在使用的，原來只是極少極少的那麼一點點。旅遊，往往是在視覺領域裡開疆拓土，見怪很怪，帶來心智上莫大騷動。

就這樣，我忽然發現我們的火車正駛入汪洋之中，遠近星佈浮標和樁柱。生平所未見，跳起來張望，是一條水上狹路，前不巴岸後不巴涯，恐怕潮水稍漲就把鐵道淹沒了。驚嚇約餘，漸漸看到有船有屋像一處港口的模樣，倏忽已進站靠停。

森敞建築疊蔭裡是亮錚錚的車站外面，有水光，燕影乍閃即逝般誘惑人急跑出去看它，「啊！」自東徂西，水上的房子櫛比鱗次著秋陽所照刷上一層金粉，水邊繁如春筍的繫船木樁漆成寶藍，然後水光讓這一切都搖晃起來。以下所遇，也像劉阮二人入天臺山邂逅仙姝忘返，歸時子孫已七世。

二路船走運河（Canal Grande），午時的日色水色，漫天撩亂好像飛金屑，船身一斜，一沉，刹那紛紛都淨，原來彎進了一條水道（Rio nuovo）。寬四、五公尺，岸上行人說話可及，幽涼滑行過。有玻璃鋼管搭成蜂巢狀的現代築物，有綠苔蝕盡人去樓空的巴洛可門廊，有文藝復興式窗扇擱滿花盆盛開不知名花，有歌德式欄干晾曬布瀑如茵，有拜占庭廊拱，羅馬式棟樑，愛奧尼亞柱頂。正水路愈狹貪看兩壁細節，忽颳起軟緞涼風，眼前豁然一寬，船入運河，「啊！」灩瀲波瀾，向陽的一半像無數金幣花花在跳，背陽的一半則水靜琉璃。麕集其中的榭閣樓臺，陰處見是翠藍的，水晶紫的，黛綠的，天鵝絨黑的，猩猩紅的，轉在陽處便全都溶做了楓金色。而遠方運河出口早已海天迷離，浮洲之上恍若一座熠熠宮堡（St. Giorgio Maggiore）。

第三站（Accademia）下船，石板道旁只是一戶戶閉著的門和小窗，碰到一扇上面捲曲伸出藤鬚般鐵條懸掛小招一盞，謙虛標識兩顆星，即旅館。叫門而開，別有洞天，小人國似的家具和雅亂佈置，舊且細緻，更像是一個家裡。悄步登上木板樓梯，房間推開摺葉窗，「啊！」陽光曝亮的天井爬滿了青碧植物，是薔薇。越過天井看見橙紅瓦頂錯落，咫尺天涯有一座教堂鐘樓。

先遊運河罷，船亭買了一份地圖。方向搭反，船竟開出運河，下船欲換船，卻誤闖入千百隻鴿子陣，一片咕咕聲造成低長的共振波，像把地表輕撼起來，撲翅一飛令人愣爲下大雨。看哪寶藍時鐘塔，色誘直奔去，鴿雨在耳邊響，「啊！」大廣場，原來到了威尼斯的地標聖馬可廣場。

那寶藍鐘雕，深邃若星空，環刻古祕羅馬數字和塗金的十二宿座，黃金指針，黃金刻度。鐘塔上站立兩個青銅鑄的敲鐘摩爾人，五百多年來，日日準確報時（之後讀指南得知）。

轉身望時，大鐘樓（九十九公尺）尖頂在雲中奔馳，不，當然是雲動，而仰之彌高，雲跑得那樣快以至鐘樓像水中倒影搖曳欲墜。悵寥廓，無甚遊客，驀然回首，塔底拱門通往一條輝煌商店街（orologio）誘人進入，「啊！」三岔路，三綺麗，分身乏術，倒戈對一條路跑去，花明柳暗突然展開一幅畫，石橋、綠渠、白壁、紅牆、黑天鵝般小舟（gondola）簇簇泊在渠邊，舟上有划夫穿藍白條紋燈籠袖襯衫。上石橋，前面一幅畫，斜坡市招纍纍如美果。橋左一構圖，橋右一構圖，下石橋，二分路，路左一框景，路右一框景，只好朝前跑，邊又朝後看，「啊！」剛才的來時路翻做許多人家窗廊陽臺，蕾絲簾紗爭白鬥雪，家家養花。只好向前走，魂飛魄散不知所蹤之時（根本無暇看地圖），鑽出一葛蘿石巷，天啊怎麼倒走回來大廣場？鐘依然，樓依然，人卻剝了一層皮。仍不足，再從一入口跑進去。

這樣我似乎有點明白了，所謂千眼神通，千耳神通，千手觀音，等等之類，結果就是盡人間聲色感官之所極，來不及要看，要聽，要拿，要種種，才不管它千歲髑髏生齒牙。

這樣，片刻未停，一直跑到天黑，城市已換妝出現。有時接上耀燦主幹道，順下班疾疾返家的人流並行。有時逆流而走，人影漸稀，轉角忽逢剔透小店，白髮老翁伏案吹出一隻玻璃小甲蟲。有時認爲前方有路，卻水道橫擋是後街後窗的霉潮氣。否則幢幢如入死巷釁鼻貓尿味，走到底卻一折上了石階，橋頭半個月亮觸手可摸。有時沿壁躡行，壁裡人語歷歷，行出壁道竟是暖黃食街，披薩舖香腸舖生鮮舖，蔬果舖多有未見過的奇葉異實令人留連眷歎。如此終於走到了燈火闌珊須循聖馬可廣場路標找回原途跟碼頭趕搭末班船，不料撞進繽紛華屋，吊滿舞劇面具的魅麗影深裡一女在鹵素燈下沾著銀粉仔細塡描一具臉譜。夜風颼颼，急行軍回廣場渡口，一身汗，矇眛不知根本不必搭船，穿街過橋幾分鐘步程就是住處阿卡得米亞渡站了。

我與威尼斯睹面相逢，一頭栽在當中，無能縱覽（地理的）亦無能全知（歷史的），純粹動物身竄東竄西，迷途忘歸。這是頗違反一個年過三十的青壯年接受這個世界的方式的，憑官能行事，太缺乏安全感了。回到旅館所以開始看地圖，翻閱廣場上買的一本精美圖冊，原來這般，把混沌海空總算規制出清晰的座標，撫平騷亂，好像注射了一管鎭靜劑。

次日，按圖索驥，橫越城市東南至西北對角線，以及每每被各種歧路引誘岔開，可謂踐踏威尼斯殆盡。宛如戶口普查員，核對街巷水道的名字與地圖無誤，感到無比欣慰。又或尋寶圖一樣終究找到某棟建於六世紀的教堂，果然吻合圖片所示，滿足離開。我委實不懂何以要如此熱烈知道這些再不會跟我有任何關係的街道建築物名字，彷彿一個符號搜集狂。

於是去了麗多，乍見它，只覺四字可描述——用後即棄。

顯然它是渡假勝地，單調平廣的沙灘夏天時一定密佈日光浴的人體，但現在，通衢大道上旅館深掩，商店不開，公共設施荒蕩閒置著。我們奇怪穆勒先生爲何推薦此島，簡直無物可觀，笑謂：「搞不好威尼斯影展在這裡舉行的。」

＊

次年六月貝薩洛影展，穆勒先生主編出版了一厚本台灣電影專論。展期抽兩天空去威尼斯，八男三女。這半年之間居在遙遠台灣，常從多樣媒體上見到多種威尼斯面貌，每令我駐目一視，老友無恙乎。或者某百貨公司展出水都風情，那些炫爛如夢幻泡影的玻璃工藝跟面具，令我鄙夷冷笑：「你們不要騙我了，我是第一手去過現場的。」握有獨家內幕。因此我也得知，此城每年都在陸沉幾毫釐，眾多古蹟正水蝕溶解中。憤怒的威尼斯市民譴責觀光客數以萬計湧入城市，粗鹵干擾他們的生活，亦加速陸沉。二訪威尼斯，唯見它的朽落，不見它的繁華。並且自嫌是惹人厭的觀光客公害，男女一行十一名觀光客！

就在利亞德橋側咖啡屋涼棚底下昏睏矇矇了，放牛吃草等候集合，滿目遊客。此時天心揹著背包小鹿健行經過水堤，午後沙塵似的太陽光裡走過一個古代旅行者。

我想著人類學家李維史陀的遭遇。他曾希望能活在可以做眞正旅行的時代裡，看到未被汙染弄亂的特殊景觀的原貌。然則此念既生，足使無止盡生。到底，要在哪個時代裡去看印度最好？在什麼時候是研究巴西野蠻民族的最佳時機？每次若把時間往上推五年，他就能多目睹一個習俗，多得獲一項祭儀，或多分享一種信仰。不同的人類社會之間交往越困難，就越能減少因相互接觸所帶來的相互汙染。若如此，就同時也減少了機會去互相了解賞悅對方的優點，故而也無法知道多元化的涵意。他在兩種矛盾間，一是像古代旅行者那樣，有機會親見異象怪景，但卻看不到那些景象的意義——因爲後來已有的材料和研究方法在當時還沒有，沒有鑰匙啓開景象的意義。若不然，他便像現代旅行者這般，到處追尋已不存在的事實的遺痕。他受到雙重病態困擾，一方面他好反感他所看到的一切，一方面他又不斷責備自己何以未能看到太多他應該看得到的眞相。

至今，不比偉大的人類學家，我也在幽怨只能看到過往事實的痕跡，而同樣我也沒有「後見之明」足以看得到目前正在成形的事實。幾百年以後，就在此刻我瞌睡的地方，會有另外一名旅行者，其困境程度和我不相上下。

八九年九月威尼斯影展，再來此地。巴黎轉機直飛抵馬可波羅機場，有計程船來接直出大海，有赫赫女明星同船，船直達一蒼鬱城堡（Hotel Excelsior）之下，船上的我們不可思議相望一眼。前年深秋遊麗多時曾經走海灘直到這座城堡決定折返，穿越空敞華美的拱廊大廳出來是大馬路（Lungomare Marconi），過馬路下石階即花樹碼頭，綠葛如帳，走帳裡進去是城堡地下名店街。當時我們在碼頭前照相爲記，戲言：「下次來就是參加威尼斯影展嘍。」

行李拉上大馬路，叫車開赴旅館，不可思議車停之處，前年來時我們亦在其前拍攝一照，那是麗多最誘惑我的一棟房子（Hotel Hungaria Palace），窗扇和石塊拼壁像鮑魚貝上的珍珠光澤又紫又綠，如今是台灣代表團的住處。見某報先來數日的記者騎一輛白色單車繞來，異國重逢，一笑泯恩仇。

於是得到了金獅獎。然而三訪威尼斯，哀悼更深。因爲巔峰只有一次，紫微命理，發過不再發。那麼眼前諸般，這就是一次巔峰了嗎？日子正當壯年，爬上山坡就要下坡了嗎？不，我們要打破宿命。

好罷，打破宿命。

這意味著非但要打破生物年齡的限制，還要打破創作力衰老的桎梏。前者可以鞭策，後者呢，多少要靠點運氣的。看哪，從聖馬可廣場搭船到麗多的十五分鐘航程內，漸行漸遠時，淡成霞色的威尼斯變做無基之城，浮在平波無浪鏡藍的水中。陸沉之都，時間的宿命，有一天，連同我們連同創作都將陸沉之中沒有名字了。

南風起，吹白沙，遙望魯國何嵯峨，千歲髑髏生齒牙！

一九九二年八月廿四日

來自遠方的眼光

本文爲《荒人手記》英譯本出版於美國科羅拉多大學東亞系的演講稿，由譯者葛浩文（Howard Goldblatt）主持介紹。

前言：1

這次會來到這個地方，跟大家坐在這裡講話，對我來說是一件不可思議的事。若不是《荒人手記》譯成英文出版，目前的這一切都是沒有可能的。

所謂不可思議，有兩點。第一，我一直以爲，創作者與其「說」，不如「寫」。因爲一個創作者，他所說的，絕對不會比他所做的更多，更好，絕對不會。他的精華，他的最好的部分，都在作品裡，除此以外，沒有了。中國人有句話說，天何言哉，天是最偉大的創作者，但天並不說任何話。總而言之，我認爲創作者應當少說多做，而且最好是閉嘴。但是，你們看，我現在正在這裡滔滔不絕。

不可思議的第二點是，各位朋友你們坐在這裡，願意跟一個台灣來的人對話。假如在台灣的前面不加上一些形容詞，好比「在中國陰影下的」台灣，也許，台灣對各位來說也是模糊沒有意義的。照我個人淺薄的理解來看，各位當然是基於研究工作上的需要而聚集在這裡。我想像中的各位，既嫻熟於後殖民論述，也配備「去中心化」的思想，對異文化又抱持好奇心跟熱情，才會聚集在這裡對話。

因此根據我想像中的你們，我把我這個講話者設定在某個座標上，或者說，我把我自己當成一種眼光，一種異文化的眼光。這眼光既被你們所注視，也注視你們，加起來，也許就是此時此刻我們共聚一堂的所在的處境。

2

異文化的眼光，來自遠方的眼光，人類學家李維史陀（Lévi-Strauss）有一本書叫 *The View from Afar*——從遠方來看。李維史陀曾經說，人類學者對自己所屬社會的態度，他不是內部的一個成員，而是置身於社會之外的一個觀察者，無論時間上還是空間上，他都是從遠處來看他所屬的社會。

在這裡，我稍微岔題一下。去年十一月，一部由我改編，侯孝賢導演的電影《海上花》（*Flowers of Shanghai*）在巴黎上演，其實是一部曲高和寡的電影，在巴黎卻大爆冷門，到現在已有二十萬人次的票房，還在上演，被選爲去年度法國十大賣座影片之一。《解放報》（*Liberation*）

訪問侯孝賢時提出一個問題：「我們法國人說，戲劇性（action）並非你影片的中心，反而是給放在影片的背後，外圍。銀幕上呈現出來的，永遠是發生在戲劇性之前的，和之後的。請問這是不是中國人特殊的看事情的方法？」

侯孝賢回答說：「是的，戲劇性不是我感興趣的，我的注意力總是不由自主的被其它東西吸引去。我喜歡的是時間與空間在當下的痕跡，而人在其中活動。我花很大的力氣在追索這個痕跡，在捕捉人的姿態和神采，對我而言，這是影片最重要的部分。至於戲劇性的隱藏或沒有，是否表示中國人特殊的看事情的方法，我其實並不自覺。我曾跟編劇朱天文談起這點，她說貴國的人類學家李維史陀有本書叫 *The View from Afar*，這個 view，如果很遠，更遠，再遠，遠到是在地球之外看地球的時候，看到的影像是什麼呢？若以此比喻，也許中國人偏愛遠觀，他不是那麼逼近的剖視人生，所以他也一向不看見戲劇性。」

侯孝賢曾說，拍電影是取片斷。好比一匹布放進生活的染缸裡浸染透了，拿出來截取一段裁衣，部分人是截取戲劇性的一段，部分人呢，截取不是戲劇性的一段。而侯孝賢總是，截取不是戲劇性一段的那一部分人。

看的方法：1

截取片斷，不論是生活的片斷、歷史的片斷、文本的片斷，我們都是在截取我們所看見的那一部分，或者說，截取我們「想要」看見的那一部分。

我們生活在眾人的眼光，和我們自己的眼光之中，經年累月，已經習以爲常，習焉不察。這眼光包圍著我們，讓我們以爲，我們看見的，就是世界，就是事實的全部。當這包圍著我們的眼光內化爲我們身體的一部分時，我們會變成，我們「想要」看見的東西，我們才看得見；而我們「不想要」看見的東西，我們就果然也看不見了。

那麼這時候，創作者的出現，似乎就有其必要。創作者是做什麼呢？創作者是一群帶有異樣眼光的人。他看見了某些東西，把它截取出來，呈現在我們前面。他是把我們習以爲常的眼前熟悉事物，予以「陌生化」（alienate）的一種人。

是的，陌生化。

陌生化提供了不同的眼光，不同看世界的方法。

陌生化不一定是新奇，令人感到愉快的。它可能很危險，如同班雅明（Benjamin）描述他自己的文章，「像路邊的武裝強盜，發動一場攻擊，解放了被定罪的懶散者，事物的事實性從一種囚禁中釋放出來。」所謂囚禁，是指包圍著我們的習焉不察的眼光，陌生化刺穿了包圍，把我們這些慵懶散者照射得睜不開眼睛。

2

陌生化，是一種看的方法。

此處容我再岔題一下，有本談繪畫的書叫《看的方法》（*Ways of Seeing*, by John Berger）。一九七二年，柏格根據他爲BBC製作的同名稱的影集寫成此書，是七〇年代藝術社會學的一個里程碑。

書裡講到歐洲的裸體畫。裸體畫的開始是描繪亞當與夏娃。中世紀時，這個故事用一景接著一景連環圖的形式出現。文藝復興時期，敘述的順序消失了，而把這個赤身裸體描繪成羞恥的片刻。待繪畫變得更世俗以後，其它主題也紛紛出現供裸體畫之用。但是，差不多所有裸體畫都有一個共同點，即某個女人，在被某個觀賞者所看。她並非像她在畫面裡的那個樣子赤裸著，她之所以赤裸，是因爲有一位觀賞者在看她。此觀賞者，通常，是被假設爲男人。

歷史上很長一段時期是，男人行動，女人出現。男人注視女人，而女人注意自己被男人注視。這不但決定了大部分的男女關係，也決定了女人與自己的關係。女人自身內部的觀察眼光是男性，而被觀察的是女性自己。女人把自己變成一個對象（object），一種景觀（sight）。

我們知道，一個赤裸的身體（nakedness），必須被當成對象，用來展示，才會變成一幅裸體

（nudity）。裸體畫其實從來沒有赤裸過，它是另外一種形式的穿著，它穿著觀賞者的眼光。

柏格指出，值得我們注意的是，其它非歐洲的傳統，印度、波斯、非洲、哥倫布以前的美洲，赤裸，從不以裸體畫的這種方式仰臥。那些傳統裡，如果作品的主題是性吸引力，通常就表現爲兩人之間主動的性愛，女人和男人同樣主動，是彼此吸引的動作——「我們都有千手千腳，從不獨行。」

然而我們看，幾乎所有後文藝復興時期（post-Renaissance）歐洲的性想像，都採取面向觀眾的姿勢，因爲性愛的主角是正在看的觀賞者，也是擁有者。這位主角，這位觀賞者擁有者，從未被畫進畫裡。這樣的裸體畫，在十九世紀學院藝術中到達顚峰。柏格說，成千上萬的裸體畫所形成的傳統中，大概只有一百張左右例外。這些例外是，畫裡赤裸著的女人，被人所深愛著。畫家對他所愛的女人的觀點是如此強烈，以致根本不容許有觀賞者存在。畫家的觀點結合了他跟畫中的女人，畫變成了他們兩人的海誓山盟。畫家把女人和女人的意志畫入形象之中。畫入女人身體和臉部的表情上。觀賞者站在畫前面，他只能見證，見證這幅海誓山盟。觀賞者被迫認知自己是個局外人，他不能欺騙自己畫裡的女人爲他赤裸。總之，觀賞者不能把她變成一幅裸體畫。

當然，來到現代藝術中，裸體畫變得不再重要，藝術家開始質疑，那是另一個故事了。大家不妨比較一下，十九世紀中葉的播下印象派種子的馬奈（Manet），他畫的奧林匹亞（Olympia）裡的裸體女人，跟十六世紀提香（Tiziano）的烏畢諾的維納斯（The Venus of Urbino），兩位裸女的不同。

3

所以呢，看的方法，ways of seeing，從歐洲繪畫史來考察，也經歷了好幾次的變革。

讓我們來複習一下這段變革。譬如透視（perspective），是把西方藝術的特點，技術上用遠近法、明暗法，在文藝復興時代初期確立。透視把我們的眼睛變成這個可見世界的中心，所有事物都收納於我們的眼睛，我們的眼睛是所有時空的消盡點。可見世界因觀察者而分佈，就像宇宙被當成是上帝在分佈。對透視傳統來說，沒有什麼視覺的交互關係。上帝不必以其他人定位自己，他自己本身就是定位（situation）。透視有一個矛盾是，可見世界既然由這個觀察者所結構出來，但是，這位觀察者可不像上帝，他一次只能在一個地方。他是非此即彼（either/or），他不能既此且彼（and/and）。

後來照相機出現了。它把事物的瞬間凝固在那裡，我們所看見的是當時我們所在之處。以前，形象是延續的，永恆的；現在，形象是「此曾在」。我們很難再認定，所有事物都是收納於人類的眼睛之中。我們的眼睛，不再是無限時空的消盡點。照相機告訴我們，並沒有所謂中心。

印象派繪畫呢（Impressionism），如同大家知道的，是現代繪畫的始祖，是文藝復興以後西洋繪畫的終點，也是新繪畫的起點。這時候，世界不是爲了被看見而展現在我們面前，相反的，世界不斷的變幻，稍縱即逝，是無常的。

於是立體派繪畫（Cubism）接踵而來。世界不再是單一眼睛所看見的，卻是從被描繪對象的周圍各點所可能看到的樣貌的總和。塞尚是現代繪畫之父，塞尚把物體從各個不同的正面去看，然後把它們畫在同一個畫面裡。他不是畫出觀賞者進入畫裡面去的深度，而是畫出物和人紛紛向著觀賞者走出來的感覺，如此觀賞者的目光就被分散吸引到畫中各個不同的物體上去了。

大家看，光是看，方法就有這麼多種。

而柏格說，「我們只看到我們看見的」，所以往往是，我們以爲都看見了，但其實我們看見的是多麼片面，多麼自我中心。我們何不來想想，我們沒有看見的那些部分是什麼呢？

荒人的眼光

最近我偶然讀到一句艾略特的詩，它說：「我是拉撒路（Lazarus），來自死境／我回來告訴大家，把一切告訴大家。」

拉撒路是新約裡進天堂的乞丐。乞丐進天堂，世俗裡的意義很明白，標示著一個較好社會最起碼該有的公平、正義原則。而乞丐與富人平等都進得了天堂，中國人有莊子的〈齊物論〉，離開以人爲世界中心的眼光，拉遠，拉遠，拉遠到星球之外看回來，人與萬物一樣，不過都是一個存在。這樣的眼光，影響了人與人的關係，人與物的關係，人與大自然的關係，也影響了人與他自身內部的關係。

拉撒路說他來自死境，回來告訴大家。死境，是一個隱喻（metaphor），可以暗示任何情況。其中一個暗示也許可以是，人們眼睛所沒有看見的那些部分。拙作《荒人手記》中，死境的暗示也許可以是人的慾望的深淵，無法測試的深淵，我們站在懸崖邊朝下略一望，已經目眩神搖。這時候，是耶穌對撒旦發出的挑戰說了一句「不可試探主你的神」，那死境是不好去試探的。然而，明知山有虎，偏向虎山行，這是幹嘛，無聊送死嗎？是的，創作者就是這樣一群無聊送死的人。

不論是好奇心促使，或是召喚（vocation）推動，他都要一探死境。而若僥倖不死，他從死境回來，要把他在那裡看見的告訴大家。在創作活動中，從死境回來，回來的這個姿態，這個行爲，也許是最重要的部分。

回來的人，他將「同時以拋在背後的經歷，和此刻此地面對的實況，這兩種方式來看事情，他有著雙重視角（double perspective）。」

回來的人，他知道邊境在哪裡。邊境之內是什麼，跨出邊境之外又是什麼。他知道，最大的張力都發生在邊境上。那些曖昧不明、自相矛盾、多重性、歧義性，一切的參差對照，都在邊境發生。回來的人因爲深知邊境的界限在哪裡，知道多深，他去觸犯那界限的量度就有多深，他所撥動起來的力量就也有多深。

創作者將永遠站在邊境上，以他的雙重視角，向邊境裡的人陳述著他所看見的事物。

業餘者的眼光

關於創作活動，和做爲一個創作者，我只能說到這裡了。

《荒人手記》裡荒人的身分—— gay 的角色，他既是一個隱喻的形象，也整個是一則寓言（allegory）。至於他隱喻了什麼，寓言了什麼，應是開放給所有的閱讀者，我若對作品再多說什麼，充其量都是後見之明，跟我創作的當時其實風馬牛不相及。

不過，我可以說說一些自我期許，期許我自己，也帶點壓迫性的，期許今天有緣共聚一堂的我們大家。我期許自己終身做一名業餘者（amateur），在各個範圍、場合、境遇裡的業餘者。

講到業餘者，各位都知道了，業餘者與專業者的重新定義，來自薩依德（Edward W. Said）。他的書《知識份子論》（*Representations of the Intellectual*），我的妹妹小說家朱天心說，在讀的時候一路覺得，只要把知識份子一詞換成小說家，就是對她目前寫小說狀態最貼切的描述和說明。

薩依德說，業餘者只是爲了喜愛，和澎湃的興趣。這些喜愛與興趣在於更遠大的景象，越過界線、障礙，拒絕被某個專長所束縛，也不顧一個行業的限制而喜好眾多觀念和價值。這裡，班雅明跟他是呼應的，總要把事物從一個實用計劃裡擺脫出來，恢復事物原有的初始性，獨特性，把新鮮空氣灌入思想行文中，是班雅明在作品裡想盡辦法要做的。

與業餘相對，專業化，意味著已忘記藝術或知識的源頭，磨滅了事物初始時的興奮感、發現感。陷入專業化，就是怠惰。薩依德說，今天對於知識份子的威脅，不是來自學院，也不是新聞業和出版業的商業化，而是專業態度。專業態度，意味著不破壞團體，不逾越公認的典範或限制，因而是沒有爭議性的，客觀的。專業化，是教育體系中一種普遍的工具性壓力，於是專業知識，和崇拜合格專家的做法，是戰後世界中一股特殊的壓力。專業化的再一個壓力是，專業人無可避免的流向權力和權威，流向被權力直接雇用。

薩依德提出，今天的知識份子應該是個業餘者。他選擇風險和不確定，而不是待在由專家和職業人士所掌握的內行人的空間裡。要維持知識份子相對的獨立，就態度而言，業餘者比專業人更好。我想說的是，如果我們所處的時代，已是高度資本主義下專業化的分工與分割，潮流所至，銳不可當，那麼我願意在裡面永遠當一名業餘者。

業餘者的眼光，他是薩依德的。加上人類學家遠方的眼光，他是李維史陀的。加上荒人的眼光，他是班雅明的。這些眼光匯聚起來的眼光，如果賦予它一個具體形象，它會是，「發達資本主義時代裡的抒情詩人」（A Lyric Poet in the Era of High Capitalism）。

我心目中的讀者是他。他注視的眼光，成爲一位鑑賞家的眼光。我寫給這樣的鑑賞家看，以博取他的激賞爲榮。

一九九九年四月

廢墟裡的新天使

本文爲《荒人手記》英譯本出版的新書發表會而寫，一九九四年四月卅日在美國紐約中華文化中心舉行，由夏志清主持介紹，王德威即席英文口譯。

1

今天在這裡講話，讓我想到布萊希特（Brecht）曾說過：「不要從舊的好東西著手，要從新的壞東西著手。」

什麼是舊的好東西呢？

去年我的父親，小說家朱西甯先生去世，今年一週年紀念的時候，我寫了一篇文章〈揮別的手勢〉，回想我與父親之間到底是怎麼樣的？結尾我說，我們父女一場，好像男人與男人間的交情。

男人的交情，這句話是來自米蘭昆德拉（Milan Kundera）的新作《身分》（*Identity*），書裡的女主角香黛兒跟她丈夫辯論：「我的意思是說，友誼，是男人才會面臨的問題。男人的浪漫精神表現在這裡，我們女人不是。」

然後香黛兒他們展開一段關於友誼的辯論。

友誼是怎麼產生的？當然是爲了對抗敵人而彼此結盟，若沒有這樣的結盟，男人面對敵人時將孤立無援。友誼的發源，可以推溯到遠古年代，男人出外打獵，互相援結。現代男人是不打獵了，但打獵的集體記憶以其它變貌出現，看球賽，呼乾啦，尋歡作樂一齊瞞老婆。於是從結盟衍生出來契約關係，秩序，文化結構，男人接受社會「馴化」的程度，比女人更久、更深，更內化爲男人的一部分。女人馴化程度淺，所以大家公認是女人的直覺強，元氣足。千禧年來臨，「女性論述」大行其道，準備要顛覆男人數千年的典章制度，其勢可謂洶洶。

然而，我如果有嚮往，男人間的友誼會是我嚮往的。它不是兄弟情誼（brotherhood），它比兄弟情誼昇華一些。它是綜合著男人最好的質感部分，放進時間之爐裡燃燒到白熱化時的焰青光輝，如果能找到一句現成的話形容，它是「君子之交淡如水」。當然它也是、「朋友十年不見，聞流言不信」。這兩個，都要有強大的信念和價值觀做底，否則不足以支撐。那樣的底，我一點也不想要去顛覆它。

它們是我的舊的好東西，我的老本，我的底。

2

但是什麼時候開始的呢，假如從作品的結果來看，也許一九九〇年結集出版的《世紀末的華麗》（*Fin de Siécle Splender*），我的那些舊的好東西，顯然碰到了大風暴。至一九九四年出版的《荒人手記》（*Notes of a Desolate Man*），似乎更變本加厲起來。對此，我無以名之，直到前年我讀到王德威給朱天心的新書寫序論，裡面寫說在歷史的進程裡，朱天心與她的老靈魂「正如班雅明（**Benjamin**）的天使一樣，是以背向，而非面向，未來。她們實在是臉朝過去，被名爲『進步』的風暴吹得一步一步『退』向未來。」當下我心裡叫好，一邊在想，這位班雅明是誰，要把他的東西找出來看。

是的，班雅明。關於他的故事，大家比我更早都知道了。他筆下的「新天使」，是表現主義畫家保羅克利（Paul Klee 1879-1940）的一幅小畫，他買下來，即使在他逃離納粹統治，流亡法國的時候，也一直帶著它，甚至曾計畫辦一份雜誌叫做新天使。

新天使是這樣的：眼睛注視著，嘴巴張開著，翅膀伸展著，他的臉朝向過去，看到災難，災難把殘骸一個壓一個堆起來，猛摔在他腳前。新天使好想停下來，喚醒死者，將打碎的東西變成一個整體。但風暴從天上颳下，把他推往他背對的未來。他面前的碎片越積越大，高入雲霄。

班雅明的第一部重要著作《德國悲劇的起源》（*The Origin of German Tragic Drama*），議論的是德國十七世紀巴洛可時期的悲劇，心裡想的卻是二十世紀他所處時代的現狀。巴洛可戲劇的圖像是碎片和廢墟，相對於十八世紀古典戲劇的明確、穩定、協調統一，巴洛可戲劇是混亂和頹敗，零散不連續的。班雅明借十七世紀講二十世紀，開創了他著名的「寓言式批評」。他認爲這個世界並非一個理所當然的既定世界，它展示出來的，毋寧是一個寓言（allegory），正如猶太教法典的教訓說：「聖經的每一段話都有四十九層意義」，世界的每一件事物，也至少都有四十九層意義。

拙作《世紀末的華麗》，借的是上個世紀末奧地利的畫家克林姆（Klimt）的畫。當時的首善之都維也納，是什麼光景呢？我認爲，米蘭昆德拉在他的小說《不朽》（*Immortality*）裡做了最好的描述。他說：「羞恥心和忝不知恥在勢均力敵的地方相交，這時色情處在異常緊張的時刻，維也納在世紀的轉換期經歷了這一刻。這一刻一去不再復返。魯本斯屬於這個養成羞恥心的環境中長大的最後一代歐洲人……」

羞恥心如果是舊的好東西，忝不知恥就是新的壞東西。我從忝不知恥著手，寫出來這本《荒人手記》。

我反省我這一代在台灣長大的人，我們屬於這個養成羞恥心的環境中長大的最後一代台灣人。羞恥心和忝不知恥在勢均力敵的地方相交。這時色情處在異常緊張的時刻。台北在世紀的轉換期，經歷了這一刻。

3

記得五、六年前大陸轟動一時的小說《廢都》，一般評論說是頹廢之都，唯鍾阿城則揣摩賈平凹的意思應該是，殘廢之都。阿城說：「中文裡的頹廢，是先要有物質和文化的底子，在這底子上沉溺，養成敏感乃至大廢不起，精緻到欲語無言，賞心悅目把玩終日卻涕泗忽至。《紅樓夢》的頹廢就是由此發展起來的，最後落了個白白茫茫大地眞乾淨，可見原來並非是白白茫茫大地。」而殘廢之都裡，無物可頹，見到的倒是一片饑渴，性饑渴，食饑渴（省府裡的大文人莊之蝶的菜肉採買單像部隊辦伙食）。《廢都》不諱言模仿《金瓶梅》，不過他露了個底——飢漢子不知飽漢子飽的底。

飽漢子飽的色情，川端康成的〈睡美女〉是個極致。書中描述古代京都的貴族，夜觀美女服了安眠藥裸體睡著，貴族們只能靜臥同一張床上，而絕不能觸碰的，淫觀美女睡姿，卻連試也不試，此中最大的愉悅，恰恰就都在這裡了。

飽漢子飽的色情，假如《荒人手記》勉強能攀附上班雅明所謂的寓言，假如荒人的身分——同性戀的角色——是個隱喻，那麼它的四十九層意義裡的一個意義也許可以是，它暗示著一個文明若已發展到都不要生殖後代了，色情昇華到色情本身即目的，於是生殖的驅力全部拋擲在色情的消費上，追逐一切感官的強度，以及精緻敏銳的細節，色授魂予，終至大廢不起。在小說裡，荒人迷惑發出了疑問，這是不是「同性戀化了的文明」呢？

進步的風暴颳來，舊的好東西已瓦解爲廢墟，新天使試圖記錄這一刻，色情處在異常緊張的時刻。瞬間，這一刻已一去不再復返。

一九九九年四月

站在左邊

舞鶴，舞鶴，還是舞鶴。

去年三月，「朱西甯文學研討會」上第一次看到舞鶴，那以來至今，我終於遇見一個比我還左，還巫，還不社會化的人。

光譜上，如果左邊是巫，右邊是社會化，我以爲我已經夠左了，遇見舞鶴，他才眞是左。也許可以說，他站的地方已是最左，不能再左了。如果一定要往左再跨一步？我以爲，那裡會是有去無回的，非人區。

非人，不是神不是鬼，更不是動物。不知生亦不知死故亦沒有自我意識的動物，著實比人可喜多了。想來想去無以名之，只能相對於人，名之爲非人。是的，那有去無回的非人區，沒有從那邊回來過的報導人（informant），沒有拉撒路——「我是拉撒路，來自死境，我回來告訴大家，把一切告訴大家。」

站在最左邊的舞鶴，其人其文其純粹度，是當世活著的樣態裡我所僅見。他像甸甸澄澄黃金弦，又嚴厲又柔和，一撥成絕響。

我感到僥倖而歎氣。我左邊有人，這樣好像我就有了個仰仗，因爲有人守在那裡守住了最純粹的，這樣我就還能夠跑開些，旁鶩些，蕪忙賤忙瞎忙一通時，心裡總念著，到底還有一個人守住在那裡。

然而八月懊熱得教人灰心的下午，不打電話的舞鶴忽然打電話來，我感覺他也許只是想聽聽人的聲音，人講話。問他《亂迷》寫得如何？他說有點疲倦呢。

啊舞鶴也疲倦了！

他說台灣的島國根性，以前到現在一直就是，小波小浪在屁股底下不停顚，永遠無法安靜無法寫深進去。

這把我也說在內了。常常，我簡直也覺得小說情境根本趕不上現實快速變化的衝擊。去年底參加「族群平等行動聯盟」，今年「民主學校」才聽完八堂課。我說目前正在校訂我母親的譯文，大江健三郎新作《憂容童子》，二十四萬字，老先生眞會寫。總總，都是我長篇缺乏進度的各種理由似的。

對舞鶴，一向我既心虛，既仰仗，但那個熱靡掉的下午，電話裡我發現自己像是，該怎麼說，像是彩衣娛親，對，就是這四個字，我瘋癲嘰呱著一堆民主學校上課情形因爲那些來授課的壯士們（已多年不再講內閣制的胡佛竟然出山再講依然氣概勃勃）太精采了。

我心想舞鶴，你不能疲倦啊，你在我們的左邊，你不能老。終極黃金弦，你怎麼能老怎麼能疲倦。

印刻的同仁告知我將刊《巫言》第三章〈巫事〉，可否寫點說明。一時我只覺茫茫。那是春天時候交稿給印刻打字的，這已是夏末了嗎？我眞羨慕大江健三郎能安靜深刻的寫著。我還有兩章要寫，〈巫途〉和〈巫族〉，計劃明年寫完。首章〈巫看〉，次章〈巫時〉，都已分別發表在報刊雜誌上。

二〇〇四年八月

附錄

舞鶴對談朱天文

林盟山攝

二〇〇三年九月《印刻文學生活誌》創刊專輯

舞鶴（以下簡稱「舞」）：九四年《荒人手記》後，妳避居家中，極少公開活動，十年熬成「巫」，令人欣喜終於「巫」開口說話了。成巫的過程如何，安坐巫位感覺鄭重猶帶輕微的騷動嗎或悲欣交集，長篇《巫言》的動機、慾望是什麼？我閉居淡水那十年，長期處於「無言」中，最後幾乎不能開口說話，之後十年也似「巫言」說個不停，其實在蘊淌著的仍是無言之流。

朱天文（以下簡稱「朱」）：其實《巫言》目前只寫了一半，所以我還在坐牢，完全被它禁錮住的，不得脫離，我希望今年能寫完，就脫離它自由了。九四年寫完「荒人」，我快樂跟好友們說，可以去當白癡幾年了。白癡的意思，是相對於寫小說時候的狀態而言。如果說，一字一字在寫小說的時候是動員了我整個人的全部，那麼非寫小說狀態時，不管是看書，再難再難的無論什麼書，或不管是被逼寫些文論雜文，或寫電影劇本，我簡直都覺得不過只動員到整個人的表皮部分。眞的，就是表皮。是個感官的人，常識的人，即便寫，是寫我已經知道的。只有寫小說，恐怕才有機會，寫我以爲我自己都不可能會知道的。巫之爲巫，也許是在能夠動員到那未知無名的世界，將之喚出，賦予形狀和名字。

這動員的狀態，令人怯步，總以自己還沒準備好準備夠做理由，四處晃盪當白癡，料不到一晃十年。再提筆，你問我慾望是什麼，是癮吧，巫癮。動機呢？我覺得白癡歲月應該結束了，否則，我會眞的成了一個無用的人。在〈花憶前身〉裡，我說寫完「荒人」是我對胡蘭成老師昔年教誨的悲願已了，花之前身，黃錦樹曾評論嚴厲指出，這是毫不保留攤開底牌了，會不會從此格局已定難創新局。幸好眼前有你為例，當時你決定結束淡水十年閉居，似乎是，知道自己的時間表到了，出關下山。若沒有那十年，就不會有後來的你那幾本書。我但願我也能夠是。

舞：〈巫看〉首尾貫穿一個主要意象「菩薩低眉」，不忍看，因此無言，妳替他看，雖也不時低眉，但禁不住書寫了千言萬語。首章敘事書寫者在一次旅行經驗中看到不忍，後兩章直接敘述現實現世中更多的不忍看，最後兩章從首章的旅行中分殊出來，也可能從過去的「書寫旅行」延伸到此，米亞跨過〈世紀末的華麗〉妝扮成帽子小姐，荒人走到世紀初已然是個「不結件旅行者」來到盡頭天涯海角。妳用心於架構的「原創性」嗎？「菩薩低眉」是個很美的意象，是否妳為了這個意象寫成這個長篇？

朱：經你一提，我才發現，是呀跨過千禧年米亞成了帽子小姐，荒人變為不結伴的旅行者。這是直到你現在說出來之前，我沒有意識到的。

作為小說同業，你看出來了，沒錯，我們會為了僅僅一個意象的引動而完成一部作品。〈世紀末的華麗〉是為了一句話而寫：「有一天男人用理論與制度建立起的世界會倒塌，她將以嗅覺和顏色的記憶存活，從這裡並予之重建。」「荒人」也邊寫邊知道是在回答當年胡蘭成老師去世時在寫著的《女人論》，雖然小說呈現的完全不是那一回事。

菩薩低眉呢，一向是說慈悲，對照著金剛怒目。但我個人經驗，哪裡是慈悲，根本是自保。因爲不敢抬眼，一抬眼，什麼什麼都映在眼裡，看見了，就不能假裝沒看見，那麼管是不管呢，管不起，結果只有低眉垂目不看見。這樣說，好像很殺風景。

舞：〈巫看〉中，悟境迷情常發生於目光相對之時，神來之筆也常落在目光相對之處，電光石火不忍、不能、不捨多看，是「低眉」隱藏的更深含意嗎？〈巫時〉最後也有如此目光一對，引發隨後整章〈E界〉。

朱：是的，有句俗爛之極的話說，「多情卻是總無情」，也就是低眉吧。因爲你知道，抬眼去看時，意味著你已開始接納，跟付出。這接納付出是不可能半途而廢的，它是負擔，是責任，即便對方終結了，你這一方甚至還無法終結。你深知那負擔之重，所以只好慎始——低眉吧。也許這是我一生要修的功課，人我之際，物我之際，我總是困在其中。

舞：「物的情迷」是妳小說的特色，〈巫看〉中挽救廢棄物轉向「永生重生投胎再生」十分動人，猶如荒人養魚同其生死，這種情迷頗似所謂「物之哀」，它也使妳常出現的類「博物誌」書寫具有文學的美。我一向無心於物，後來無心於人，書寫于我是無心假借、弄假成熱情，但這熱情只止於書寫。在生活中，妳「讀物閱人」，物不離人，書寫來自妳對「現實存有」的情熱嗎，或另有內在的、神祕的、不可言說的深淵？

朱：沒錯，對現實存有的熱情，對物的情迷。這似乎是所有女性的天賦，不獨我然。只不過我永遠被無以名之的各種細節所困，在現實生活裡糾纏得拖不動，這也是為什麼，只好垂下眼簾不去看。我父親曾講他小時候親族裡有一個陰陽眼小孩，黃昏到來就早早躺上床闔上眼睛免得看到許多東西，很痛苦，後來英年早逝。物之情迷，是不是會內化為你說的內在的，神祕的，不可言說的深淵呢？逐物迷己，我好像活在一個泛靈的世界裡，連塑膠都有靈，這種人是不是畸人，幾近乎精神病？

舞：〈巫看〉魅影畫龍點睛，何妨多說幾句有關「魅影」。

朱：《歌劇魅影》的魅影，用你的話說是，「更明的亮光同時更深的暗影」。舞臺上魅影永遠戴著骨白色面具，造成亮的部分更亮，暗的部分更暗的，絕望的效果。魅影又錯誤，又失敗，此二者卻引動著巫者抬起眼簾，寄予深凝不移的注目。

舞：「格物」很難，活用「格物」在小說敘事中更難，必需適切地拿捏精細入博大。〈世紀末的華麗〉格了服飾時尚，《荒人手記》格了同性戀衍及的知識，《巫言》可能格了現象不忍看的。在我，往往書寫前以「小說田野」的方式進行一段長時間的格物，有意無意間在日常中格物，累積到一定的厚度深度它自會吵著進入書寫。如此格物當然比不上妳類「專業式」的格物。很早以前妳就意識到「格物」的必要嗎？如何下功夫「格物」，妳發展出一套方法將「格物」運作在書寫嗎？

朱：你提出格物很有意思，好像沒聽見過誰這樣來談小說。格物對我而言，也許是本能。

波赫士有一篇小說叫〈強記者傅涅斯〉，描述傅涅斯在一次一匹灰藍色馬把他摔下來的那個落雨的午後以前，他跟大部分人一樣，眼盲、耳聾、嘴啞、心裡恍惚、記憶模糊，從馬上摔下來，他失去了知覺，醒來時，眼前的一切顯得既龐雜又鮮明，強烈到他承受不了，連最遙遠、最瑣細的記憶也是。好比人們平常可以看見一張桌子上的三個杯子，傅涅斯卻可以看見一株葡萄樹藤上所有的葉子、捲鬚和葡萄。他默記著某年某月某日破曉時分南方天空雲朵的形狀，且這些雲朵馬上跟他僅看過一次的某本皮革封面上的紋路並比，跟某次戰役裡一支船槳在某河划起的線條比較。而且他的每一個視覺意象都跟力感、熱感等相關連。他可以掌握一直變幻不停的火焰不可勝數的灰燼，一次時間拖長的守靈過程中一個死人的許多不同的臉部變化。他可以持續不斷辨識出腐爛、疲憊的寧靜進展，能夠察覺死亡、潮濕的推移。他是世上唯一澄明的觀察者，能夠在一瞬間觀察到一個形式繁複而同時並存的世界，其精密程度簡直到了不堪承受的地步。但是，但是別忘了，他幾乎沒有能力做一般性的抽象思考。好比狗，他難以了解概括性的符號狗字，是代表那麼多大小形狀不同的狗。三點九分從側面所見的狗，三點十分從前面所見的狗，兩者名稱竟然相同，令他困惑不解。思考是在忘記差別，做一般化、抽象化的功夫。而在傅涅斯過分豐饒的世界裡，除了細節和緊密相連接的局部細節以外，別無其它任何東西。

這故事也許可以當做是一個格物的極致，一個隱喻。我會感同身受，因爲有時也到了簡直承受不了的地步。再說一次，所以菩薩必須低眉。也許，書寫反而給了我機會，讓我能夠把細節作一番思考。

舞：第二部分〈巫時〉四章，文字內涵各自獨立，像四種不同風格的演示，前兩章貼近書寫者的生活，由個別經驗發展到「吾身」生活的整體層面，更將自身投影到與書寫者生活迥異的生活場域「E界」，最後特寫青春小兒女的情感糾結。E代世界相反吾身生活，小兒女恩怨大異於第一章智識座談，文字的質感、節奏、氛圍精準展現出分殊的內涵，相反相成了〈巫時〉吾身。在此，是否有意呈顯書寫者駕馭各種敘述文體的能力，或是讓業已熟練的各式文字風格作一回統合展示。

朱：沒錯。《巫言》是寫到三萬字的時候，才確定可以這樣寫下去了。兩條平行線，一條是巫者其人其事其生活，一條是巫者之言，即、他寫的小說。你看他生活過成那副德性，他會寫出什麼樣的小說呢？他生活裡的元素如何相關不相關的轉化為小說。其間的思維，跟想像力。

舞：書寫新潮、前衛的題材，需要足夠的認知和勇氣，就「創新」而言十分可貴。但，是否讀者必需先作功課，勤讀賽車雜誌勤看電視賽車節目才能讀懂〈E界〉著迷的「一級方程式」，最好先讀工具書《迷幻異域》、《搖滾怒女》才知道為什麼「快樂丸英格蘭」、什麼是銳舞中的「硬蕊」，這好比讀者必要一定程度理解李維史陀和傅柯，才可能領會《荒人手記》中對兩人獨到、精闢的見解。類此，妳認爲是普遍性的知識和現象，或是「敘事認同」原本既存於書寫中，都不是問題。

朱：是的，我認爲敘事認同已存於書寫中，不成問題。事實上，小說家如果有特權，這算是他的特權吧。他完全可以不採用推理的手段而抵達結論。不必交代出處，不必做註。甚至誤植，錯讀，譬如錯讀李維史陀或傅柯，借他當跳板一躍而遨翔，六經皆我註腳。這方面，我是毫無愧色在使用特權的。

舞：回頭看短篇〈尼羅河的女兒〉，就了知十幾年後妳在〈E界〉、〈螢光妹〉仍保持著對時尚新潮青春世代的好奇心。對照二十幾年前的〈家．是用稿紙糊起來的〉，〈巫時〉中的家庭生活世故滄桑中有一雙灰漠慵迷的眼睛在凝看。我總覺得〈E界〉後兩章可以寫得更好，不因貼切題材的節奏、強拍而減弱了創新妳獨有的特色，容我這麼說，一個眞正走過E界的文學青年若有創作天分他會寫出這兩章。

朱：〈E界〉和〈螢光妹〉的來源，是兩年前參加電影《千禧曼波》劇本工作時遇見的人跟事。我始終感到還消化不夠，目前只能寫到這樣。說不定全書完成後，再回頭來改這兩章。

舞：《巫言》長期分散寫作，相較《荒人手記》集中一段時日書寫，兩者的書寫情境感受不同嗎？不同的狀況是否會造成作品的調子、樣式明顯差別，寫完或告一段落時妳清楚知道寫得

「好」或「壞」嗎？於我，集中書寫因爲長期融入書寫完成時恍恍惚惚不知好壞也不在意好或壞，分散寫作每每都知「寫壞了」「寫得不足」還要修改，變成一種長時間的折磨。會不會是一種「甜蜜的折磨」，所以千方百計延宕書寫。

朱：不，絕不是甜蜜的折磨。

如果不算之前零散的棄稿階段，我是二〇〇〇年六月著手寫此長篇，寫了幾個月停下，去參加《千禧曼波》電影劇本工作。次年坎城影展回來拾筆再寫時，靈光一閃把原來的題目「謀殺與創造之時」改掉，確定爲《巫言》，寫到年底又停。二〇〇二年仲春再寫，分篇目，訂出〈巫看〉、〈巫時〉、〈巫事〉、〈巫途〉、〈巫族〉五篇，寫到秋天又停。目前完成的〈巫看〉部分在印刻發表。〈巫時〉部分已拆散在報紙副刊發表。秋天我會寫完〈巫事〉仍然交給印刻。

這分散寫作的幾年間，失去自由如坐牢。每次，倉促火急被借調出牢，做些世間事，做完就拖東賴西的延宕著回牢，同時又被良心譴責催逼，最後只得自動報到入囚。而且完全如你所說，這一拉開距離之後再走入，都是從「唉呀怎麼寫成這副德行」爲開始，修改剪貼，也像暖身暖夠了才接續往下寫。所以整個過程似乎是，越寫越漫長，沒完沒了。其實寫好寫壞，當下往往不知，交出去也就交出去了。反而有時越改越乾淨，太乾淨了變成枯澀或疏冷，或越往藝術境界去而過度森嚴。總之，我實在該給自己一個期限喊卡了。

舞：過往的小說中，妳酷冷的凝看如米亞或熱情的詠嘆如荒人，這兩者在妳的文學生命中可能都有其來源、承傳。如今，幽默一躍成爲《巫言》最重要的質素，可能是妳近十年內最大的轉變。嘲諷是我書寫時的本能，因爲低調，轉成幽默，也因爲嘲諷背後有憤怒很快被察覺出這幽默是屬黑色的。妳覺知屬於妳自己的幽默嗎？幽默但不到「黑色的」，它源自何處，變化的歷程如何？

朱：我眞高興你說「荒人」是熱情的詠歎，這是第一次我聽人這樣說，因爲大多時候它都被看成頹廢荒涼的。而你提出幽默，也讓我受寵若驚，因爲我一直認爲自己是二楞子。我從來沒覺知過我有幽默。經你這樣一提，想想，你說你是低調，我想我也是。

巫者，及巫者其言，天心最近愛引用卡夫卡的話說：「小說家是在拆生命的房子，拿這個磚塊去蓋小說的房子。」《巫言》好像恰巧在描繪這幅圖像。早先這個長篇叫「謀殺與創造之時」，是馬修．史卡德探案系列中的一本書名拿來當題目，意思是，生活中你謀殺了些什麼，於是小說裡你創造了些什麼。史卡德的探案過程，根本就像創作過程。現在發展成《巫言》，這拆毀生命的圖像，因爲低調，我無法把它描繪成壯烈，連悲傷（對不起用你的書名）都無法，自然也不會叫苦或辯護，最後只能出之以荒謬，和無奈。你指出的幽默，是這個嗎？

舞：成熟到智慧不自覺轉化爲幽默，是一種超越帶著生命的恬美，眞正有幽默的書寫都懂得放鬆自我悠遊于書寫這個動作中。舉日本作家爲例，芥川龍之介耽溺於個人強烈的藝術性，川端康成執著傳統的美，兩者無意也無能翻越藝術與美築成的高牆，而夏目漱石有幽默，不僅能寫藝術美的作品《草枕》、《夢十夜》，他不攀高他繞過牆角便豁然開朗寫出《三四郎》、《我是貓》，夏目比芥川、川端格局大有大氣，在於幽默。

讀妳的長篇，於我，是一種享受。那種「離題」式的寫法，頗得我心，在我的第一個長篇曾大量使用括弧括弧再括弧、離題離題再離題，當時也有批評懷疑究竟是不是小說，其實守住固定題旨範疇和主線支線的寫法早被顚覆，「精準」早已不是最高的標竿，書寫自由與書寫眞實是更爲緊要的。「離題」爲了自由與眞實。我訝異何時妳成熟了這種書寫長篇的觀念。

朱：謝謝你。同業是最嚴格，最挑剔的。你說享受讀長篇，對我眞是莫大鼓勵。寫到離題的路上，是像《侏儸紀公園》裡說恐龍蛋「生命會自己找到出路」，超出你的預想跟掌握，卻可能是最精采的部分。

舞：內容與形式並重是既成的書寫概念，但小說常因負載過重的內容矮化形式，我特別著意於形式的創新，而這創新具體落實在文字和構句上，文字織網構句、構句滋長構句，後來構句本身彷彿有它自己的生命力，不顧原先書寫怎樣的內容。妳的文字一向典雅並兼華麗，臻於「優美」的極致，不過《巫言》顯然放鬆文字、意象的緊密，疏散內在對極美的自我索求，但維持一貫與內容的協調。這是妳一貫的書寫理念嗎？替內容尋找合適的形式，形式只爲內容才有正當的存在，有時我會釋放文字讓它在每個當下自由組構，妳認爲這會是一種「書寫的破壞」嗎？妳曾經想過形式可能決定內容嗎，怎樣的形式書寫出怎樣的內容？

朱：我比較傾向於，替內容尋找合適的形式，形式只爲內容才有正當的存在。但這個說法，可以再說得細膩些。

就說《巫言》，最早廢棄掉的一些開頭有叫「往星中去」，有叫「瓦解的時間」。一九九九年春末我從紐約回來，在紐約時曾完全變成一個癡心的書迷按私家偵探史卡德的生活動線走逛了一趟，回來很澎湃。覺得史卡德的所有探案過程，可與一個小說家的創作過程，並比對照來寫，就定名「謀殺與創造之時」。有幾個月，我就把手邊能找到有關紐約的書都找出來看，重看張北海的全部書，各種深深淺淺的遊旅書，紐約建築的書，結果岔途去看了好些建築書，重看十四本史卡德探案並作筆記，書桌上鋪滿一大張紐約市地鐵圖。當時我想做的似乎是，就像有一種錶做成透明狀把內部的齒輪構造暴露可見，我也想把創作過程暴露可見，同時既是構造同時又是成品。但這個，我又一點也不想用後設的寫法。有句話說，孟賁力大但無法把自己從地上舉起，同理，小說成品能夠同時分析小說自己嗎？這其實根本不是個事，我顯然庸人自擾，但不知爲何，當時對我卻極具魅力，蠢蠢欲動在那裡的，只是不知該如何賦予它形狀。而浮在眼前的意象，就是一張目光含在低垂眼簾裡的臉，名之爲菩薩低眉，就從這裡下筆開始寫。一直寫到三萬字左右，我才確定，沒錯，就是用這種寫法寫下去，我高興跟好友說，我找到容器了。

這個容器，用到目前爲止，它幫我至少解決了之前很長一段時間我克服不了的難關（所以棄稿數次），就是說，我無法用單一一種敘述觀點，單一一種敘述腔調，來完成一部長篇。以後怎樣不知，至少目前這個階段，用統一的敘述觀點跟腔調寫長篇，對我是不能成立，也無法支撐下去的。

所以從順序上來看，似乎是先有蠢蠢欲動的東西，然後想盡辦法把那東西叫出來賦予形狀。然後，最好的時候，你又覺得這個形狀就是這個內容，不可能還有內容了。然後我了解，作家成熟到一個程度的時候，他肯定會有一個念頭：把順序倒過來。就是說，給自己設下限制，佈置障礙，定出一些奇怪又嚴苛的遊戲規則，逼自己放棄一向嫻熟的伎倆，沒辦法了，因而逼生出來什麼新東西亦未可知。這是形式決定內容的可能性嗎？成熟書寫者至少都有過這種書寫破壞的慾望和意圖吧。這方面來看，你跑得比我野，也比我遠。

舞：書寫往往是當下寫就的，這「當下」有謂之「即興」，從來「即興」一直被認爲是創作的點綴，強調「即興」事實爲了成就原有的機制，掌控得宜絕對必要，才算正式才算正經，因此修修改改或下筆有萬鈞重。我早就野放掌控，珍惜當下出現的，它保留了最多的直覺，可能眞實就蘊含在其中，盡量我不修飾「當下」。在〈巫看〉的細節裡似乎有些是「當下」在寫作，它沒有明顯「選樣」的痕跡，當然可能選樣不自覺已先藏好以備當下，但這跟事先擬妥綱要細目以及事後一修再改是不同的。在「當下」與「掌控」間妳如何安位。

朱：其實最過癮的時候是失去掌控力的時候，即興當下帶著你跑，說它是起乩也罷，是下筆如有神助也罷，如果書寫這件事有回報，這個就是回報。可惜年紀越大，成熟度越高，這種回報來得也越少。

舞：我書寫時，從未考慮「好讀」或「可讀性」，唯在顧及題旨時作必要的「節制」。《巫言》較《荒人手記》好讀，書寫前妳思考過新作的可讀性嗎？

朱天文：應該這麼說，我是在做削去法，削去所有我已經厭煩有的甚至快到受不了要銳叫地步的東西。譬如「荒人」裡的那些「四字眞言」，有說是森嚴的寶石切割原則，鍾阿城是說以詩在寫小說，密度高——太高了些。我就想擺脫它因此用大白話來寫一次看看。又譬如「荒人」裡談生談死，檢點靈魂，這我也想擺脫。更別說情慾書寫，夢境潛意識之類了，我就想，不碰「性」一個字，看會寫出什麼來？阿城一本書叫《常識與通識》，我想試試貼著常識面來寫如何？還有，我說喂，不要用工具書，不要用典。我還把括引給侯孝賢導演的一句廣告詞拿來規範自己：「深度是隱藏的，藏在哪裡？藏在表面。」我想試試只寫表面。以上這些，是我有意識在做的，做下去當然不見得全是。我不知這些是否構成了你說的可讀性。

舞：妳有句名言「我寫故我在」，創作於妳是以全生命的。年少以來我也如是夢想，不過十年淡水極簡、疏離的生活洗掉了太多，禁忌的以及執迷的，現今，我在具足，也不反對文明教育人生需有「具體的存在意義」，活著至少做一件事，最好是自己可以做得最好的那件事。妳仍以全生命書寫嗎？

朱：你引我的句子我寫故我在，是在虧我了。這個「荒人」的姿態，多麼狂誕，如今令我也臉紅。就像你十年淡水洗掉了種種，如今其實除了寫小說，我什麼也不行，離開小說，我是個無用之人啊。

舞：我一向不喜「知識份子菁英的」，我到部落魯凱、泰雅現今在阿美，多少有意掃除自己太藝術、太文學的，當然不帶十九世紀末延到二、三〇年代知識菁英放逐自己到普羅大眾的「拯救」、「贖罪」的執念，但我自然相與親近的是所謂少知識的「平民」，我書寫的人物幾乎全是「低下階層的」平民，我在小說中從不引用學術大師也不作知識論述。在知識普及的今天，問題不如以前那般嚴重，然而區隔還是存在的，「平民」自古以來不親文字，文字在他們的生活中不是必需品。妳爲誰而寫？妳的作品顯示書寫者是個知識菁英，超高水準的，或者這對妳從來不是個問題。

朱：我很羨慕你能寫低下階層平民，這一塊世界我毫無辦法，只有投降的份。老實說，一旦進入小說動員狀態，我只能全神貫注從渾沌之中設法喚出形狀，只能做這件事，他顧無暇。我是今天寫時，從前面順下來看一次，檢查昨天寫的草稿，一邊謄清一邊修改，然後繼續往下寫草稿。檢查時，是用自己的鑑賞力在檢查，或我心中一些高手的眼光在檢查。若這些眼光是讀者，他們就是。說我是爲他們而寫，也可以。基本上，寫文論雜文或電影劇本，我是力求溝通，甚至有很清楚的一群溝通對象。寫小說，是無意於溝通的。

舞：九〇年代後，妳的書寫頗具「世界性」，妳的長篇內含了無數世界各地的「著名土產」，目今資訊通路如猛獸橫行，可能「世界性」或「全球化」才是正當的。八〇年代我閱讀愈廣泛愈把自己侷限在所生所長的土地，九〇年後重新書寫小說只寫這個小島台灣，我非看重意識強勢的人所以並非「本土意識形態」在操控，單純因緣這土地是我成長熟悉的，而熟悉中深藏著更多的陌生，我決定優先去熟悉這些不知有多少的陌生。有時，我也難免懷疑這種「地域性」、「區隔性」是否窄化甚至窒息了書寫，正如有時我也疑惑爲何妳的小說除了極小部分的都會台北外很少觸及台灣。

朱：說老實話，我只能寫我熟知，有感的。換言之，我不是不寫，是沒有能力寫，不會寫，也寫不來。非不爲也，不能也。至於地域性區隔性，我以爲，越是全球化，越是要並存地域性區隔性。這在生物學上，是偉大的生物多樣性，絕對需要珍惜持護的。何況舉世滔滔不可擋，若不是有足夠的自覺，簡直會對一己之獨特性實踐不下去。我敬重你的自覺和選擇。我寫巫者，但願也能呈現出某時某刻某特殊時空下唯一只在台灣才可能產生的獨特性，在不同面向上，與你的獨特性呼應。

舞：長篇小說的最大可能在於呈現整體的綜合，多年前我逐漸成形這個理念，一個人生命的總總可以文學的手法融入長篇的細節內，選擇某個題旨範疇只是借用，書寫者自由出入外內，書寫免於沒完沒了，對於如此長篇小說的生命，生活中沒有什麼是白花的，沒有什麼不能寫入一個長篇的。我如是讀《荒人手記》，雖然規模小了些，但根本沒有「賣弄」、「枝蔓太多」、「僞百科全書式」這些批評指謂的問題，它是一個自足的自我爆裂同時自我諧合的小宇宙。若有可能，書寫者一生也只能寫出一部、或兩部這樣的長篇，《巫言》顯然非此類，期盼妳的另一部「書寫生命任何面向、最大可能性」的長篇。

朱：是啊，生活中沒有什麼是白花的，沒有什麼不能寫入一個長篇的，這是小說家的幸運，身負一種載體，於是雜七雜八連生活連閱讀連不管什麼垃圾訊息，最終，都會在這載體裡提煉凝融爲一種樣貌呈現於世。一個出口。一次權柄，命名的權柄。如今寫作對我而言是，以一己的血肉之軀抵抗四周鋪天蓋地充斥著的綜藝化，虛擬化，贗品化。我們有的就是我們眞實的血肉之軀。

舞：未來十年內，妳會完全確立當代重要小說家的地位，是不需謙讓、不必推卻、不容逃避的。而這，必要再書寫至少二三個足堪典範的長篇，必要在成熟之上催促以堅強，強度與韌性。巫者必有非常人的強韌，足以因應內在的不安無明、外在的騷亂動盪。巫說巫言，妳說是嗎。

朱：謝謝你。上次見面，你鼓勵我未來十年當寫三本書出來，三年寫一本，其實合理。我因此反省自己過往對於寫作，太恃才太率性了，缺乏責任感也沒有紀律，這是暴殄天物。記得布袋戲國寶李天祿九十歲時有人採訪他，問他總結一生有什麼話要說，他用台語說：「人生要奮志。」我但願像你無言閉居淡水十年，出來後便說話說個不停。我應當要有這個做爲巫者身份的自覺。它是一個命定，所以它是一個責任，不容逃避的。

文字與影像 Words and Images

Michael Berry 白睿文

姚宏易攝

侯孝賢是廣受國際讚譽的電影人，至今執導過十八部劇情片，包括《童年往事》、《悲情城市》和《海上花》。一九四七年出生於廣東省梅縣一個客家家庭，一九四九年遷徙至台灣南部，當時侯孝賢還在襁褓中。他就讀台北國立藝術專科學校，一九七二年畢業。除了執導影片的成就外，自一九七三年起，侯孝賢就以多方位的能耐，包括副導演、編劇和製片的身份，參與了二十五部以上影片的製作。侯孝賢是深具影響力的台灣新電影運動（1982-1986）的重要成員，其他成員還包括楊德昌、萬仁、吳念眞和曾壯祥等人。

朱天文自一九八三年起，一直是侯孝賢忠實的創作伙伴。朱天文一九五六年出生，畢業於淡江大學，自《風櫃來的人》之後便參與侯孝賢所有的電影的編劇。曾獲得了金馬獎、威尼斯影展、東京電影節的最佳劇本獎。朱天文也是極爲優秀的小說家，至今出版超過十五部作品，包括極受讚譽的小說集《世紀末的華麗》、《花憶前身》，以及得獎小說《荒人手記》。

侯孝賢和朱天文的組合已經創作出多部當代電影的眞正經典。一九八三年《風櫃來的人》是四個朋友入伍當兵之前的關鍵時刻的半自傳式記述。《童年往事》和《戀戀風塵》繼續了這位導演對於人從少年到青少年又到成年的痛苦過程。一九八九年，就在坦克車輾壓過北京天安門廣場之後數月，侯孝賢以里程碑般的電影《悲情城市》提出了他對於歷史暴力的省思，這部作品極爲有力地探究了約當一九四五至一九四九年之間的台灣歷史，尤其著重二二八事件①。其後，本片成了侯導「台灣三部曲」的首部，其他兩部包括《戲夢人生》，根據知名布袋戲大師李天祿的生平，結合訪談以及戲劇重建而成，還有《好男好女》，一部錯綜複雜的電影，由一個抗日女志士的故事與一個當代女人在舞台劇扮演她互現而成。

侯孝賢於九〇年代依舊持續他對電影的不懈探索。《南國再見，南國》是一部關於當代南部幫派文化的電影，《海上花》則是對於一部描繪十九世紀晚期上海妓院交際文化的古典小說高度風格化的演繹。當全世界迎接千禧年的來臨時，侯孝賢發表了他對於千禧年的評註，關於早於其眞正發生的懷舊與失落。背景設在二〇〇一年但敘事者卻身處未來，《千禧曼波》是一個高中輟學女生薇其（舒淇）的故事，嘗試穿越霓虹光芒般充斥嫉妒、藥品還有幫派的世界。因其著名的標記一般的遠鏡頭與長鏡頭，以及對於角色的敏感度，侯孝賢常常被與知名的《東京物語》導演小津安二郎相提並論。爲了慶祝小津百歲冥誕，侯孝賢與朱天文二〇〇四年共同合作了《珈琲時光》，以做爲對這位日本大師級導演的成熟致敬。在日本取景，起用日籍演員（包括流行歌手一青窈），這部電影探索了一個年輕女性在重要關頭對於自己人生的重新評估，值此同時，也標記了對導演自己的影響與電影手法的再度評估。

二〇〇一年四月十一日，我與侯孝賢、朱天文在紐約會面，進行了一次廣泛的訪談。在我們的對談中，侯孝賢和朱天文談論了早年所受到的影響、合作過程、他們的作品以及台灣電影的未來。訪談的部分時間，製片、影評人焦雄屏和小說家劉大任亦同時在座。

●——您是什麼時候開始對電影感到興趣的？成長過程中有哪些電影給您留下深刻的印象？

侯孝賢（以下簡稱「侯」）：對電影感興趣是很早。不過那時候不算「對電影感興趣」，小時候看電影機會不是很多，家裡也比較窮，不會給我們錢買電影票。我小時候比較頑皮，喜歡玩，從初中開始常常看電影。

看電影的方式很多。我住鳳山的城隍廟附近，有個戲院叫大山戲院。小學的時候常常在門口等，電影最後剩下差不多五分鐘時，戲院門口會打開，是一種宣傳方式，台灣話叫「撿戲尾」，就是「撿戲的尾巴」。那時候演的大部分是布袋戲、掌中戲，就是後來李天祿②一直從事的行業。除了這種印象之外，還有就是常常在戲院門口，看到大人在買票，就「阿伯、阿伯帶我進去呀」的叫，他們有時會帶我進去。

●——您一九八三年的電影《兒子的大玩偶》③裡的小丑，也是被小時候上戲院的回憶所啓發的吧？

侯：常常會看到有些人在街上踩三輪車，車上寫了招牌，有的會敲著鼓、戴尖帽子，那是以前電影的宣傳方式。

後來，初中看電影的機會愈來愈多，愈多的原因是可以爬牆進去。鳳山三家戲院我幾乎都進得去。鳳山戲院的牆比較矮，上面有鐵絲網，我們就把鐵絲網剪壞。或是把東亞戲院廁所的網子弄開，爬進去。還有一個方式就是用假票，看電影的時候大家常常把票撕了就丟地上，票上面不是都會蓋章、打一條虛線？有時候撕過頭，有時就撕一點點。我有個朋友叫阿雄，他認識撕票的人。有時候開玩笑，跟他抓一把票，我們就把票接起來，混進去看。票口撕票的人不會注意這張票到底怎麼樣，那時候看了非常多電影。至於印象深的電影眞的很多，那時候看了非常多的電影……

●——大部分是國片還是港片？

侯：國片、港片都有。還有很多是日本片。那時港片和國片沒什麼差別。電懋、邵氏④都有。那時候還有什麼電影？

朱天文（以下簡稱「朱」）：武俠片也有。

侯：對對對。

朱：不過稍微晚一點。

侯：對，那比較之後。有些日本片印象很深，尤其是鬼片。有部電影是岩下志麻⑤演的，山本周五郎⑥的小說改編的吧，《五瓣之椿》（1964），岩下志麻那時才十六、七歲。那部電影我年輕時候印象滿深的。

●——年紀稍長您便漸漸接觸電影業。一九八〇年的處女作《就是溜溜的她》是怎樣拍出來的呢？

侯：以前電影是看很多，但並沒有想要從事電影，就是喜歡而已。小時候對我來說看電影只是做一件事而已，後來漸漸看成習慣。高中畢業後先去當兵，大學也沒考取，服兵役回來後才去台北一邊工作，一邊考試，考上國立藝專。那時沒有電影系，叫做「影劇科」，要唸三年。我一九七二年畢業，當時要找電影工作不是那麼容易，當了八個月的推銷員，推銷電子計算機。後來才有個機會在李行⑦一九七三年導演的電影《心有千千結》裡先當場記。

●——在坐上導演椅之前，您做過多年編劇跟副導演。早年做編劇的經驗對您後來當導演有什麼樣的影響？

侯：那是滿需要的。當導演若不懂得編劇，基本上是吃虧的。變成只是技術上的，永遠要仰賴別人，那樣是很難的。你必須有想法、有結構，做導演一定需要這些。像李安、王家衛，他們都有編劇的經驗。

●——朱天文，您一定有個非常不一樣的成長經驗。您出身於文人家庭，不僅您父親朱西甯是位知名作家，兩個妹妹天心、天衣也都寫作。您是幾歲開始寫小說的？什麼時候決定做一個專業作家？

朱：開始寫的時候應該是高中一年級吧，十六歲就開始寫。但是我覺得以前寫的都不算數，那時候大家都會寫，有些人寫日記、有些人跟朋友通信寫個不停，反正就是年輕吧，多愁善感，寫的也無非都是自己所熟悉的東西：同學之間的事情、長輩那裡聽來的故事、自己的白日夢。當時經驗非常有限，我覺得那時候都是出於多愁善感，新鮮感，很敏銳的感覺，大概就是這樣。很自然而然地開始寫。大概因爲家裡來來往往、喊叔叔伯伯的，全部都是文壇上的長輩。

● 您的母親也是一位作家？

朱：她翻譯日本文學。主要是日本當代作家，包括（諾貝爾獎得主，《雪國》作者）川端康成。所以寫作對我來說很自然。開始比較有一些自覺的東西，我想是在後來大學的時候。

大學的時候我們辦了刊物《三三集刊》。那時我們非常自覺地有一種使命感，覺得小說只不過是一個技藝而已，我們很希望能夠做個「士」，可能現在稍微接近一點點的就是知識份子吧，可是不大相似，中國有一個「士」的傳統，我們辦《三三集刊》的時候就覺得，小說家算什麼？只不過是有個技藝而已，我們不要只做一個文人，希望自己像中國的士，要研究政治、經濟各種範疇的東西。做個士就是志在天下，對國家、社會的事情都有參與感。

因爲這種使命感，我們辦雜誌，到台灣各個高中、大學一場場辦座談。那時候我們的使命感告訴我們，不能只做一個小說家，要做一個知識份子。這個時期開始自覺寫東西是有責任的，跟年輕時候寫作是出於敏銳感覺的自然流露，不太一樣。三、四年以後，《三三集刊》也很自然地結束了。有的人去服兵役，有的人出國，人生的路也非常不一樣。就像五四時期很多這種團體，比如說新月社⑧，曾經產生一點小小的力量，結合了一些人做出了一些什麼，後來自然地解散。

結束刊物以後，慢慢地，寫作對你來講，就像一個削去法，你會覺得做這件也沒意思、做那個也意興闌珊，去公司上班，你也覺得做不來。剩下愈來愈清楚的那條路，就是寫作。慢慢你會發覺，很幸運自己有這個才能。生活中不論發生什麼，垃圾也吸收、好的也吸收，最後通過消化過後，總是有一個出口，就是寫作。這麼做也不大是出於使命感，只是你不會做其他的事，就是專心走這條路。而你覺得很幸運，寫作是你活著的意義。

其實寫作就是整理你自己、反映你的生活。最後整理的結果就會結晶出來、開一朵花。生活裡有各種事情得去面對，很多書要讀，這些經驗、這些知識最後又能怎麼樣呢？寫作就像將你的生活結晶出來、留下來。

●——青少年時期，您父親的朋友胡蘭成⑨曾住在您家中一段時間。

朱：是的，他跟我們一起住了六個月。

● ——文學之家的羽翼之下突然又多了一位作者。在您的作品〈花憶前身〉中，您寫到胡蘭成對您造成的重要影響。能不能請您談談與胡蘭成的關係，以及他對您寫作和人生觀的影響？

朱：之前所提到的《三三集刊》，完全也是因爲胡蘭成的緣故才辦的。主要因爲他的政治背景，他曾在汪精衛政府底下做過事，簡單講他就是「漢奸」，他來台灣的時候作品是被禁的。但我們在他身上還有他的作品中，看到別人所沒有的非常特殊的觀點、想法，那在當時是沒有人認可的。

他本來在陽明山的文化學院教書，出版社重出他在三十年前，大約一九五〇年代所寫的作品，想不到隨即遭禁。他的觀點引起很多人的攻擊，後來學校竟然將他掃地出門。學校以我覺得非常粗魯的方式請他遷出，而我們家隔壁剛好有人搬走，我父親就把房子租下來，讓胡蘭成到我們家隔壁住。有半年的時間他教我們唸書，教我們唸了一些古典的東西，包括《詩經》、四書五經，對我們影響非常大。這半年中，我們想，既然胡蘭成的東西報社也不能用、出版社也不能出，我們就來自己辦一個雜誌，出版他的言論。他用了「李磬」的筆名，每個月寫文章，登在《三三集刊》上。

這個不要只做個文人、小說家，而要做中國的「士」的想法，也是來自胡蘭成。半年之後，他就回日本去了。他本來還要再來台灣的，那時候《三三集刊》也辦得非常不錯，胡蘭成一直考慮要不要再來，擔心再來又會引人攻擊，影響到《三三集刊》的發展。後來他就沒有再來了，他用非常薄的航空信紙，密密麻麻手寫了他的文章，寄來在《三三集刊》發表。後來我們成立了出版社，叫「三三書坊」，發表完我們就把它集結成書。

直到胡蘭成一九八一年去世，我們前後認識他也只有七年的時間。七年之間他來台灣三年，住在我們家隔壁，生活上都在我們家吃飯，密切交往，也只有那半年，但對我們日後寫作的影響卻非常大。最大的影響也就是視野吧！魏晉南北朝的稽康，是竹林七賢之一，彈琴彈得很好，他有組集詩〈兄秀才公穆入軍贈詩〉裡的句子寫道：「目送歸鴻，手揮五弦」，意思是說，你的手撥著琴弦，眼睛卻看著飛在天上的鴻雁。說的是雖然你眼前在做一件很小的事，但心胸卻望得遠遠的，望向天的盡頭。寫小說也是一樣：你就是寫寫寫，但卻注意著小說之外的世界。我想這樣的視野是胡蘭成留給我們的最大資產。

●在你們兩位事業的早期，所拍的電影、所寫的小說，主題都專注在愛情。對朱天文而言，包括一系列在《三三集刊》所寫的《淡江記》、《傳說》；而對侯孝賢而言，包括早期當副導演參與的幾部電影《愛有明天》、《月下老人》，以及《昨日雨瀟瀟》。這些作品之中有一種近乎天真的簡單，反映了台灣社會解除戒嚴之前的單純。回顧早期的作品，兩位有什麼評價？對彼此早年的作品，又有什麼看法？

侯：那個時候年輕吧。我感覺年輕的時候就需要一種想像、視野，就像天文剛剛講的那樣。我們小時候看很多戲劇，尤其是布袋戲、皮影戲，還有武俠小說，我從小學開始看，看了非常多。還有以前的老小說。裡面那些像是「俠」、以天下爲己任、打抱不平的觀念，是屬於民間的傳統。所以在無形中也會對這有想像，想要有一番不同的作爲。剛接觸影像形式的時候，很自然就會把成長過程中看的書、看的戲，在編劇、拍戲、當導演的時候放進去。早年看的都是主流電影，大部分都是講愛情的、講羅曼史的，所以拍電影的時候很自然就把這當做一個題目，放進自己的作品。

朱：一開始題材是愛情，因爲在當時的台灣相較於中國大陸，還是有比較多的個人空間，國家的力量沒有侵犯到個人，至少我們還不太有感覺。當然後來看了許多出土的資料，才知道我們生活在一個封閉的圈子裡。但即使在封閉的空間中，個人空間還是有的，比如說談浪漫的戀愛。漸漸年紀比較大了，看了各種資料，才開始建立起批判的意識。也跟成長的背景有關係。當然（一九八七年）解嚴之後這個力量就全部爆發出來。

●——你們兩人第一次合作《小畢的故事》（1983）⑩也在這個時期，同時是朱天文第一次嘗試電影編劇。不過當時你們並非導演和編劇的關係，而更接近合作者，侯孝賢任副導演。那是你們長期合作的開始，一起完成了多部台灣電影史上眞正的優秀經典。現在回頭看十八年前那次合作的經驗，有什麼感覺？

侯：那是從我在《聯合報》讀到一個專欄開始的。那個專欄叫做「愛的故事」，由很多個作者合寫，每個人寫短短的一小篇。我們讀到朱天文寫的，感覺不錯，就聯絡她，跟她約在咖啡館聊，想改編成電影。那時她已經跟丁亞民[11]合作寫過電視劇《守著陽光守著你》。天文的小說我很早就看過，〈女之甦〉那篇登在報紙上還是收在副刊的集子上時就看過，她父親的小說我也看過。在我拍電影之前就看得很多，即使現在也是。談過之後她說可以，就找他們兩個一起來編，加進一些個人的經驗，她寫前半段，丁亞民寫後半段。

朱：其實我們寫的全部沒有用。當時幾乎是一邊拍，一邊改，我們東西寫出來就像出爐的麵包，交給他們。一面拍一面改，拍到三分之二的時候，整個劇本才完成。當時我一看，我們寫的幾乎全都被改掉了，我就很不好意思問說，這樣我們有什麼貢獻呢？侯導說他寫了八年的劇本，其實已經發展出一套公式，他一看到劇本，一場戲拍出來幾分幾秒鐘都知道。

侯：對白和動作部分才是這樣，情境的描繪是另外一回事。但是朱天文是寫小說的，所以她可以提供很多場景和氣氛的描繪。

朱：他說他就是要用我們這些新鮮的東西來打破舊有公式。這大概就是一開始合作的時候，我跟丁亞民對他最有用的地方。因爲你是生手，常常會有一些奇怪的想法，他們要的就是那些新鮮、不公式化的東西，可以稍微停下來，用另一個角度思考。

侯：時機很重要。認識她時，我已經從事電影差不多有十年時間了，一九七三年開始入行，做編劇、副導演。認識她之後，台灣新電影運動正要開始。

朱：我們就說之前他們是土法煉鋼（笑）。除了楊德昌，沒有一個台灣新電影導演是從國外學電影回來的。

侯：其實楊德昌也不算是在國外學電影，雖然他在國外待過，但不是學電影。像萬仁、曾壯祥和柯一正，都是在國內受訓練的，陳國富和楊德昌則是自修。楊德昌去美國之前本來在交通大學是念工的，直到三十三、四歲才改行做電影。他那時想轉行，考慮要唸建築或電影，後來決定說不試試電影，將來可能會後悔。他去洛杉磯念了半個學期，覺得電影不是學校可以教的，就不修了。

朱：楊德昌算是在國外學過電影，但很快就決定回台灣，直接進電影圈。這個時期在台灣剛好兩股力量碰在一起，像楊德昌這樣從國外回來的人，碰上侯孝賢和其他完全沒學電影理論、實務做上來的人，產生了火花。他們一見面就非常投機。台灣新電影運動可以說正好是在那個時間點上幾個力量撞在一起因而誕生的。

●——很多文章都談到台灣新電影運動早期的氣氛，像是在楊德昌家中傳奇性的聚會。就像種子落下、萌芽與開花，造就了台灣電影的黃金年代。

侯：確實有些傳奇。除了朱天文，當時還有許多小說家進入電影圈，包括吳念眞、小野，還有黃春明⑫。在反映台灣的經驗上，電影總是比小說晚，晚了約當十年。小說先描繪，電影之後才跟上。所以我們希望借用小說家的題材，或藉助他們的力量，打開不同的視野。

白色恐怖的時候，台灣是很封閉的。封閉世界累積出來的東西，到新電影運動的時候從影像上開始反動。但這個釋放是表現在影像上的，而在文學上早就開始了，雖然那個時候同樣有出版審查和對言論發表的限制。就電影而言，這個釋放差不多在一九八三年。

●——能不能請您談談劇本創作的過程？作家／導演／演員吳念眞也是你們經常合作的對象，就像《戀戀風塵》正是從他眞實的生命經驗開始發想的。三個人一起合作，方式有什麼不同？

朱：吳念眞只有和我們合作過三部劇本，《戀戀風塵》、《悲情城市》，還有《戲夢人生》。

侯：三個人合作劇本的情形是，先有東西，有一些感覺，一開始想就找天文聊，聊了之後我再進一步結構它。結構出來，情節完整了，天文就把初稿整理出來，這時候才找吳念眞。吳念眞的台語比較好，擅長處理對白。三個人合作大致是這樣的形式。

●——朱天文，您除了自己的小說之外，也曾改編其他作家例如吳念眞、張愛玲⑬、黃春明的作品。改編別人的小說和改編自己的作品有什麼不同？

朱：侯孝賢眞正從我的小說改編的電影，其實只有《小畢的故事》。其他多部電影看起來像是從我的小說改編，例如《冬冬的假期》、《風櫃來的人》，其實都是先有故事、有劇本，後來才寫成小說，在報上發表，作一個宣傳。《兒子的大玩偶》、《戲夢人生》和《海上花》都是改編其他作家的作品。

侯：《戲夢人生》也不算改編，而是根據李天祿的訪談資料。

朱：在我來說，小說和電影分得非常清楚。當你改編小說成電影，電影絕對不能「忠於原著」，那是很愚蠢的事情。尤其當你熟悉電影這個媒介，你就知道文字和影像是兩個世界。用文字說故事和用影像說故事，方法完全不同。當你用文字思考，它有它敘述的邏輯，而影像有自己說故事的語彙，兩者是截然不同的。當你明白這一點，你就會知道導演想改編一個故事，很可能只是因爲裡頭的某一點打動他，小說裡頭的某一種感覺、某一句話。編劇的時候，必須用影像去想，用影像去編，用影像去重新說它。如果你讀了小說原作，就想原封不動將它搬到銀幕上，一定會造成災難。

做一個編劇，尤其替侯孝賢、楊德昌編劇，王家衛更是，極沒有成就感。只不過在畫一張施工藍圖。最大的貢獻可能是在討論過程。討論完畢，我把想法變成文字，而這個文字導演是不看的——討論完了之後他就完全知道怎麼做了，已經全部都在他的腦海。劇本是給工作人員看的，讓演員大概知道這部戲要拍什麼而已。王家衛甚至連劇本都沒有，他的方法非常昂貴，就像爵士樂的即興，拍攝過程中就是劇本和想法的逐步完成，用底片當草稿。花費的成本很高！這是另外一種拍法。爲侯孝賢編劇時我們就是討論，寫下來只是做個整理。

●——您曾經談到過沈從文⑭影響了您的美學，尤其從拍《風櫃來的人》開始。您能談談朱天文將沈從文的作品介紹給您，以及他對您拍攝電影的影響？

侯：當你準備拍一部電影，要處理劇本的時候，最需要的其實是一個清楚的角度和說法。比如你想說一群年輕人的故事，像《風櫃來的人》，你得知道你要用怎麼樣的角度、用什麼容器去裝這個故事？首先你要確定你的說法跟視角。以前我編好故事立刻就可以拍，跟天文他們認識了以後，就開始尋找「角度」。你可能有內容，但你的形式是什麼？以前拍電影很簡單，從來不管什麼形式，後來跟台灣新電影運動中那些國外回來的聊了以後，變得不會拍了，開始有這個困擾。《風櫃來的人》的故事裡很多出自我自己的經驗，我想要說一個關於成長的故事。但是這個觀點到底是什麼？我也說不上來。朱天文就拿了沈從文的自傳給我看。

沈從文的書以前在台灣算禁書。我看了他的自傳之後，感覺他的視角很有趣。他雖然描繪的是自己的經驗、自己的成長，但他是以一種非常冷靜、遠距離的角度在觀看。

朱：他像是自天俯視。整個敘事像是抽離的、鳥瞰的方式。他描述行刑的段落看完之後給我留下非常深刻的印象。

●——就算他描畫再殘酷的場景，他的語言一直抱持一種冷靜而疏離，就好比在書寫最普通的日常生活，像一家人一起吃晚飯。

朱：對，整個視角非常高。侯孝賢本來不知道怎麼拍《風櫃來的人》，讀了沈從文之後一切突然清楚了起來。

侯：討論這部電影的時候，我們一直在尋找觀點和視角。我自己讀的雖然不少，朱天文、她妹妹、父親涉獵得更多，所以能夠從內容上提出新的角度。

就像前一陣子，我拍一支汽車廣告。他們的要求是想給觀眾看一部鋸開來的車子。他們把一部車子切開，就像切西瓜一樣，切開給你看。切開車子當然可以，但是那個「說法」到底是什麼？跟朱天文前一陣子正好聊到卡爾維諾（Italo Calvino）的《給下一輪太平盛世的備忘錄》（*Six Memos for the Next Millennium*）。其中有一篇卡爾維諾問道，小說的深度在哪裡？他的回答是，深度是隱藏的，深度藏在文字的表面，藏在結構和文字的描述中。所以我就把他的觀點用在廣告裡了（笑）。

朱：這句話為廣告提供了一個構想，甚至成為廣告詞：「深度在哪裡？深度是隱藏的。隱藏在哪裡？就隱藏在表面。」他把車子切開，就用了這樣的觀點。

侯：其實電影基本上也是這樣子。內容想變成形式，要有一個看法和觀點。就像以哲學觀點看待生活的種種形式和風格。

朱：這好像是我們在討論劇本裡頭花最多時間的部分。看了什麼、讀了什麼、生活裡的事……

侯：我們什麼都談，認識的人、台灣的政治現狀……最後，其中有些什麼抓住你，我們也緊緊把握住它。你得到的感覺、角度也是一樣，最後再具體地表現出來。

朱：這都是從沈從文來的。

●——是如何決定要改編《海上花》的呢？

侯：以前我看很多張愛玲的小說，不過沒有讀過她的《海上花》。讀了之後發現它非常有趣。雖然人物複雜，內容那麼細節，但我很著迷，就臨時決定拍《海上花》。

●——《海上花》逸出了您前此作品所劃出的幾條軌道：首先，這部電影不同於以往您的電影強烈地關切台灣本土議題，而根本與「台灣」無涉。其次，《海上花》所牽涉的歷史時期，是您從來不曾處理過的（只有《戲夢人生》部分觸及清末）。最後，不同於自當代小說改編電影，晚清的韓子雲（韓邦慶）的小說，而由張愛玲再加以轉譯／改寫，無可避免留下她的經典印記。您如何面對這三點新的挑戰？

侯：讀《海上花》會喜歡、會想拍，就已經差不多跟這個作者同樣感覺，同樣的認同。若非如此，也無從改編起。我非常被這作者所描寫的中國人的生活樣貌所吸引。中國人的生活其實非常政治。我對他的描述發生興趣之後就想改編成電影。一旦做了這個決定，當然有幾個困難要面對，第一個就是你所說的，它的歷史背景和我們自己的生活經驗相差甚遠的問題。《海上花》距離我們生活背景雖然遠，但從小看的舊小說、文學作品發生作用，其實有一種熟悉感覺。我很喜歡《紅樓夢》裡所描繪的大家庭，尤其是裡頭辦宴會的情節，雖然複雜的不得了。所以最大的困難是如何重現那個時期的一些要素，捕捉住氣氛。

電影不像歷史，要掌握完整細節，全部研究過，那麼永遠也無法拍成。我們想做的只是抓到氣氛，用某些方式再造、呈現出我們對於《海上花》以及那些我們熟悉的章回小說的想像。這是最難的部分。每一場戲都拍好多次，不是一次能夠完成，前面基本上是暖身，讓演員慢慢進入情況，把青樓妓院生活的氛圍做出來。

●——每個鏡頭都相當長。在您所有電影中，《海上花》的長鏡頭應該算最長。

侯：整部電影才三十九個鏡頭，基本上一場戲一個鏡頭。

●——雖然這些長鏡頭對一般電影觀眾來講會產生一定的挑戰，但《海上花》不僅在影評上獲得極佳的讚譽，商業上也很成功，尤其在法國特別受歡迎，巴黎放映了好幾個月。您對於本片在法國獲得的成功，驚訝嗎？

侯：我感覺法國這個地方不管是觀眾、評論界，他們對電影的形式非常有興趣。我想重要的是，除了形式的表達之外，內容也緊緊抓住了他們的注意。小說太精采了，稱得上千錘百鍊。他一輩子在青樓的經驗都放進了小說裡，人物的個性準確、清楚到一個地步。

只是這部小說很長，我們遇到的困難是節錄哪些段落放上銀幕。我得節選、摘要一些次要段落，把小說中描繪的生活氛圍，用這些段落重新創造出來。我們花了一年多時間做考據，拍片、施工的過程比較辛苦，但對於內容，反而是很放心，你知道可以做得不錯。

●——《海上花》原先預定在大陸拍攝，卻在最後一刻未獲許可。電影拍攝地點改在台灣，使您必須完全使用內景。這帶給整部電影一種特殊的視覺效果。您再一次將技術的限制化做電影美學發揮的空間。另一個例子是《悲情城市》，主角梁朝偉⑮不會講台語、講的也不是標準國語，所以最後在片中他的角色安排是聾啞人。您轉化了這項限制，將他無法「說」的這個困難提高到了象徵的層次，成爲這部電影最有力的一個觀點。這兩個例子中您都將技術限制轉變成爲有力的象徵主題，從而重塑了電影的原始意念。能不能談談您如何處理這兩個或其他類似例子的過程？

侯：在中國大陸找景的時候就覺得很困難。外景更難，要找不容易。找拍攝地點，同時劇本還要送審。審查不至於沒過，但很清楚他們不贊成拍這種舊社會的東西。最後，我明白到小說所描繪的這個社會本來就是一個封閉的世界，完全用內景拍剛剛好，乾脆完全不用外景，把這點用視覺表現出來。

其實創作一定要限制，創作沒有限制，等於完全沒有邊界、沒有出發點。你一定要清楚限制，知道你的限制在哪裡，它們就成了你的有利條件。你可以發揮想像力，在限制內的範圍去表達。

●有時候限制可以是創造力的基礎，就像《悲情城市》裡的梁朝偉……

侯：對。一旦你清楚了受限制的事實，就不會想其他的，這個範圍就變成一個很大的舞臺。知道了限制反而成爲一個創作者最大的自由。電影拍久了，會很清楚形式內含的限制。

●繼《海上花》大獲成功，幾部華語片也相繼在國際電影市場獲得極高的評價。其中兩部，就是楊德昌的《一一》，以及李安的《臥虎藏龍》，李安的電影甚至大大打開了美國市場對外語電影的接受度。對於台灣（或華語）電影在國際的發行，您是否預期市場會擴張或有所改變？

侯：市場要擴大可不是那麼容易（笑）。整個現象只是一個風潮。歐洲人喜歡亞洲電影，包括中國、台灣、香港，但其實了解得很片面，僅限於某幾個電影類型。就像台灣新電影贏得了各種觀眾，它是另外一個風潮。歐洲喜歡陳凱歌、張藝謀以及其他第五代導演的電影，《海上花》不同的是，它所受到歡迎是因爲觀眾更深一層地了解到另外一種完全不同的中國的表達方式。

比較正面的結果是，除了票房收益之外，美國這樣一個主流電影市場，開始投資像《臥虎藏龍》這樣的電影。原先《臥虎藏龍》只是一部爲亞洲市場製作的片子。事實是，非英語片要進美國電影市場是幾乎不可能的。《臥虎藏龍》卻激起了好萊塢投資外語片的興趣——其實好萊塢本來就有投資外語片。例如好萊塢投資許多德國製作，因爲德國製作的電影在德國本地上映就足以回收。它針對當地的觀眾就已經賺錢，再到美國或是其他語言市場上映更是錦上添花。好萊塢當然會來爭這塊餅。

《臥虎藏龍》是最好、最成功的例子。它激起了整個市場的熱度。所以許多亞洲電影在拍攝的時候，例如徐克的《蜀山》已經被大發行公司買下來了。胡金銓從前的片子也被買下來要重新發行。大家一頭熱，爲華語電影創造了一個機會，可是它不見得會長久。有起就有落，說不定很快潮流就轉向了。不過《臥虎藏龍》爲華語片打開了一個機會。

●——《臥虎藏龍》的製片和編劇之一詹姆斯·夏慕斯（James Schamus）曾說，他一開始就相信這部片有跨界的潛力。他這麼樂觀的原因之一就是電腦／網路的發展，新一代的美國人是看著螢光幕長大的，有助於接受這部電影。

朱：很有趣。我和南方朔曾談過這件事，他提出另外一個文學全球化的觀察角度。他舉了一個例子，愈來愈多來自印度、印尼及其他亞洲國家的移民用英文寫作，寫給美國讀者看。

侯：對，歐洲和美國的小說版圖也被全球化所改變。此外，許多移民及其後裔所面對的文化衝突的問題，提高了他們的敏感度，啓發他們以一種新鮮的角度，提出很多原創的形式。電影基本上也是這樣。

●——縱使香港、大陸等地出產的華語片在美國市場前景看好，台灣電影畢竟還是相對少並且弱勢。是發行出了問題嗎？如果不是，台灣電影在海外的發行狀況如何？

侯：與中國大陸、香港等地的電影相較，台灣算是比較特殊。第一，它的產量不多，尤其這幾年，影片越來越少。其次，台灣電影跟主流電影市場是區隔開來的，電影只是人們生活的一小部分。一般人並不會特別注意台灣電影，所以我們的觀眾很少。大部分人的調性還是跟好萊塢主流電影較接近。

朱：大部分的人看電影只是爲了娛樂和放鬆。

侯：對，即使是喜劇、娛樂片，香港和大陸的電影還是比較豐富，提供更多選擇。香港影業那麼蓬勃，台灣資金佔很大一部分。台灣太小，投資者不願意投資，沒有資金支持，電影工業就很難健全，類型和製作數量都很有限。台灣電影的空間是差不多從二十年前台灣新電影時期開發出來，一直延續到現在。我的感覺是台灣電影會有下一波的機會出現，在台灣，喜歡電影、從事電影的人還是很多，其中一部分人會向主流靠近。不過不是那麼快，要等它爆發出來，我感覺還需要一段時間。

●——您一九八九年的作品《悲情城市》被某些電影評論視爲有史以來最有力量的作品。由於它是第一部直接面對二二八事件的電影，一上映便相當轟動，堪稱台灣電影的里程碑，同時震動了台灣社會。隨著電影帶出的歷史、社會、政治意涵，創造了一個新的社會現象。是什麼啓發了您拍出《悲情城市》？

侯：台灣新電影運動剛剛開始的時候，大部分的人都拍自己的成長背景、台灣經驗。這部分主題表現在電影上，比小說晚了十年。《悲情城市》所談論的二二八事件，在台灣一直是個禁忌，所以更晚，一九八九年，整整晚了十年。隨著蔣經國（1910-1988）去世，解除戒嚴，時代變了。空間打開了，用電影討論這個主題成爲可能。即使在解嚴之前，我也聽說很多過去的故事、看了很多跟政治相關的小說，比如說陳映眞[16]。這引發了我的興趣去找白色恐怖、二二八事件的資料。這是個時機，我本來不是想拍二二八，而想拍二二八事件發生之後下一代人的生活，他們活在二二八事件的陰影之下。後來正好解嚴，我感覺這時來拍《悲情城市》

是一個時機。

●──嚴格來說您並未專注於事件本身，而是描繪出一九四五到一九四九年間的歷史空間，台灣就像身處夾縫中，介於日本統治力量的退出和國民政府的接收之間。

朱：這五年間整個社會環境有著劇烈變動，就像社會原先達成一個平衡，一夕之間重心不穩全部翻倒了。這是我們眞正感興趣之處：人們和他們所處的社會如何掙扎恢復平衡。

●──「城市」指的是事件首先發生的台北嗎？還是場景所架設的九份？

侯：都不是，「悲情城市」其實是講台灣的意思。這原本是一首台語老歌，也是另外一部台語片的片名，叫做《悲情城市》⑰。不過它跟政治完全沒關係，是一部講愛情的片子。

●──電影上映時，引起了非常大的社會迴響與爭議。您拍這部片子時有預期會引起這麼大的反應嗎？

侯：拍的時候不會去想這個（笑）。

朱：我們想的全部都是實際上的困難。這部電影從演員到場景，幾乎全都出問題……

侯：第一，找到當時場景就是一大挑戰，很多場景都沒有了。台北是事件首先發生之處，經過這麼長的都市變遷，怎麼可能重回一九四七年二二八事件當時的台北市？現在整個變了。我們得到中國大陸去拍部分外景，像是台灣的基隆港。台灣已經發展得跟當時完全不同。二二八事件發生的原因很複雜。可是我們的角度非常清楚。二二八事件有其歷史成因，很難在電影裡面描述清楚。發生的原因在許多史料、研究中早有定論，我們何必再重複？所以我只是把它當做背景，在電影中重建當時的氣氛。

●——爲什麼您在電影中選擇以一個幫派家庭、流氓家庭的角度來述說這個故事？

侯：這樣的家庭做爲台灣社會結構的一部分其實很早。我們不應該把它叫做「黑社會」，它們就是民間、地方上的勢力，是有錢人、士紳。他們基本功能是解決地方問題，相對保守，很多事情他們不願意插手。當時的社會就是這樣，叫做「山頭勢力」或「派系」。到現在地方選舉也還是這樣在運作。有了這個結構，還有像李天祿這樣的角色，我再組合成爲一個家庭。總之，戰爭中家庭裡總是會發生一些變化。

●——《悲情城市》後來成爲您「台灣三部曲」的第一部，隨後您拍出了《戲夢人生》、《好男好女》。這是您原先的計畫，還是隨著《悲情城市》的成功所發展出來的？

侯：《悲情城市》拍完後，我就有再拍兩部片的構想，合而爲三部曲，處理台灣的現代史。不過每個片子角度都不太一樣。《戲夢人生》是在《悲情城市》之前，描繪日本統治下的時期。

《好男好女》則是《悲情城市》之後，拍的是白色恐怖。所以這三部電影是以三個角度描繪台灣的現代史。但事件是背景，主要的重心還是放在人身上。

朱：李天祿則是另一個關鍵，他是我們想拍《戲夢人生》的原因。侯孝賢有時候是因爲一個演員的魅力被吸引，李天祿就是這樣的一個例子。這個演員非常過癮，愈合作愈發現他有潛能。我們首先是跟李天祿合作《戀戀風塵》，之後是《悲情城市》。合作了這兩部，發現他的一輩子很過癮。

侯：很過癮，非常精采的一個人。

朱：但是他很老了，隨時都有可能離開我們，所以沒有多少時間，我們緊接著就拍他，想把他的一生用電影記錄下來。

侯：我們很容易就會貼標籤說人家是「漢奸」，就像前面提過的胡蘭成，但是李天祿一出生就是在日本人統治之下。那是所有他知道的世界。在這種情形下，很難簡單用道德評斷他的行動。所以我們選擇站在人的角度，就他當時所處的環境去看他的一生，盡量客觀地來看他所見證的時代變化。

朱：人的一生就像大海上的浪花，隨著海浪一波一波，但也不曾眞正改變，不像是知識份子，要去改變這個社會，大部分的人想的是怎麼活著，順應潮流、順應時勢。就好像有些人也許會質疑，李天祿為什麼要幫日本人做宣傳，那是怎麼回事？這裡頭滿多東西的。你可以從很多不同角度去看，最後你發現人生就像大海一樣。人總是要活下去，他會想到下一代。今年播種明年穀子熟了要收成，這就是人生。怎麼去活著才是最重要的，不管誰來誰去。這跟知識份子的想法完全不一樣。《戲夢人生》就是描繪大海一般、恆久不變的人生。

●——不少人寫過您的「暴力美學」，尤其是您曾談及對本土的幫派文化的興趣，也表現在《悲情城市》、《好男好女》和《南國再見，南國》中。為什麼您會對這個主題產生興趣？

侯：這跟我從小的經驗有關。我從小在鳳山城隍廟邊長大。城隍廟就像現在的麥當勞，當然以前的空間跟現在不一樣，有很多年輕人、小店聚集在那邊。不過不只是年輕人，比如他們的哥哥一代會在一起、父親一代會在一起，地方上的人會常常聚集，碰到事情就會聚在一起。所謂「角頭」，就是地方勢力，慢慢地會在這裡形成。就傳統說來這是很正常的現象，倒不是眞正的黑社會。這裡面就會有雄性之間、男人之間的兄弟情誼出現，也會導致跟外在世界的衝突。這個經驗給我留下極深印象，因為我的成長背景，從小學開始就在那邊混到當兵。那幾年打架什麼的，什麼都幹過……

朱：如果沒有來拍電影，他大概會在那裡混一輩子。

侯：很多我小時候的玩伴，後來被人家開槍打死、吸毒。剛剛天文說長大之後一同辦雜誌的人都散了，各走各的路。我這些朋友是更底下階層，是更不同的生活經驗，大家也都走不同的路，但是路更窄，沒有機會。高中畢業繼續唸書只有我和另外一個人，其他的幸運一點唸完高中，更多人只有小學學歷。他們別無選擇，只有順著自己環境，可能性很小，有的混賭場，有的被人槍殺，有的進監牢。隨著台灣社會的結構慢慢變化，景況更差。所以我對所謂「幫派文化」的興趣，其實是我自己生活結晶來的。

●——另一個反覆在您電影中出現的主題是那些「在路上」的鏡頭。可能是汽車、火車（《戀戀風塵》、《悲情城市》）、摩托車（《南國再見，南國》），或僅僅是走路，可以說「移動」這個主題，以及鄉村和城市之間的關係非常重要。針對這不歇止的、尋找的行動可以有非常多的解釋方式。這純然是服務於視覺的技巧，還是在這持續不斷的移動背後有一層隱喻關係？

侯：那是嚮往外面的世界。我在一個小地方長大，你會想外面的世界是不是海闊天空？我年輕時候，交通不是很發達，常常坐火車東跑西跑。我的感覺是人會嚮往跟自己不同的生活，台灣本身也是，資源有限，人又多，不管出於經濟或什麼樣的原因，總是會向外看。在一個小地方生長的人，很自然就會想往外去發展。對外界的渴望在我的電影中就會出現。

我自己的經驗也是一樣：當兵退伍之後，就直接上台北。你知道男人總是會想出外冒險（笑）。

●——跟那些「在路上」的鏡頭的一個明顯對比是《悲情城市》末尾有一景令人難以忘懷：林煥清和妻兒站在火車月台等火車，但當火車停靠月台，他們仍然站立不動——他們已經無處可逃，已經沒有「外面的世界」可以指望。

朱：他被堵在這裡。不論他到何處去，終歸無法離開這個島。如果在中國大陸也許還可以，地方大也許還有地方逃。

侯：對，已經無處可去。台灣這麼小，就算最後躲在山裡，依然會被找到。

●——在朱天文所有的作品裡，《荒人手記》無疑是她在國外最受讚譽的作品，也許在台灣亦然。小說寫一個男同性戀者試圖和他身染愛滋的童年玩伴迫近的死亡共處。您曾想過將朱天文的小說改編上大銀幕嗎？

朱：（笑）你要和一部小說有很深的聯繫才會想把它拍成電影。《荒人手記》太複雜，侯孝賢大概掌握不了⑱。（笑）

侯：這是個滿細微的東西，跟我的個性比較不合。就像王家衛的電影是我永遠不可能拍的，我的東西他也不可能拍。每個人的藝術特質不一樣。也許跟我是火象星座白羊座有關，王家衛是水象星座巨蟹座。表達的形式、專注點完全不一樣。

●能不能請兩位談談《千禧曼波》，包括演員舒淇，還有長期的合作對象高捷？

朱：拍《千禧曼波》是侯孝賢的想法。本來是一年前就要拍，但是拍攝的時間一直延長。許多侯孝賢早期的電影都是描繪三、四十年前的生活，都經過沉澱，會帶有距離的美感。侯孝賢擅長處理具有歷史距離的題材。但要拍現代的話，距離太近，他很難找到角度去掌握故事。年輕人不反省也不思考，就是行動。我年輕的時候也是這樣，我不理論化我寫的東西，我就是寫。年輕人拍自己的電影不需要距離，只要把自己拿出來就好，因爲他們自己最了解自己。自有其節奏、能量。

我四十歲了，侯孝賢也五十幾啦，他怎麼進得去那個世界？看現在的年輕人，他有一肚子不同意，他們有完全不同的價值觀、生活方式和生活態度。雖然侯孝賢很能和年輕朋友打成一片，但是我知道最深處他還有攜帶他自己的價值觀。但侯孝賢能把自己的看法擺在一邊，和他們有很好的交情。除了彼此的友情，他們各自的背景眞得是相差非常大。所以最困難的是，你已經不是年輕人、你有你自己的眼睛，又很近、又很遠。畢竟他年長他們三十歲，怎麼樣找到適切的觀點是一項挑戰。所以他發現拍現代最難，當你拍過去的事情，記憶已經沉澱下來，自有審美和美學。而拍現代，沉澱不夠。一切都還在變動之中。

這和小津安二郎導演是很大的對比，他一直都在拍現代日本，侯孝賢就覺得很好奇，爲什麼他可以拍跟自己這麼接近的時代？你怎麼看你自己？就像大力士可以舉起比他自己還要重的東西，可是沒有辦法舉起他自己。人總是看不清自己的時代。這就是我們遇到的困難。侯孝賢有他自己的價值觀、觀點，怎麼跟現代的年輕人的新鮮感和能量貼合。

●──《海上花》和《千禧曼波》同樣都帶有世紀末的美學，一部是描繪十九世紀晚期清末的妓院，另一部拍的則是二十世紀末的大都會台北。這兩部電影之間是否有一種主題上的連結？

朱：其實《千禧曼波》就是現代版《海上花》！（笑）《海上花》描述的年輕男人、年輕女人也就是那個時代最時髦的，就像《千禧曼波》裡的年輕人。在拍的時候有一次侯孝賢就感嘆說：「我的天，簡直在拍現代版《海上花》！」真的就是這種感覺。

侯：但《千禧曼波》更難拍。拍《海上花》你可以讀小說，或是同時代的作品。即使小津去拍當代的生活，他還是聚焦在家庭關係，父親跟女兒之間。那是長期一直累積的。王家衛也拍現代，但他不是拍當下現在，而是對於他的過去的鄉愁。他的背景是香港，香港在殖民統治之下現代化比較快，擴張和發展一直在延續，由此建立他的風格。而相對的我成長於鄉下小鎮，我沒有相似的經驗累積，只有現代的吉光片羽，所以很難掌握當代主題。除此之外，現在的小孩子變化快。《千禧曼波》的選角指導跟演員差不多一樣年紀，他告訴我他們的生活步調實在太快，你根本不可能捕捉。大概一個月前他看到幾個演員兩年前的照片，跟現在差別非常非常大，幾乎認不出是同一個人。外表、生活方式都改變了。你認識他們的階段他們正好要改變。今年我認識他們，我在他們身上看到的改變眞的難以想像。我所做的事的一部分就是捕捉他們的此刻，因爲我知道他們明天就會變一個人，心情、樣子都不一樣了。但同時我又不是要拍紀錄片。很多私密的情緒、內心的苦悶，尤其男女關係，拍來拍去很難，非職業演員也很難演得可信。即使專業的演員舒淇也演不到。每當這種時候我就只有後退，讓演員根據他自己的個性去演這個角色，這是很大的挑戰，尤其牽涉微妙的男女關係和情欲。像是舒淇，很多香港、台灣，亞洲的演員共同的問題就是排斥演出情欲戲，但去避開這個東西就會更不像。像拍《南國再見，南國》，我拍了十八萬呎，還是覺得很多東西捕捉不到。

現在《千禧曼波》終於拍完了，但在剪接的過程中發現很多以爲已經解決的問題還是一樣發生，你感覺不能做到。現在就是重新調整。

●除了執導電影，您還擔任多部重要電影的製作人，包括吳念眞的《多桑》，還有張藝謀一九九一年的得獎之作《大紅燈籠高高掛》。尤其後者，當時台灣解除戒嚴僅僅四年，堪稱空前的跨越海峽兩岸的合作。您能不能談談兩部電影中您扮演的創作角色？

侯：我那時候的製作人年代公司的邱復生非常想跟張藝謀合作。因爲出席各種國際電影節，我和張藝謀變得很熟，我就幫邱復生居中牽線。我單純是掛名監製，這部片完全是張藝謀的電影。

我記得跟他在北京見面討論劇本。那時他邀了北京電影協會的倪震寫。我告訴他們因爲台灣和中國大陸經驗上的落差，我沒有什麼可以貢獻的，除非我完全用張藝謀的方式思考。如果由我來拍一個類似的故事，我會把重點放在那個大家庭，就像《紅樓夢》描寫的那樣。我喜歡發揮的是各房之間微妙的關係，還有那些大宴會場面表面下的衝突。這種角度複雜很多，那些細節很吸引我。但張藝謀選擇拍故事，而且採取徹底風格化的詮釋方式。那種方法不是我要的。我一直很堅持用直覺應該用的方式去拍電影。在技術上也許有可以給意見的空間，但中國大陸和台灣畢竟不一樣，我進不去他們的世界。關於服裝、美學觀點甚至電影的表現形式，我完全尊重張藝謀的風格還有他拍攝的方式。

朱：實際拍攝的時候，侯孝賢在《大紅燈籠高高掛》的角色主要是協助邱復生。侯孝賢的名字出現完全是出於行銷方面的考量，因爲投資人的關係。從一開始很清楚地張藝謀就有絕對的創作自主權，侯孝賢並沒有施加什麼影響。

●——您一直非常支持年輕的電影人，最近成立了新的基金會，架設「戲弄電影網」（www.sinomovie.com），朝向這個目標邁開新步伐。這個新計畫的宗旨是什麼？數位電影和網際網路對台灣電影業產生什麼影響？

侯：一有架網站的念頭我就一直在想，網站的可能性是什麼？網站創造了一個虛擬的無限空間。

數位化目前是一個趨勢，它之所以重要，是因爲數位攝影比傳統膠卷便宜很多。網站提供了幾乎無限的空間給新一輩的、未來的電影人展示他們的作品。這是這個網站最大的意義。

除此之外，這些跟電影相關的網站會漸漸改變我們看電影和製作電影的方式，這跟我們稍早談到的，現在新一代的觀眾對於同時閱讀圖像和文字愈來愈習慣有關。網路也創造了屬於短片的市場，這可以在更大計畫的架構下統合和行銷。一開始的設想非常簡單，網站可以提供和開發新的空間放短片作品，讓新人亮相。後來發現，才短短一年，整個網路事業就垮了。現在幾乎無法在線上提供新的內容，整個系統等於未建置完成。就像時代華納和美國線上（Time Warner-AOL）的合併，他們都看好許多新的商機、全新的通路，但他們做不到。個人改變的速度沒那麼快，公司也許準備好要發展新的媒介，但消費者不盡然如此。整個過程很慢，尤其在台灣。所以最後，我們決定把網站當做一個窗口，雖然所有人都在談改變和媒體革命，但我們的本業、最擅長的還是做電影，所以提供的是電影製作的交流空間。

至於數位電影，我原本想用數位攝影機拍攝《千禧曼波》。我想如果用數位攝影機一切製作過程都可以加快。

●《千禧曼波》又名《薔薇的名字》。這部電影是否從屬於更大的計畫？

侯：《千禧曼波》是六部系列作品的總名稱，《薔薇的名字》只是第一部。我們一開始的目標是藉由網站創造出以台北爲中心的一個系列，用電影去發展一個樹狀的關係圖，拍出台北不同年輕人的故事。如果一開始就用數位攝影，現在這個計畫可能已經完成了，因爲數位攝影快又便宜。如果用傳統的攝影機，需要空間放設備、技術支援，很費時間，沒辦法抓到我剛剛說的那種快速的改變。數位攝影更貼近他們的生活步調。

不過我的攝影師也指出，將數位攝影轉爲電影也很貴。拍攝的時候可能可以省錢，後製過程中花費卻可能加倍。因爲數位仍然是相對實驗性的，我們不想冒那麼大風險。時機還不成熟。假使我們照一開始的想法採用數位攝影，有可能六部作品都拍完，但還是達不到原定計畫，因爲還要把投資人考慮進來。即使我們想拍眞實故事，也不能完全用非職業演員，還是要選角、還是要知名度高的演員。現在既然要選角，就會出現時間差。所以很難。如果第一部成功，也許後面幾部就可以嘗試新的方式，要是一切都行得通，接下來就可以用十年時間來拍攝台北的故事，這個概念甚至可以推展到其他城市，像是香港、上海和東京。

●——您的電影高度地詩意、具描繪性，有著沉思冥想一般的風格。除了沈從文，是否有其他的作家影響了您的視覺風格？

侯：早年我讀了很多武俠小說。通常我喜歡的作者我就會上上下下把他的作品全部找出來看。後來發現金庸⑲是集大成也是最好的。我也看很多其他的類型小說，像是老的言情小說，一路下來。不過有足夠力量能夠深刻地抓住我的不多。除了剛剛談到的沈從文，還有汪曾祺的一些短篇小說也很感動我。

除了中文的小說，我也讀了很多歐洲和日本的作品。因爲每個國家的地理、社會和政治環境都不一樣，每個偉大作家都有自己的特殊視角。現在我覺得歐洲的文學作品很令人驚訝。

●——您談及武俠小說對您早年的影響。因爲近來《臥虎藏龍》的成功，似乎出現了對武俠小說和電影的新興趣，像徐克的《蜀山》、張藝謀的《英雄》，似乎每個人都投身這個浪潮。您有計畫拍攝武俠或武術電影嗎？

朱：實際上，我們有！我不懂他以前爲什麼不拍武俠電影，因爲他看得非常多。

侯：就跟拍攝《海上花》背後的原則是一樣的。我從沒嘗試拍武俠電影是因爲很多技術上的困難和限制。電影的拍攝技術和我想像中的武俠世界落差太大了。我讀過許多武俠小說，我覺得我已經超越它了。對我來說眞正的困難還是尋找一個角度，我總覺得我想要的是更新、更有現代感的方式。

雖然現在我們計畫拍一部武俠電影，但不打算改編當代的作品（例如金庸），而會拍更早以前的，其實更爲前衛的作品。

朱：我們想改編《唐人小說》聶隱娘的故事。

侯：我覺得唐朝人其實更前衛，不爲傳統所限，可以逃脫儒家的道德規範。視野其實更大更具現代感。

朱：從我認識侯孝賢的時候他就總是在談武俠小說，特別和他的童年以及你們剛剛談到的「幫派文化」有關。那是因爲他小時候就特別受到「俠義」這個觀念的影響，或是我們常說的「義氣」。如果我們要拍一部武俠電影，侯孝賢一定會從俠義的角度來拍。不過聶隱娘這個女刺客是完全不同的世界。她跟我們熟悉的傳統武俠小說的角色都不一樣。她的故事並不那麼環繞著忠誠或是俠義的概念，她其實是很現代的一個女性。

●是不是可以這麼說，你們某些早期電影像是《南國再見，南國》就是在描繪現代的「俠」？

侯：（笑）我想你是可以說，這些角色確實是現代意義的遊俠。不過我拍愈多電影，這個概念變得愈邊緣化。這種邊緣化，其中一個意義就是我得以保留一種純然的俠的角色，如果你留在「中心」那幾乎是不可能的。台灣經過劇烈地改變，今天的主流全都是關於權力和利益。這就是爲什麼我一直有興趣刻劃邊緣人的角色。

這也是我會想改編〈聶隱娘〉的根本原因，它和傳統的武俠、遊俠小說多有不同。小說中蘊含道家思想，每當主角試圖逃脫傳統習慣規範也就關涉俠義。

朱：也許有人會想侯孝賢讀了那麼多當代的武俠小說，他會環繞著俠義和兄弟義氣拍出一部更爲傳統的電影，但我們選了《唐人小說》中的聶隱娘。她代表了跟俠義非常不一樣的另外一種東西。我的感覺是讀她的故事有一種現代意識。

侯：〈聶隱娘〉開頭是一個尼姑經過一棟大宅院，看到一個十歲的小女孩。尼姑想把小女孩帶走，女孩的父母當然不同意。一天晚上，半夜，小女孩失蹤了。她直到十年之後才回來，那時候她已經十八歲了。

朱：她失蹤這段時間都和尼姑習武。故事用很長的篇幅描述尼姑如何教導聶隱娘……

侯：就傳統說來，訓練的中心思想應該是除惡、拯救人民於水火。但這個故事採取完全不同的角度，因為聶隱娘從小被教導當刺客，可是有一天她執行任務時動了惻隱之心，對於刺客這件事懷疑了，動搖了，所以她的武功一夕間瓦解。她腦袋還隱藏了一個匕首——是尼姑把它放在那裡，好讓她隨時把它拔出來，但一夕間，都不管用了。這和傳統武俠小說完全不同。

她動搖的場景是，尼姑要她去刺殺某人。尼姑沒有解釋為何要那人死，而聶隱娘很晚才回來。尼姑問她為什麼花了那麼多時間，聶隱娘說她看見那人跟嬰兒玩就很猶豫沒殺成。尼姑很嚴厲地斥責她不可以有憐憫之心。

●——所以這是您在《千禧曼波》之後的計畫？

侯：其實劇本的細節和故事情節兩年前就開始在做了。

朱：聶隱娘最有趣的一點就是她的價值觀的瓦解跟再建。尼姑知道沒用了讓她下山回家，她自主嫁給一個以磨鏡子爲業的年輕人。

侯：她的家人不敢反對，即使她的父親是藩鎮要臣。

朱：聶隱娘不容人插手，自己決定要嫁這個磨鏡子的年輕人。

侯：後來她父親被藩鎮兩派人馬之間給逼殺。這下情況不同了……

朱：聶隱娘被迫重拾往日技倆，殺人。所以指引她的行動的理念和傳統儒家的俠不一致。將這些故事細節改編成電影的過程中我們完全被吸引住了。她不忠於任何團體，只隨己意而行「道」。當她感到與對手發生連結就立刻反正爲逆。這和俠的常規不同，給我們一種很新鮮、很現代的感覺。此外她是一個女人，又增添了其他面向。

侯：她回到俗世，但俗世仍逼得她不得不翻盤。

朱：的確，她一直緊緊把握著個人觀點。

侯：她的丈夫也是，那個磨鏡子的人。有一個場景是他們騎著兩匹驢子進城，一隻黑的，一隻白的。最後證明這兩匹驢子其實是剪紙變的——這是道家的。

●——劇本完成了嗎？

朱：還沒，現在只有故事情節。我們討論這個故事已經兩年了，計劃因爲《千禧曼波》而中斷。現在我們要把故事給投資人看……

白睿文（Michael Berry）

一九七四年於美國芝加哥出生，哥倫比亞大學現代中國文學與電影博士，現職加州大學聖塔芭芭拉分校東亞系副教授。主要研究領域爲當代中國（包括港台海外）文學、華語電影、中國通俗文化和翻譯學。著作包括《痛史：現代中國文學與電影的歷史創傷》（*A History of Pain: Trauma in Modern Chinese Literature and Film*）、《光影言語：當代華語片導演訪談錄》（*Speaking in Images: Interviews with Contemporary Chinese Filmmakers*）、《故鄉三部曲》（*The Hometown Trilogy*）。中英譯作包括王安憶《長恨歌》（*The Song of Everlasting Sorrow*, 2007，與陳毓賢合譯）、（余華《活著》（*To Live*, 2004）、葉兆言《一九三七年的愛情》（*Nanjing 1937: A Love Story*, 2003）、張大春《我妹妹》與《野孩子》（*Wild Kids: Two Novels About Growing Up*, 2000），正在進行中的是舞鶴《餘生》（*Remains of Life*）的英譯。

註釋

①二二八事件（1947）起因於台北專賣局取締四十歲寡婦林江邁非法販賣私菸，引起騷亂，專賣局稽查員與林江邁發生衝突，引爆一連串的暴力事件，數日內便擴及全島，台灣人與新近由大陸移居的大陸人之間持續衝突。此事件導致台灣本島的知識分子和政治領袖大量被捕屠殺。有關此事件的更多資料請參見賴澤涵、馬若孟、魏萼著，羅珞珈譯，《悲劇性的開端：台灣二二八事變》，台北：時報文化，一九九三。

②李天祿（1910-1998），一九三二年創立「亦宛然」掌中戲劇團，是台灣最著名的掌中戲大師，也是侯孝賢的《戀戀風塵》、《尼羅河女兒》、《悲情城市》、《戲夢人生》的演員。《戲夢人生》即改編自他的回憶錄。他也參與張志勇的得獎作品《一隻鳥仔哮啾啾》（1997）的演出。

③《兒子的大玩偶》因其風格與主題特性，一直被視爲是台灣新電影的開創作品之一。電影由三段故事組成，《兒子的大玩偶》、《小琪的那頂帽子》、《蘋果的滋味》。第一段由侯孝賢導演，敘述一個年輕父親，扮成小丑，踩著三輪車，爲當地戲院四處宣傳電影。他出生沒多久的兒子已習慣了他的小丑裝扮，等他卸裝、換回平時的服飾後，兒子竟認不出他來。

④電懋是陸運濤於一九五六年於香港成立的電影公司，是國泰電影公司的前身。電懋拍攝了許多票房極佳的鉅片，如《四千金》（1957）、《星星月亮太陽》（1962）等。一九六五年陸運濤因空難喪生，電懋改名國泰（香港）有限公司。邵氏兄弟公司於一九五七年由邵逸夫創辦，出品了許多成功的製作，如《梁山伯與祝英台》（1963）、《獨臂刀》（1967）、《少林三十六房》（1978）等。邵氏後來成爲亞洲最具勢力的電影王國。

⑤編註：岩下志麻（1941-），日本著名的演技派明星，生於演藝世家，中學即參加電視劇演出。電影作品有

《切腹》（1962）、《古都》（1962）、《秋刀魚之味》（1962）、《沉默》（1971）、《櫂之曜三》（1986）、《寫樂的感官世界》（1995）等。

⑥ 編註：山本周五郎（1903-1967），日本著名小說家、編劇。一九二六年在《文藝春秋》發表處女作〈須磨寺附近〉展開文學之路。山本周五郎極爲多產，其中以《五瓣之椿》、《紅鬍子》最受歡迎，曾多次改編爲電影電視。他與黑澤明合作了多部電影，如《椿三十郎》、《紅鬍子》、《電車狂》、《黑之雨》。

⑦ 李行（1930-），台灣早期非常重要的電影工作者。導演的作品有《街頭巷尾》（1963）、《養鴨人家》（1964）、《蚵女》（1964）、《秋決》（1972）、《汪洋中的一條船》（1978）、《小城故事》（1979）等。侯孝賢與李行於一九七九年合作了《早安台北》，侯擔任編劇。

⑧ 新月社爲一九二二年至一九三三年中國極具影響力的文學團體，創辦者爲當時頂尖的知識分子，如徐志摩、梁實秋、胡適與聞一多。一九二八年並在上海出版《新月》月刊，經常爲《新月》供稿的作家有沈從文、馮友蘭、凌叔華、林徽因，還有當時許多作家、詩人、思想家。

⑨ 胡蘭成（1906-1981），中國近代作家，是個爭議性人物。一九三七年開始替《中華日報》撰稿，並出任汪精衛政府的宣傳部部長。一九四四年與張愛玲結婚，一九四七年六月離婚。胡蘭成曾在台灣住了三年，之後因被控「通匪」而被迫離台，後終老日本。主要作品有《今生今世》、《山河歲月》、《禪是一枝花》。

⑩ 《小畢的故事》（1983）一般被認爲是台灣新電影初期的奠基石，導演是陳坤厚。故事描述少年小畢與繼父之間充滿衝突的關係以及最後的和解。

⑪ 丁亞民是台灣新電影運動早期成員，活躍於台灣電影圈。他擔任編劇的作品有《小畢的故事》、《最想念的

季節》、《春秋茶室》（1988）。他也導演過電影《候鳥》（2001），以及根據知名詩人徐志摩的生平改編、收視率很高的電視連續劇《人間四月天》（2001）。

⑫ 編註：小野和吳念眞一樣任職於中影製片部，兩人都擔任許多電影的編劇。黃春明（1939-）的小說在當時被大量改編成電影，除《兒子的大玩偶》的三段故事外，還有《看海的日子》（1983）、《我愛瑪麗》（1984）、《莎喲娜啦・再見》（1985）、《兩個油漆匠》（1990）。

⑬ 上海出生的張愛玲（1920-1995）是那一輩作家中最頂尖的中文小說家與散文風格家。小說作品有《秧歌》、《怨女》、《赤地之戀》等。張愛玲與電影圈有很深的淵源，她的小說曾被許多導演改編成電影和電視，如侯孝賢（《海上花》）、許鞍華（《傾城之戀》、《半生緣》）、關錦鵬（《紅玫瑰白玫瑰》）、李安（《色・戒》）。二○○四年丁亞民將她的生平事跡改編成電視劇《她從海上來》。張愛玲也曾當過電影編劇，如《太太萬歲》（1947）、《南北一家親》（1962）、《小兒女》（1963）。

⑭ 沈從文（1902-1988），一九四九年以前中國最具影響力、前鋒、多產的作家。他最爲人熟知的是生動地描繪少數民族的習俗、優美風景以及軍旅生活。他寫過兩百多篇短篇小說和十部長篇小說，包括非常著名的《邊城》。一九四九年之後他放棄小說創作，專注於中國傳統服飾的研究。他的小說曾多次被改編成電影，如《翠翠》（1953）、《邊城》（1984）、《湘女蕭蕭》（1986，以及《丈夫》（又名《村妓》）。

⑮ 梁朝偉（1962-），原爲電視演員，旋即成爲香港電影最具天分且炙手可熱的明星。他主演了無數電影，包括王晶導演的商業喜劇、吳宇森的警匪片，以及侯孝賢、王家衛的藝術小品，他主演了王家衛大部分的作品，與侯孝賢合作了《悲情城市》和《海上花》兩部片子。

⑯ 陳映眞（1937-），一九五九年開始以現代主義風格創作小說。白色恐怖時期因其馬克思主義思想坐牢七年，一九七五年成爲鄉土文學運動的擁護者。陳映眞最爲西方熟悉的作品是帶自傳色彩的短篇小說〈山路〉。改編成電影的作品有〈將軍族〉、〈夜行貨車〉。

⑰《悲情城市》是一九六四年的黑白台語片，導演爲林福地，金玫、周遊、陽明主演。電影描述玉琴遭受的苦難與試煉：入獄，淪爲夜總會歌手，最後死亡。但爲了與愛人文德重聚，玉琴再次回到人間。

⑱ 訪問之後，《荒人手記》的電影版權售予大陸導演謝衍。

⑲ 金庸（1924-），記者、報人、影評人、電影編劇，創立了香港規模最大的傳媒集團明報。但他最爲人熟知的身份是二十世紀後半最受歡迎的武俠小說作者。他的小說《射鵰英雄傳》、《神鵰俠侶》、《鹿鼎記》、《倚天屠龍記》、《雪山飛狐》一再地被許多導演搬上銀幕，如胡金銓／徐克（《笑傲江湖》，1990）、楚原（《書劍恩仇錄》，1981；《倚天屠龍記》，1978）、張徹（《射鵰英雄傳》，1977）、許鞍華（《書劍恩仇錄》）等。此外，他的作品也被廣泛地改編成電視劇、動畫、漫畫和電腦遊戲。

參考資料

Berry, Michael"Words and Images: A Conversation with Hou Hsiao-hsien and Chu Tien-wen." Positions 11, no. 3 (Winter 2003): 675-716.

Browne, Nick. "Hou Hsiao-hsien's Puppetmaster: The Poetics of Landscape." Asian Cinema 8, no. 1 (Spring 1996): 28-38.

Chi, Robert（紀一新）. "Getting It on Film: Representing and Understanding History in A City of Sadeness." Tamkang Review 29, no. 4 (Summer 1999): 47-84.

Chu Tien-wen. Notes of Desolate Man. Trans. Howard Goldblatt and Sylvia Li-chun. New York: Columbia University Press, 1999.

Ellickson, Lee. "Preparing to Live in the Present: An Interview with Hou Hsiao-hsien." Cineaste 27, no. 4 (September 2002): 13-19.

Huang Chun-ming. The Taste of Apple. Trans. Howard Goldblatt. New York: Columbia University Press, 2001.

Li Tuo（李陀）. "Narratives of History in the Cinematography of Hou Xiaoxian." Positions 1, no. 3 (Winter 1993): 805-815.

Ping-hui, Liao（廖炳惠）. "Rewriting Taiwanese National History: The February 28 Incident as Spectacle." Public Culture 5, no. 2 (1993): 281-296.

--."Passing and Re-articulation of Identity: Memory, Trauma, and Cinema." Tamkang Review 29, no. 4 (Summer

1999): 85-114.

Lupke, Christopher. “The Muted Interstices of Testimony: A City of Sadness and the Predicament of Multiculturalism in Taiwan.” Asian Cinema 1, no. 15 (Spring 2004):5-36.

Neri, Corrado. “A Time to Live, a Time to Die: A Time to Grow.” In Chris Berry, ed., Chinese Films in Focus: 25 Takes, pp. 160-166. London: British Film Institute, 2003.

Reynaud, Berenice. A City of Sadness. London: British Film Institute, 2002.

Silbergeld, Jerome. “Chapter 3. The Chinese Heart in Conflict with Itself: Good Men, Good Women.” In Hitchcock with a Chinese Face: Cinematic Doubles, Oedipal Triangles, and China s Moral Voice, pp.74-116. Seattle: University of Washington Press, 2004.

Tam, Kwok-kan and Wimal Dissanayake. “Hou Hsiao-hsien: Critical Encounters with Memory and History,” In Kwok-kan Tam and Wimal Dissanayake, eds., New Chinese Cinema, pp. 46-59. Oxford: Oxford University Press, 1998.

Udden, James. “Hou Hsiao-hsien and the Question of a Chinese Style.” Asian Cinema 2, no. 13 (Fall/Winter 2002): 54-75.

--.“Taiwanese Popular Cinema and the Strange Apprenticeship of Hou Hsiao-hsien.” In Mmodern Chinese Literature and Culture 1, no. 15 (Spring 2003): 120-145.

Various. Hou Hsiao-hsien. Paris: Cahiers du cinema, 1999.（中文版《侯孝賢》，台北：國家電影資料館，二〇〇〇。）

Wang, Ban. "Black Holes of Globalization: Critical of the New Millennium in Taiwan Cinema." Modern Chinese Literature and Culture 1, no. 15 (Spring 2003): 90-119.

Xu Gang, Gary. "Flowers of Shanghai: Visualising Ellipses and (Colonial) Absence." In Chris Berry, ed., Chinese Films in Focus: 25 Takes, pp. 104-110. London: British Film Institute, 2004.

Yeh, Yueh-yu. "Politics and Poetics of Hou Hsiao-hsien's Films." In SheldonH. Lu and Emilie Yueh-yu Yeh, eds., Chinese Language Film: Historiography, Poetics, Politics, pp. 163-185. Honolulu: University of Hawaii Press, 2005.

Yep, June. Envisioning Taiwan: Fiction, Cinema, and the Nation in the Cultural Imaginary. Durham: Duke University Press, 2004.

朱天文，《千禧曼波：電影原著中英文劇本》，台北：麥田，二〇〇一。

——《好男好女：侯孝賢拍片筆記分場、分鏡劇本》，台北：麥田，一九九五。

——《朱天文電影小說集》，台北：遠流，一九九一。

——《悲情城市》，上海：上海文藝，二〇〇一。

——《最好的時光：侯孝賢電影筆記》，山東：山東畫報出版社，二〇〇六。

朱天文、吳念眞，《戀戀風塵：劇本及一部電影的開始到完成》，台北：遠流，一九九二。

吳念眞、朱天文，《悲情城市》，台北：遠流，一九八九。

林文淇，《戲戀人生：侯孝賢電影研究》，台北：麥田，二〇〇〇。

侯孝賢、朱天文、蔡正泰，《極上之夢：海上花電影全紀錄》，台北：遠流，一九九八。
侯孝賢、吳念眞、朱天文，《戲夢人生：侯孝賢電影分鏡劇本》，台北：麥田，一九九三。
曾郁雯編著、李天祿口述、侯孝賢策劃，《戲夢人生：李天祿回憶錄》，台北：遠流，一九九一。
黃婷，《E世代電影男女雙人雅座：走入《千禧曼波》的台北不夜城》，台北：角川書店，二〇〇二。
黃婷著，蔡正泰攝影，《千禧曼波電影筆記》，台北：麥田，二〇〇二。
萬萬，〈侯孝賢：悲情前後〉，收錄於羅藝軍編的《華語電影十導演》，頁三七八至四一五，杭州：浙江攝影出版社，二〇〇〇。

網站

www.sinomovie.com

侯孝賢電影作品年表

◎導演

就是溜溜的她	1980
風兒踢踏踩	1981
在那河畔青草青	1982
兒子的大玩偶	1983
風櫃來的人	1983
冬冬的假期	1984
童年往事	1985
戀戀風塵	1986
尼羅河女兒	1987
悲情城市	1989
戲夢人生	1993
好男好女	1995
南國再見，南國	1996
海上花	1998
千禧曼波	2001
珈琲時光	2003
最好的時光	2005
紅氣球	2007

◎其他

心有千千結	1973	場記（導演李行）
雙龍谷	1974	場記（導演蔡揚名）
雲深不知處	1975	副導（導演徐進良）
近水樓台	1975	副導（導演李融之）
桃花女鬥周公	1975	編劇、副導（導演賴成英）
月下老人	1976	編劇、副導（導演賴成英）
愛有明天	1977	副導（導演賴成英）

煙水寒	1977	副導（導演賴成英）
翠湖寒	1978	副導（導演賴成英）
男孩與女孩的戰爭	1978	副導（導演賴成英）
煙波江上	1978	編劇、副導（導演賴成英）
秋蓮	1979	編劇（導演賴成英）
昨日雨瀟瀟	1979	編劇、副導（導演賴成英）
悲之秋	1979	副導（導演賴成英）
早安台北	1980	編劇（導演李行）
我踏浪而來	1980	編劇、副導（導演陳坤厚）
天涼好個秋	1980	編劇、副導（導演陳坤厚）
蹦蹦一串心	1981	編劇、副導（導演陳坤厚）
俏如彩蝶飛飛飛	1982	編劇、副導（導演陳坤厚）
小畢的故事	1983	編劇、副導（導演陳坤厚）
油麻菜籽	1983	編劇（導演萬仁）
青梅竹馬	1984	製片、編劇、演員（導演楊德昌）
我愛瑪莉	1984	演員（導演柯一正）
最想念的季節	1985	編劇（導演陳坤厚）
老娘夠騷 （台名《陌生丈夫》）	1986	演員（導演舒琪）
福德正神	1986	演員（導演陶德辰）
大紅燈籠高高掛	1991	監製（導演張藝謀）
少年吔，安啦！	1992	監製（導演徐小明）
只要爲你活一天	1993	監製（導演陳國富）
多桑	1994	監製（導演吳念眞）
去年冬天	1995	監製（導演徐小明）
我們爲什麼不唱歌	1996	紀錄片出品人（導演關曉榮）
國境邊陲	1997	紀錄片出品人（導演關曉榮）
HHH: A Portrait of Hou Hsiao Hsien 侯孝賢畫像	1997	紀錄片主角（導演 Olivier Assayas）
命帶追逐	2000	監製（導演蕭雅全）
愛麗絲的鏡子	2005	監製（導演姚宏易）

朱天文劇本年表

守著陽光守著你	1982	華視八點檔連續劇， 周平、丁亞民、朱天心合寫
小畢的故事	1982	陳坤厚導演
風櫃來的人	1983	侯孝賢導演
小爸爸的天空	1984	陳坤厚導演
冬冬的假期	1984	侯孝賢導演
青梅竹馬	1985	楊德昌導演
童年往事	1985	侯孝賢導演
最想念的季節	1985	陳坤厚導演
戀戀風塵	1986	侯孝賢導演
尼羅河女兒	1987	侯孝賢導演
外婆家的暑假	1988	柯一正導演，電視單元劇
悲情城市	1989	侯孝賢導演
戲夢人生	1993	侯孝賢導演
好男好女	1995	侯孝賢導演
南國再見，南國	1996	侯孝賢導演
海上花	1998	侯孝賢導演
千禧曼波	2001	侯孝賢導演
咖啡時光	2003	侯孝賢導演
最好的時光	2005	侯孝賢導演
紅氣球的旅行（紅氣球）	2007	侯孝賢導演

朱天文作品出版年表

喬太守新記	小說集	1977	皇冠	
淡江記	散文集	1979	三三書坊	（1989 遠流）
傳說	小說集	1981	三三書坊	
小畢的故事	散文集	1983	三三書坊	（1989 遠流）
最想念的季節	小說集	1984	三三書坊	（1989 遠流）
三姊妹	散文合集	1985	皇冠	
炎夏之都	小說集	1987	時報・三三	（1989 遠流）（2001 上海文藝）
戀戀風塵	電影劇本	1987	三三書坊	（1989 遠流）
悲情城市	電影劇本	1989	遠流	（2001 上海文藝）
世紀末的華麗	小說集	1990	遠流	（1993 香港遠流）（1999 四川文藝）
朱天文電影小說集		1991	遠流	
下午茶話題	雜文合集	1992	麥田	
安安の夏休み	日譯小說集	1992	筑摩書坊	
戲夢人生	電影劇本	1993	麥田	
荒人手記	長篇小說	1994	時報	
好男好女	電影劇本	1995	麥田	
花憶前身	小說集	1996	麥田	
世紀末の華やぎ	日譯小說集	1997	紀伊國屋書店	
極上之夢	《海上花》電影全紀錄	1998	遠流	

Notes of a Desolate Man（英譯《荒人手記》）1999 Columbia University Press New York

千禧曼波	電影劇本	2001	麥田
花憶前身	散文集	2001	上海文藝

Anthologie de la Famille Chu（法譯《朱家選集》）2004 Christian Bourgois

畫眉記	小說集	2005	廣州花城
最好的時光	電影作品集	2006	山東畫報
荒人手記	日譯本	2006	國書刊行會
巫言	長篇小說	2008	印刻
劇照會說話	圖文集	2008	印刻
朱天文作品集		2008	印刻

朱天文作品集 5

INK PUBLISHING

有所思，乃在大海南

作　　者　朱天文
總 編 輯　初安民
責任編輯　丁名慶
特約編輯　趙啟麟
美術編輯　吳苹苹　陳文德
校　　對　朱天文　趙啟麟　丁名慶

發 行 人　張書銘
出　　版　INK印刻文學生活雜誌出版有限公司
新北市中和區中正路800號13樓之3
電話：02-22281626
傳真：02-22281598
e-mail：ink.book@msa.hinet.net
網　　址　舒讀網http：//www.sudu.cc

法律顧問　漢廷法律事務所
劉大正律師
總 代 理　成陽出版股份有限公司
電話：03-3589000（代表號）
傳真：03-3556521
郵政劃撥　19000691　成陽出版股份有限公司
印　　刷　海王印刷事業股份有限公司

港澳總經銷　泛華發行代理有限公司
地　　址　香港筲箕灣東旺道3號星島新聞集團大廈3樓
電話：852-27982220
傳真：852-27965471
網　　址　www.gccd.com.hk

出版日期　2008年 2 月　初版
2012年10月 15日　初版三刷
ISBN　978-986-6873-60-7

定　價　350元

國家圖書館出版品預行編目資料

有所思，乃在大海南 / 朱天文著.
--初版, --新北市中和區：INK印刻文學,
2008.2　面；　公分.（朱天文作品集；5）
ISBN　978-986-6873-60-7（平裝）
855　　96025532